Respire !

DE LA MÊME AUTEURE

Kilomètre zéro, Éditions Eyrolles, 2017, 2018 ; J'ai lu, 2019.

MAUD ANKAOUA

Respire !

ROMAN

Le Plan est toujours parfait

J'AI LU

À toi, mon amour,
qui chemine à mes côtés depuis vingt ans,

À vous tous, chers lecteurs,
qui m'avez donné le courage d'être moi-même,

Je vous souhaite un merveilleux voyage.

Avec toute ma gratitude,

Maud

Chers lecteurs,

Je vous lis chaque matin au réveil, vos messages me touchent, vos confidences m'honorent. Vos chuchotements lors de nos rencontres me bouleversent. Vous m'offrez le plus beau des cadeaux : m'accepter telle que je suis avec mes blessures, mes failles, ma vulnérabilité et toutes mes forces aussi. Merci de me permettre d'être celle que je suis. Merci d'oser m'exprimer votre Amour, il me porte chaque jour, il m'aide à grandir, il me rend plus authentique, plus juste, plus entière.

Il s'est passé tellement de choses entre nous depuis la sortie de mon premier roman que j'avais envie d'écrire ce deuxième livre pour vous, à cœur ouvert, sans filtre, telle que vous m'avez permis d'être. J'avais envie de partager avec vous mes expériences de vie, mes découvertes, en espérant qu'elles continueront à vous aider dans votre cheminement personnel, vous qui avez porté Kilomètre Zéro *au-delà de mes rêves, vous qui m'avez laissée entrer chez vous, et qui distribuez mes phrases avec tant d'enthousiasme.*

J'ai hâte que vous fassiez connaissance avec ma nouvelle bande d'amis, j'espère qu'ils vous plairont… En tout cas, eux trépignent de vous rencontrer.

Vous êtes entrés dans mon univers, et ce qui nous lie, je ne chercherai pas à l'expliquer, je le vis…

En attendant de vous revoir, prenez soin de vous, je vous embrasse fort.

Et pour tous ceux que je ne connais pas encore, à tout de suite !

Je vous souhaite à tous le meilleur.

Avec tout mon Amour,
Maud

Sommaire

Saveur coco

> *« Les gens n'ont pas toujours besoin de conseils, parfois ils ont juste besoin d'une main à tenir, d'une oreille pour les écouter et d'un cœur pour les comprendre. »*
>
> Marcel PRÉVOST

— Quel dommage ! Partir sans avoir goûté mes coco-locos !

Malo sursauta. Le canon froid du revolver se décolla d'un centimètre de sa tempe en sueur.

— Qui êtes-vous ? Que faites-vous dans mon bureau ?

La vieille dame qui lui faisait face lui adressait un magnifique sourire. Affublée d'un tablier qui recouvrait sa robe, les cheveux grisonnants tirés en arrière, elle fixait des yeux le jeune homme dont le geste était resté figé en l'air. Malgré son petit mètre cinquante, une force et une sérénité singulières émanaient d'elle. D'un pas rapide, elle s'approcha du bureau et lui tendit une barquette en aluminium contenant de petits gâteaux ronds.

L'arôme de coco qui s'en dégageait embauma la pièce.

— Ma fille dit que ce sont les meilleurs de toute la Thaïlande.

— Mais enfin… vous voyez bien que ce n'est pas le moment. Vous avez failli me faire peur… j'aurais pu tirer n'importe où.

D'où sortait cette femme ? Depuis trois mois que Malo travaillait chez XSoftware, il ne l'avait jamais vue. Pourquoi fallait-il qu'elle surgisse pile au moment où il venait de prendre la décision la plus importante de sa vie ? Il était hors de question qu'une inconnue vienne contrarier ses plans. La colère prit le dessus sur sa détresse.

— Je vous prie de sortir immédiatement !

La vieille dame déposa délicatement la barquette sur le bureau et recula d'un pas, laissant les effluves taquiner les narines de Malo. Le sourire toujours aux lèvres, elle restait silencieuse, sans esquisser le moindre geste pour quitter les lieux. Son regard à la fois tranquille et empathique désarma le jeune homme qui baissa la garde en même temps que son arme.

Et merde ! pensa-t-il. *Même mon grand départ, je vais le fuir !*

La femme s'approcha de nouveau avec douceur et picora un gâteau.

— Fais-moi confiance, goûte-les, ils sont tellement meilleurs chauds. Tu auras tout loisir de tirer après.

Tirer « après » ? Mais elle se moque de moi !

— Vous faire confiance ? Je ne sais même pas qui vous êtes.

La bouche pleine, elle mit sa paume sur ses lèvres le temps de déglutir.

— Je suis désolée, je ne me suis pas présentée. Je m'appelle Phueng, je suis la femme de ménage.

Elle lui tendit la main avec tant d'insistance que Malo se résigna à la lui serrer.

Curriculum vitae

> « *Cela ne fait aucun sens d'embaucher des gens intelligents puis de leur dire ce qu'ils doivent faire.* »
>
> Steve JOBS

Trois mois plus tôt.

— Mais regarde-moi ce petit cul ! s'exclama Matthieu au bord de l'évanouissement.

— Tiens-toi un peu, répliqua Marie-Odile, la directrice des ressources humaines, qui suivait, elle aussi, de son regard curieux le nouvel arrivant, derrière les vitres de séparation.

Malo remontait le couloir accompagné de Bertrand, le P.-D.G. de XSoftware, qui lui faisait faire le tour du propriétaire.

— Avoue que nous n'avons pas perdu au change ! surenchérit Matthieu. Diplodocus remplacé par Keanu Reeves, ça va me redonner le goût des réveils matinaux.

Avec son allure élancée, ses yeux en amande, sa mèche rebelle et son visage anguleux, il est vrai que Malo avait des airs de star américaine. Très élégant, ordinateur en bandoulière, il portait un costume gris clair sur sa chemise blanche entrouverte. À côté, Bertrand – alias « Diplodocus » – succédait son ventre de courts pas rythmés pour suivre les enjambées du jeune homme. Il contrastait avec sa petite taille et sa bedaine rondouillarde.

Tout en les observant, Marie-Odile continuait de décortiquer avec admiration le CV de Malo.

— Tu as vu son palmarès ! Harvard, l'université de Columbia, et, pour finir, la Silicon Valley ! Il n'a même pas 30 ans !

Matthieu compléta :

— Je l'ai googlisé. La presse financière est unanime : un sens hors norme de la stratégie ! Il a fait fortune en vendant en Bourse son entreprise dans le secteur des nouvelles technologies. Depuis, il propulse toutes les organisations qu'il conseille au rang de numéro un. Il va nous coûter une fortune !

— Ah, quand même, tu n'as pas perdu tous tes réflexes de directeur financier !

Matthieu passa derrière Marie-Odile pour scruter de plus près le curriculum du nouvel arrivant et pointa son index sur les loisirs :

— Gastronomie et voile ! S'il pouvait être à vapeur aussi, je ne résisterais pas longtemps à sa petite gueule d'ange.

Zoé entra dans le bureau.

— Qu'est-ce que vous mijotez tous les deux ? demanda-t-elle en voyant Matthieu se trémousser devant la photo de Malo.

— C'est à cette heure-là que tu arrives ? la réprimanda gentiment Marie-Odile.

La jeune stagiaire en droit brandit son visa :

— Prolongé de huit mois grâce à toi, Mao ! Le dossier était parfait, je l'ai obtenu en un claquement de doigts. Enfin, deux heures d'attente tout de même pour un coup de tampon !

Pendant que le trio commentait son arrivée, Malo découvrait les lieux et les difficultés relationnelles entre Bertrand et son équipe. À chaque fois que le P.-D.G. entrait dans un *open space*, les sourires s'effaçaient, les regards s'abaissaient, l'ambiance semblait tendue. Il était clair que Bertrand avait perdu la confiance de ses salariés. Et la réunion d'équipe matinale avait enfoncé le clou : sous l'emprise de l'alcool, il avait commencé par insulter ses salariés puis s'était écroulé, ivre, dans son fauteuil, laissant Malo affronter seul les regards désespérés.

— Je suis venu prêter main-forte à votre président, avait-il dû improviser. Vous savez tous que K-Invest vient de racheter votre compagnie et a de grandes ambitions pour vous.

Malo enchaînait en effet depuis trois ans des missions pour divers fonds d'investissement. Le dernier en date, K-Invest, lui avait demandé d'accompagner la refonte de la stratégie d'XSoftware, une petite boîte de logiciels récemment rachetée.

Un employé l'avait aussitôt interrompu :

— Ne tournez pas autour du pot, c'est la débandade depuis plusieurs mois ! Vous avez vu son état ? avait-il ajouté en désignant Bertrand du doigt.

Malo avait tenté de rectifier le tir :

— Mon rôle consistera justement à trouver la bonne direction avec votre P.-D.G.

S'il possédait de redoutables qualités d'analyste financier, Malo n'avait jamais été très doué pour les relations humaines. Élevé dans la dureté et les épreuves, son cerveau avait tendance à s'ankyloser dans le raisonnement, le rationnel et la stratégie.

— Allez, tout le monde au travail, avait-il signifié d'un ton un peu abrupt, alors qu'il s'engageait vers la sortie, tirant Bertrand par la manche.

— C'est un peu facile, avait lancé un second ingénieur, nous avons quitté Paris pour une aventure soi-disant excitante et valorisante, et voilà : nous sommes dans le flou artistique depuis des mois !

— Tu veux dire dans les effluves d'alcool, avait marmonné un autre collègue. Plus de planning, des insultes, du stress, de la pression, des menaces, aucune ligne directrice, même si Marie-Odile et Matthieu font le maximum pour nous. Comment peut-on faire de la recherche dans ces conditions ?

— C'est mon rôlc d'identifier tous ces sujets, avait insisté Malo pour se sortir d'affaire.

— Pas besoin d'un auditeur pour voir tout cela, je vous le fais, moi, l'audit ! Ce qu'il nous faut, c'est un P.-D.G. !

Sur ces mots, le responsable de la recherche s'était levé, entraînant les autres vers la sortie.

*
**

Depuis cette réunion, la situation ne s'était guère améliorée ; Malo avait vite déchanté en comprenant que sa mission initialement prévue pour quelques semaines risquait de s'éterniser. Et, en effet, les mois avaient passé confirmant l'ambiance délétère dans l'entreprise. Les relents d'alcool que Bertrand dégageait dès les premières heures de la matinée en disaient long sur son mode de management erratique, qui paraissait ne plus reposer que sur la quantité de whisky qu'il absorbait quotidiennement. Régulièrement, Malo le retrouvait affalé sur son canapé en cuir, ronflant sous les rayons du soleil qui transperçaient la baie vitrée, une main abandonnée sur une bouteille vide. Le P.-D.G. semblait bien plus préoccupé par la qualité de son malt que par les comptes rendus et propositions d'arbitrage du jeune conseiller.

Pour Malo, la situation devenait insupportable, d'autant qu'il n'avait jamais vraiment été attiré par l'Asie et que la coupure avec New York avait été brutale. Son confortable loft de Manhattan lui manquait et les maux de tête lancinants qui l'accablaient depuis peu ne faisaient qu'accentuer son mal-être. Il avait hâte de revenir chez lui, où l'attendaient des missions bien plus exaltantes.

C'est pourquoi, après avoir fait un énième point sur la situation, il avait pris sa décision : il allait appeler K-Invest et exposer le problème avec franchise. Il était temps d'envoyer Bertrand en cure de désintoxication et d'embaucher un vrai directeur général qui saurait mieux stimuler et relancer la créativité des jeunes ingénieurs.

Voilà, il n'avait pas grand-chose à dire de plus, en réalité : un simple coup de fil aux investisseurs et il serait de retour dans la vraie vie, celle qui le stimulait, celle dans laquelle il avait trouvé la force de se hisser tout en haut et devenir un homme d'affaires respecté.

Alors qu'il s'apprêtait à passer le coup de fil libérateur, il sentit son téléphone vibrer dans la poche de sa veste. Un appel manqué de Marc, son médecin d'enfance, qu'il avait eu la bonne surprise de retrouver à Bangkok, lors de sa visite médicale d'expatrié. C'était chez Marc qu'enfant il finissait ses devoirs lorsqu'il était seul, c'est-à-dire à peu près tous les jours après la mort de sa mère. Le message laissé sur son répondeur l'avait glacé d'effroi :

« On se connaît depuis un moment tous les deux, alors je ne vais pas y aller par quatre chemins, le scan révèle un sérieux problème de cerveau. Je compte sur toi pour passer au plus vite à l'hôpital. J'y suis toute la matinée. »

Malo avait compris sur-le-champ que ses maux de tête n'étaient pas anodins. Mais c'est à l'hôpital, deux heures plus tard, qu'il avait pris conscience de ce qui l'attendait.

Alors qu'il patientait derrière la porte du bureau du Dr Marc Dormeuil, il avait surpris une conversation dans la salle commune :

— Tu sembles préoccupé, Marc, ça va ?

— Je suis dévasté !

Malo avait reconnu immédiatement la voix du médecin, malgré le café qui coulait bruyamment.

— À propos du dossier Sandler ? avait demandé un confrère.

C'était bien de lui qu'il s'agissait.

— Oui, je lui ai laissé un message tout à l'heure, mais je ne sais pas comment lui annoncer.

— On en a parlé en réunion à l'instant, il n'y a rien à faire, c'est une forme rare de dégénérescence du cerveau.

— Je le sais, c'est bien ce qui me rend fou. Devenir un légume à son âge !

— Tu veux que je m'en occupe ?

— Non, c'est à moi de le faire. Je ne m'habituerai jamais à ces situations, il m'arrive même d'en détester mon métier.

Un silence plombant avait empli l'espace. Soutenu par les murs, Malo avait fait demi-tour et s'était traîné jusqu'à la sortie.

Il avait marché un moment au hasard des rues puis s'était enfermé dans son bureau pour le reste de la journée. Abasourdi de douleur, sa vie avait défilé de longues heures devant ses yeux embués et gonflés de douleur. La mort accidentelle de sa mère, la lâcheté de son père qui s'était abruti dans l'alcool et le travail avant de le laisser à ses grands-parents, le Capitaine et Madou qui lui manquaient plus qu'il n'osait se l'avouer, et… Justine. Qu'était-elle devenue ? Il avait eu envie de l'appeler mais avait renoncé. À quoi bon ?

Il s'était dirigé mécaniquement vers le bureau de Bertrand, à la recherche d'une source de malt qu'il avait aspirée d'une traite, assis dans le fauteuil en cuir du directeur. Peu à peu, le liquide lui avait déchiré la gorge, sans parvenir à calmer la violence de ses émotions.

Légèrement soûl, il avait fouillé machinalement dans les tiroirs du bureau de Bertrand. C'est là qu'il avait trouvé le revolver.

Il avait respiré un grand coup, ajusté le pistolet dans le creux de sa tempe, fermé les yeux et compté dans sa tête :

1, 2…

Deal !

> « *Le temps qui nous reste à vivre est plus important que toutes les années écoulées.* »
>
> Léon TOLSTOÏ

— Bien, Phueng, écoutez, vos gâteaux sont sans aucun doute excellents, mais ce soir ce n'est pas le bon moment, je ne suis pas au mieux de ma forme !

— Je vois, et, pourtant, tu es vivant !

La remarque laissa Malo sans voix. Malgré son fort accent asiatique, Phueng s'exprimait parfaitement en français et, de plus, s'autorisait à le tutoyer avec un aplomb étourdissant.

— Vous parlez français ?

— Oui, j'apprends depuis plusieurs années, c'est important pour moi.

Les yeux de la vieille dame brillaient en parlant.

— C'est difficile et très éloigné du thaïlandais, mais je te suis très reconnaissante de me permettre de pratiquer un peu ce soir. Que puis-je t'offrir en échange ?

— Mais rien, voyons ! De toute façon, je ne vais pas pouvoir continuer à bavarder comme ça…

— Oui, je me doute que tu as mieux à faire que de discuter avec ta femme de ménage ! répliqua-t-elle en souriant.

Malo aurait pu croire un instant à de l'ironie, mais il sentit que le ton de sa voix était sincère. Il but une gorgée d'eau au goulot de la bouteille en plastique qui traînait sur le bureau et goûta une des fameuses douceurs qu'elle avait préparées. La coque caramélisée contenant le lait de coco tiède adoucit l'amertume de la soirée. Un grain de lotus logé en son cœur craqua sous sa dent.

Phueng, attentive, attendait son verdict.

— Ils sont délicieux, c'est vrai !

— Tu verras, le deuxième est encore meilleur.

Elle marqua un temps et poursuivit :

— J'ai bien vu que tu boudais mes coco-locos. J'ai retrouvé chaque nuit ma barquette intacte dans ta corbeille à papier.

— C'est donc vous qui abandonniez votre dîner !

— Non, c'était pour toi ! Comme j'en laisse sur le bureau de tous les salariés. Ils semblent tous les apprécier, sauf toi !

Elle pointa du doigt la barquette comme pour l'inciter à renouveler l'expérience. Malo s'exécuta.

— Ferme les yeux, et concentre-toi sur la texture et le goût.

Les saveurs subtilement sucrées se déposaient sur ses papilles en éveil. Elles se mêlaient les unes aux autres comme de subtiles émotions qui diffusaient en lui des gouttes de plaisir. Une seconde, Malo crut ressentir de la joie. Surpris, il ouvrit les yeux sur Phueng qui arborait un sourire de satisfaction.

— Es-tu sûr à 100 % qu'il n'y a plus d'espoir ?

Puis elle ferma les yeux, laissant place au silence. Malo prit soudain conscience de la situation. Il imagina sa cervelle explosée sur les murs du bureau et l'effroi le saisit. Aurait-il souffert ? Se serait-il loupé ? Ne plus vivre, et après... qu'y avait-il ? Les paroles du médecin vinrent cogner dans sa tête : « On ne peut plus rien pour lui » ; « Quelques semaines au plus ». Qu'est-ce qui l'attendait s'il patientait jusqu'à ce que la mort se manifeste d'elle-même ? Aurait-il mal ? Il n'était pas sûr d'avoir envie de le savoir.

— Oui, presque certain, murmura-t-il enfin.

— Presque, ce n'est pas 100 % sûr : il y a donc une petite partie de toi qui y croit encore.

La vieille femme enchaîna sans attendre.

— Combien vaut une journée de ton temps ?

— Pardon ?

Elle répéta calmement. Il s'attendait à tout, mais sûrement pas à cette question.

— Peu importe, esquiva-t-il.

Cette situation commençait à devenir embarrassante, il savait pertinemment qu'une vie entière de travail de cette brave dame ne suffirait pas à payer une seule de ses factures d'honoraires. Mais il ne voulait pas l'offenser.

— C'est très important au contraire. Allez, dis-moi ! Ce soir, on se parle pour de vrai, plus de temps pour les niaiseries. *Business is business*.

Mais qui était ce personnage, mi-ange mi-démon, qui lui parlait soudain argent après l'avoir convaincu de manger des *dream cakes* ?

Ses maux de tête montèrent d'un cran.

— Alors, combien ? s'impatienta la vieille femme.

— 3 000 euros par jour, lâcha-t-il, espérant mettre un point final à cette conversation de plus en plus absurde.

Après tout, elle avait insisté, elle était renseignée maintenant !

— Ça fait combien tout ça en bahts ?

La plaisanterie avait assez duré. Malgré lui, Malo sentit le ton de sa voix se durcir.

— Bon, ça suffit, laissez tomber. La soirée a été rude. Il est temps de partir. Je vous offre votre nuit de travail. Je vous remercie pour tout, mais rentrez chez vous !

Phueng semblait concentrée sur ses doigts. Voyant qu'elle marmonnait entre ses lèvres en thaïlandais, il réalisa qu'elle était en train de convertir le nombre qu'il venait de lui donner en monnaie locale !

— Pourrais-tu décaler ton suicide de trente jours ? Je te les achète !

— Mais vous êtes folle !

— Et toi, tu devrais être mort depuis un quart d'heure ! Alors, un peu de respect ! À présent que tu es en sursis, tu peux bien m'accorder trente jours, non ? Je pense avoir mérité un droit de préemption.

Le vocabulaire juridique et comptable qu'utilisait Phueng le sidérait.

— Rien que ça ! s'offusqua Malo, avec un sourire malgré lui.

— C'est comme ça que vous dites dans les entreprises ? Bon, tu me fais un petit 10 %, payable à 45 jours fin de mois ?

Phueng tendit la main pour conclure le marché. Malo, médusé, baladait son regard aux quatre coins de la pièce à la recherche des caméras cachées. Il laissa échapper un sourire, étonné par le décalage entre ce petit bout de vieille dame et son habileté en affaires.

— C'est une blague, n'est-ce pas, vous vous moquez de moi ?

— Pas du tout, c'est une proposition très honnête. Tu as tout à y gagner et moi aussi.

Malo se tut, sidéré par son audace ou son inconscience. Mais il reconnut que quelque chose en elle le fascinait. Cette femme exerçait sur lui un pouvoir dont il n'avait plus l'habitude et qui lui semblait apaisant en cette sinistre soirée.

— Et qu'allez-vous me demander en échange du rachat de mes trente jours de vie ?

— Ça, je te le dirai en temps voulu.

— Vous ne croyez tout de même pas que je vais accepter aveuglément un pacte dont je ne connais pas toutes les conditions !

— Qu'as-tu à perdre ?

— Ma liberté d'action !

— Nous avons bien vu où ça te mène, ironisa Phueng.

Elle reprit son ton sérieux et directif.

— Je vais être claire, petit. Pour vouloir quitter la vie et donc t'abandonner ainsi, c'est que tu t'es senti douloureusement rejeté. Et crois-en mon expérience, j'en sais quelque chose, je peux même affirmer que je suis devenue une experte en la matière. Je pense savoir comment te guérir. Et, pour cela, nous avons besoin de trente jours.

— Vous ne manquez pas d'air. Vous ne savez rien de moi et de ma vie. Vous surgissez de nulle part et vous prétendez pouvoir me guérir ? Ce n'est pas parce que je suis au bout du rouleau que je vais croire le premier charlatan venu. Je ne suis pas un crétin !

— Ça, je n'ai pas assez de recul pour poser un diagnostic précis.

Interloqué, Malo rétorqua :

— Et qu'est-ce que toute cette histoire m'apporte à moi ? Que vous m'achetiez trente jours ? Je n'ai pas besoin de cet argent : de toute façon, je vais mourir !

Malo baissa les yeux.

— Je ne sais même pas si je serai encore en vie dans un mois.

— Dis-moi, petit, quand un client signe un contrat, tu ne lui demandes pas ce que ça te rapporte, tu lui expliques ses bénéfices, non ?

Décidément, Phueng se révélait être une fine stratège en affaires. Comme pour le mettre K.-O., elle se redressa et affirma :

— Mais je vais te dire ce que tu y gagnes : au mieux, tu seras guéri ; au pire, tu seras certain à 100 % !

Comment pouvait-elle affirmer cela alors qu'elle n'avait aucune idée de sa maladie et n'était pas médecin ? Malo savait bien qu'elle ne pourrait rien pour lui. Il aurait maintenant tout donné pour en finir avec cette mascarade. Pourtant, alors qu'elle lui tendait de nouveau la main pour sceller l'accord, il accepta machinalement.

— À partir d'aujourd'hui, tes journées m'appartiennent ! Le premier jour me servira d'étalonnage.

— Étalonnage ? répéta mécaniquement Malo.

— Oui, de repère. Tu as quartier libre pour mettre de l'ordre dans tes affaires.

— Comment ça ?

— Je ne sais pas : as-tu finalisé ta mission ici et exprimé à tes collègues ce que tu souhaitais leur dire ?

— Non, loin de là !

— Eh bien, commence par là.

— Mais que voulez-vous que je leur raconte ?

— Ce que tu as sur le cœur. Tu observes sans rien dire depuis trois mois une situation qui ne te convient pas. Il est temps de t'affirmer un peu.

— Je ne suis pas payé pour cela.

— Maintenant, tu l'es ! Allez, tu n'as rien à perdre. D'ici peu, tu ne seras plus de ce monde de toute manière. Tu verras, tu te sentiras soulagé.

Phueng s'empara de l'arme qui traînait encore sur le bureau.

— Je te la rends à la fin du contrat.

Elle sourit en remarquant le cran de sécurité enclenché.

— Il faudra quand même que je t'apprenne à t'en servir !

Urgence

« Quand nous touchons notre souffrance en pleine conscience, nous commençons à la transformer. »

Thich NHAT HANH

Malo passa la journée qui suivit à ressasser cette soirée qui aurait pu être tragique ou libératrice sans l'intervention de cette vieille dame. Assis à son bureau, il réfléchissait à ses paroles. Clore ma mission… Dire ce que j'ai sur le cœur… De quoi voulait-elle parler ? De ses collègues ? Il les connaissait à peine. De son patron ? Cet alcoolo fini ! Se pouvait-il qu'elle fasse référence à ceux qui l'avaient plus profondément déçu et blessé, ces fantômes qui le poursuivaient depuis des années, ces traîtres, ces faux amis, Benjamin, Justine, ou pire, son père, ce lâche ? Plus il se souvenait de ses blessures, plus la tâche lui paraissait insurmontable. Il regrettait de lui avoir laissé l'arme, tant il se sentait seul, abandonné. Il aurait dû tirer et en finir.

Alors qu'il traversait l'*open space* désert, il entendit une femme pousser des cris dans le bureau de Bertrand. Il reconnut la voix de Marie-Odile, la directrice des ressources humaines. Il ouvrit la porte brusquement et la trouva tentant péniblement de se dégager d'un homme qui lui serrait de près la taille.

— Lâchez-la tout de suite, intervint Malo en se précipitant sur l'homme.

Bertrand se retourna, le regard ivre d'incompréhension. Malgré son état de douleur, Malo sentit ses forces se décupler et la colère se solidifier dans son bras. Il serra le poing et écrasa sa rage contenue depuis tant d'années sur le visage du quinquagénaire qui s'écroula au sol.

Matthieu surgit dans le bureau au moment précis de l'impact et protégea aussitôt Marie-Odile en se plaçant devant elle. Malo s'adossa au mur et se laissa glisser sur les talons à côté de Bertrand. Sa propre violence le sonnait. Il lui tapota le visage.

— Allez, mon vieux, réveillez-vous maintenant !

Après un temps qui parut une éternité, Bertrand grommela puis gémit en effleurant son nez cassé.

— Je l'accompagne à l'hôpital, prenez soin de Marie-Odile, ordonna Malo à Matthieu, en posant une main sur l'avant-bras de la DRH. Ça va aller ?

Marie-Odile baissa les yeux et Malo perçut un « merci » sur ses lèvres tremblantes. Il traîna Bertrand qui reprenait douloureusement ses esprits jusqu'à sa voiture.

— Qu'est-ce qui vous a pris de me frapper comme ça ?

Malo répondit, glacial.

— Vous êtes malade, Bertrand.

Le regard délavé, le quinquagénaire posa sa tête lourde contre la vitre en essuyant d'un revers de main son nez ensanglanté.

Malo attendit une bonne partie de la nuit les résultats des examens, angoissé à l'idée d'être de retour à l'hôpital. L'arrivée du médecin le sortit de ses pensées noires.

— Une simple fracture. Totalement bénigne au regard du taux d'alcool qu'il avait dans le sang et qui aurait pu le tuer, dit sobrement l'homme en blouse blanche. Vous êtes de la famille ?

— Non... un collègue.

— Votre collègue a besoin d'aide. Nous allons le garder en observation pendant un ou deux jours.

Alors que Malo regagnait sa voiture, il vit Matthieu s'avancer vers lui sur le parking de l'hôpital.

— Comment va-t-il ? lui demanda ce dernier, essoufflé.

Malo dévoila le diagnostic en quelques mots. Même s'il savait qu'il avait eu raison d'agir pour protéger Marie-Odile, il culpabilisait de sa violence envers Bertrand – une violence qu'il ne s'était jamais vu exprimer avec autant de hargne.

— Vous savez, il n'a pas toujours été comme ça, lui confia Matthieu, comme pour justifier le comportement du P.-D.G.

Malgré son poing endolori et son mal de tête lancinant, Malo laissa la curiosité l'emporter.

— Si nous prenions un verre pour nous remettre de ces émotions ?

— Avec plaisir, s'exclama Matthieu, je connais un endroit à deux rues d'ici.

Les deux hommes s'installèrent à une table au calme sur le *roof top* d'un hôtel qui offrait une superbe vue sur Sukhumvit, le quartier branché de Bangkok.

D'une seule traite, Matthieu expliqua à Malo que Bertrand était un dirigeant admirable et admiré jusqu'à l'année passée. Inconsolable, il s'était mis à boire depuis la mort de sa femme. Son cynisme et ses remarques désobligeantes avaient déjà fait fuir plusieurs salariés.

— Quand nous avons appris que K-Invest était entré dans le capital de XSoftware, et que nous vous avons vu arriver avec votre CV et votre palmarès, nous avons tous espéré que vous prendriez le relais.

Le regard de Matthieu s'attarda dans celui de Malo ; il attendait une réponse rassurante qu'il n'obtint pas.

— Je ne suis pas là pour longtemps, répondit Malo, je suis là pour repenser la stratégie, mais, en aucun cas, pour reprendre les rênes de l'entreprise.

— Alors on est mal barrés ! soupira Matthieu. C'est la faillite assurée s'il n'y a plus de capitaine à bord !

— Mais, rassurez-vous, Matthieu, Bertrand va revenir, c'est l'histoire de deux, trois jours, essaya de le convaincre Malo.

— Dans son état, c'est pire que de n'avoir personne !

Un silence s'installa entre les deux hommes. Mal à l'aise, Malo changea de sujet :

— Comment était Marie-Odile quand vous l'avez laissée ?

— Elle est sonnée, je suis inquiet pour elle. D'autant que son contexte familial n'est pas facile.

En écoutant Matthieu parler, Malo découvrit à quel point son interlocuteur, mais aussi tous les salariés de l'entreprise, étaient attachés à Marie-Odile, qu'ils appelaient entre eux « Mao ». Avec sa générosité et sa disponibilité permanente, elle faisait figure de mère poule dans cette petite entreprise d'une quarantaine d'ingénieurs. Malheureusement, depuis plusieurs mois déjà, elle souffrait des comportements déplacés de Bertrand envers les salariés, et elle plus particulièrement.

— Et pour couronner le tout, je ne l'ai vu qu'une fois, mais son mari est encore pire que Bertrand, enchaîna Matthieu. Un narcissique de première qui ne pense qu'à sa carrière. Du « moi-je » à toutes les sauces, il passe son temps à la rabaisser pour mieux se valoriser : une tête de con comme on n'en fait plus !

Encouragé par ses deux verres de whisky, Matthieu était intarissable. Il raconta à Malo comment avec Marie-Odile et Zoé ils formaient un trio inséparable, malgré des tempéraments, profils et philosophies de vie que tout opposait.

Zoé était arrivée en Thaïlande l'été dernier pour se rapprocher d'un ami d'enfance, Théo, dont elle était secrètement amoureuse. Gérant d'un hôtel indépendant à Paris et enseignant de plongée, celui-ci avait tout plaqué pour se lancer à son compte dans la construction d'un complexe de bungalows dans la baie de Phang Nga.

— L'île est au sud de Phuket, ce n'est pas tout à côté mais deux heures suffisent pour la rejoindre par un vol interne. C'est de toute façon plus proche que la France pour Zoé ! Lorsque Marie-Odile a posté l'annonce l'été dernier, elle s'est présentée dès le lendemain pour la supplier de la choisir. C'est quelqu'un de très spontané qui sait ce qu'elle veut ! Elle est devenue très vite amie avec Marie-Odile qui, elle, va vraiment mal en ce moment, même si elle fait tout pour le cacher. Je ne sais pas ce qu'il s'est passé, elle refuse d'en parler, mais elle ne voit plus sa fille depuis plusieurs années et cela la rend extrêmement malheureuse. Quelque part au fond de moi, je suis bien content que vous ayez cassé le nez de Bertrand : il ne faisait qu'aggraver son désespoir en la castrant en permanence.

Les minutes et les heures s'écoulèrent pendant lesquelles Matthieu partagea de nombreuses confidences avec Malo. Son physique de gravure de mode, avec ses costumes toujours élégants et ses cheveux ébouriffés au gel, dissimulait une personnalité brillante, drôle et sensible, qui émut profondément Malo.

Si celui-ci se livra peu, il commença à ressentir les effets de cette étrange soirée en rentrant chez lui : tout doucement, les souvenirs affluaient et remontaient par bouffées.

Flash-back

> *« Si vous avez été brutalement brisé mais avez encore le courage d'être bon avec les autres êtres vivants, alors vous êtes un "dur à cuire" avec un cœur d'ange. »*
>
> Keanu REEVES

— À la vie, à la mort ! répétèrent en chœur Benjamin et Justine quand le train entra en gare de Lannion.

La garde de Malo venait d'être officiellement prononcée en faveur de ses grands-parents, Madou et son mari, « le Capitaine ». Depuis la mort de sa femme, leur fils Erwan avait sombré dans la dépression, et le pauvre petit Malo avait été confié dans un premier temps aux services sociaux. Après douze mois de négociation, il posait un pied sur le quai, un mince sourire aux lèvres. Il se jeta dans les bras de sa grand-mère qui l'étouffa contre sa poitrine.

— C'est pour toujours, hein ? demanda-t-il, les yeux emplis de larmes.

— Mais oui, mon chéri, le rassura son grand-père en le serrant à son tour dans ses bras. Et regarde qui est là pour t'accueillir ! Moussaillon Benjamin et infirmière Justine.

Chaque été, le trio se retrouvait pour rejouer la scène des aventuriers d'un monde meilleur : oiseaux blessés pris dans les filets, fonds marins pollués... tout servait de prétexte pour sauver la planète. Benjamin et Malo, déguisés en combattants masqués, et Justine en infirmière pour soigner les deux vengeurs protecteurs. La partie était à son apogée lorsque les trois protagonistes embarquaient sur le voilier du Capitaine pour une journée sur la Manche.

— À la vie, à la mort ! répéta encore Benjamin en tendant un sabre à son ami.

Justine, intimidée, restait sur la réserve. Son amoureux venait vivre près d'elle, faire le chemin avec elle pour aller à l'école, jouer dans la même cour de récréation. Ils pourraient désormais se retrouver après la classe, mais aussi les week-ends et les vacances pour s'aventurer à des jeux d'énigmes le long du chemin des douaniers qui reliait Perros-Guirec à Ploumanac'h chez sa mamie. Elle n'en revenait toujours pas.

Malo quitta les jupons de sa grand-mère et grandit d'un coup : il entrechoqua trois fois son arme en carton contre celle de son meilleur ami et finit par une bise sur la joue de Justine qui rougit instantanément.

Le retour de Lannion à Perros-Guirec fut animé. Benjamin énumérait les bonnes nouvelles à Malo.

— Nous serons dans la même classe tous les trois dès lundi !

Un sourire se dessina sur le visage de Malo. Après l'accident brutal qui avait coûté la vie à sa mère, il avait assisté impuissant au spectacle de son père, qui avait sombré dans l'alcool et fui dans le travail. Assis au milieu de la banquette arrière, il recevait de toutes parts des vagues d'amour qui le submergeaient. Il croisa ses bras sur sa poitrine comme pour protéger son cœur d'enfant déjà lacéré par la vie, et laissa les larmes couler sur ses joues. Des larmes de courage pour avoir survécu à la tragédie, des larmes de reconnaissance envers ses grands-parents et ses amis qui lui témoignaient tant de bienveillance, des larmes de joie à l'idée d'un avenir meilleur. Il avait 10 ans à peine et déjà escaladé des montagnes de souffrance. Pendant que Benjamin continuait d'énumérer tous les plans qu'il avait imaginés en boucle durant ces longs mois d'attente, Malo étouffa un ultime sanglot.

Justine, qui avait senti sa détresse, lui susurra à l'oreille en lui remettant un mouchoir dans la main : « Ne t'inquiète pas, je vais soigner ton cœur. » Le jeune garçon vissa ses yeux rougis dans ceux de son amoureuse et hocha la tête en silence.

— Ce soir, c'est crêpes party à la maison avec toute la tribu, annonça Madou. Et, si vous êtes sages, vous dormirez tous dans l'espace jeux.

Les hurlements fusèrent à l'arrière de la voiture pendant que Malo essuyait les traces de ses émotions.

— La bilique[1] va chauffer, lança le Capitaine en adressant un clin d'œil à son petit-fils dans le rétroviseur central.

À partir de ce jour, Malo grandit au contact de l'iode qui calcifia ses blessures. Il passait la plupart de son temps libre sous l'eau avec Justine, au magasin nautique où travaillait Benjamin pour aider son père, ou en bateau avec son grand-père, entre parties de pêche, silences et fous rires. Volatilisé dans son travail et les affaires, voyageant sans cesse d'un continent à l'autre, son père palliait son absence par des chèques mensuels que Madou et René déposaient sur un compte bancaire pour le « petit ». Même les mois difficiles, il n'était pas question d'y toucher. Cet argent serait destiné à ses études. Certes, la pension du Capitaine n'était pas importante, mais il se faisait un point d'honneur à ce que Malo ne manque de rien. Il tentait de compenser les carences de son propre fils en lui léguant ce qu'il avait de plus cher : son amour pour la mer. Sa grand-mère lui apprit, elle, à chercher les coquillages à marée basse, à différencier les algues et lui apportait toute sa tendresse. Grâce à cet élan d'amour envers lui, Malo s'était reconstruit comme il avait pu, et était devenu un lycéen brillant promu aux écoles d'excellence.

*
**

Malo était encore perdu dans ses souvenirs quand son téléphone vibra, le ramenant au présent.

---

1. Crêpière bretonne.

Numéro masqué : « RDV dans 15 min au marché de nuit. 3e rue à droite à la sortie de l'immeuble. Phueng. »

Mais où a-t-elle obtenu mon numéro ? pensa-t-il, à la fois agacé et amusé. Sans bien savoir pourquoi, il fit demi-tour pour la rejoindre.

Coco-locos

> *« Lorsque les gens s'élèvent au-dessus des circonstances de leur vie et se servent de leurs problèmes pour s'obliger à se surpasser, ils accèdent à la grandeur. »*
>
> Nelson MANDELA

Malo trouva Phueng, à l'entrée du marché, affairée à préparer les *khanom krok*, les fameux coco-locos, derrière une planche soutenue par deux tréteaux et une bouteille de gaz posée au sol qui alimentait un réchaud. Tout autour s'affairaient des marchands de fruits et légumes de saison tandis que des vélos aménagés en *food truck* proposaient de la *street food* traditionnelle. Ce mélange des genres était à l'image de Bangkok, où cohabitaient tout et son contraire : à deux pas des restaurants onéreux de la capitale poussaient des stands de nouilles, de brochettes de viande et de poisson grillé à 40 bahts, à peine un euro. Assis autour de tables en plastique, les locaux dégustaient une grande diversité de plats présentés sur des plateaux en inox.

— Mais que faites-vous ? s'enquit Malo.

Phueng lui sourit. Elle s'appliquait à verser dans les creux en demi-cercle d'une plaque en fonte sa préparation à base de lait de coco. Elle ajouta de petits cubes de tamarin finement coupés et une graine de lotus qu'elle glissa au centre, puis démoula quelques secondes plus tard les premiers coco-locos. Une file d'attente se formait déjà devant son stand.

La vieille dame invita Malo à remplir des barquettes de dix gâteaux et à servir les premiers clients qui tendirent 20 baths en échange.

Pendant qu'il s'exécutait, il interrogea la cuisinière :

— Vous me payez une fortune pour vous aider au marché ? Ce n'est pas avec votre salaire que vous allez pouvoir honorer vos dettes.

Phueng, que rien ne semblait jamais pouvoir déconcerter, lui offrit son plus large sourire.

— Goûte-les tant qu'ils sont chauds !

Malo en prit un. C'est vrai qu'ils étaient délicieux avec leur cœur coulant, leur coque caramélisée, et leur graine de lotus fraîche qui craquait sous sa dent. Il se laissa tenter par un second.

— Allez, Phueng, remballez tout ça, je vous achète la marchandise.

— Il n'en est pas question, petit ! Regarde les visages de ces personnes devant toi… et de ces enfants plus loin qui attendent. Ils sont là tous les jours pour goûter mes coco-locos, et rien ne me fait plus plaisir que de les rendre heureux. C'est moi qui devrais les payer pour remplir mon cœur de joie.

Malo n'en revenait pas : si Phueng servait ses gâteaux tous les soirs avant de commencer son service de femme de ménage, c'était uniquement pour observer ces gens comblés ?

Il se prit toutefois au jeu, ravi de voir comment les yeux gourmands et impatients des clients laissaient place à des sourires expressifs dès qu'il leur tendait une barquette pleine. Il se surprit à sourire à son tour tant cette joie était communicative.

En moins d'une heure, il ne restait plus un seul coco-loco.

— Voilà pour toi, 500 baths, un acompte sur ce que je te dois.

Phueng était-elle vraiment en train de lui offrir la moitié de sa recette ? Malo refusa, attendri. Aussi inconsciente fût-elle, le courage de cette vieille femme le touchait et il n'était pas question de lui prendre un centime.

— Nous avons un accord : 45 jours, fin de mois, lui rappela-t-il.

Elle acquiesça en ajoutant avec malice :

— Nous n'avons pas parlé de tes frais de mission, ils sont à ta charge, mais ce soir, je t'invite, ça me fait plaisir !

Malo se mit à rire pendant que Phueng rassemblait ses ustensiles de cuisine dans un grand sac en toile qu'elle cacha sous une planche de fortune. Puis elle entraîna Malo au cœur du marché. Elle l'invita à s'asseoir à l'une des tables en plastique près d'une roulotte ouverte de tout son long : sur plusieurs plateaux protégés d'un plexiglas étaient rangés par catégorie différents aliments – poulet, bœuf, crevette, poisson – à côté de légumes exotiques dont il découvrait l'existence. Dans un grand seau de glace fondue, les bouteilles de bière se mêlaient aux cannettes de soda.

Malo, malgré son appétence pour le risque, n'était pas trop rassuré à l'idée de dîner là. À ses yeux, le stand suintait la misère et la saleté.

— Phueng, c'est au-dessus de mes forces, on va attraper la mort ici.

— Tu n'es plus à ça près ! plaisanta la vieille dame. Qu'est-ce que tu veux manger ?

Le dégoût déformait le visage de Malo, qui n'osait toucher la table.

— Non, vraiment rien, je n'ai pas très faim.

Pendant qu'il tentait de résister, un jeune homme vint saluer Phueng avec respect. Aussitôt, elle le prit dans ses bras et ils échangèrent quelques mots en thaïlandais. Puis il s'inclina devant Malo, les mains jointes, le sourire aux lèvres.

— Je te présente mon gendre, Kyet.

— Votre gendre ?

Malo se ressaisit, ne voulant pas offusquer la famille et encore moins Phueng.

— Oui, ma fille est en cuisine, c'est la reine de la *street food* thaï.

Autour d'eux, les habitués semblaient en effet se délecter. Le Français constata cependant que peu d'Occidentaux se risquaient en ces lieux.

Phueng lui tendit un semblant de menu, mais il se prononça du bout des lèvres pour une simple bière. Elle commanda pour lui, avant de lancer avec un grand sourire :

— J'ai appris que tu avais envoyé Bertrand au tapis ! Est-ce ta façon d'exprimer ce que tu as sur le cœur ?

Malo, surpris, se redressa. Cette question le ramenait à la dure réalité.

— Non, enfin, ce n'est pas tout à fait ça, il...

— Te sens-tu soulagé ?

— Ce n'est pas mon genre de me battre, mais je ne pouvais pas laisser...

— Je ne te demande pas de te justifier. Respire tranquillement et observe si une partie de toi s'apaise.

— Je culpabilise.

— Derrière la culpabilité, écoute...

Malo prit un temps, ses jambes s'agitèrent nerveusement.

— Eh bien, oui, ça m'a fait du bien. Son comportement était inacceptable ! finit-il par lâcher en haussant le ton.

Le visage de Phueng s'illumina, elle lui tapota la main.

— C'est très bien.

— Non, ce n'est pas très bien de tabasser les autres.

Le sourire toujours arrimé aux lèvres, Phueng regardait sa fille arriver pour leur servir les plats : un *som tam* – une salade de papaye pimentée –, un *pad thaï* – des nouilles sautées avec des germes de soja, des morceaux de tofu, des cacahuètes pilées, des œufs et des crevettes –, un *kaeng phed* – un curry rouge de poulet émincé dans une sauce épicée –, et un *tom kha kai* – une soupe au goût très citronné, avec de la racine de kalanga et des feuilles de combava mijotées dans du lait de coco. La jeune femme déposa également une bière et une noix de coco fraîche. Les parfums qui se dégageaient de ces mets étaient si exquis que Malo eut soudain envie de réviser sa position.

— Je te présente ma fille Pranee.

Phueng la serra dans ses bras et lui caressa les joues. Malo lui aurait donné environ 30 ans, comme lui. Fine et élégante, Pranee portait un pantalon portefeuille noir, attaché à la ceinture par deux grandes lanières de tissu, surmonté d'un chemisier en soie blanc et rouge. Ses cheveux longs noués en arrière soulignaient son visage délicat. Elle dépassait sa mère d'une bonne tête. Pranee rougit aux caresses de Phueng en saluant Malo les mains jointes. Il fit de même, sensible au charme de la jeune femme. Puis elle s'écarta en reculant pour rejoindre sa « cuisine ».

Phueng reprit la conversation, tout en picorant dans les différents plats.

— Nous fonctionnons comme une cocotte-minute. Il nous faut réguler la température de temps en temps, c'est pour cela qu'il y a le petit bitoniau sur le couvercle, tu sais ?

À défaut de sa bière, Malo buvait les propos de Phueng.

— Ta cocotte, tu l'as verrouillée depuis des années, alors tu exploses ! Et, donc, tu culpabilises, mais, en réalité, tu viens de libérer l'excédent de vapeur… Hume comme ça sent bon !

Elle approcha ses narines du plat et tendit une fourchette à Malo qui ne la quittait pas des yeux.

— Choisis ce qui te fait plaisir. Tu peux aussi goûter à tout, proposa-t-elle de bon cœur.

Malo se laissa envoûter par les arômes de citronnelle et gingembre qui se dégageaient du curry de poulet juste devant lui. Il goûta du bout des lèvres le pad thaï que lui présenta Phueng. La fille de Phueng était si jolie qu'il souhaitait faire honneur à sa cuisine. Se laissant surprendre par la douceur et la délicatesse du plat légèrement sucré, il lui adressa un sourire au loin voyant qu'elle attendait le verdict. Phueng les regardait, amusée. Se régalant maintenant à grands coups de fourchette, il reprit la parole :

— Oui, je crois que Bertrand s'est pris la violence que j'avais retenue depuis longtemps.

— Contre qui ?

— Tellement de monde !

— Tant que ça ? Je suis sûre que tu ne pourrais pas me citer plus de dix personnes.

Malo se lança sans réfléchir. Il comptait sur ses doigts en même temps qu'il énumérait :

— Ma mère, mon père, Justine, Benjamin et…

Son excitation retomba aussi sec. Il se sentit d'un coup ridicule de se livrer si facilement à une inconnue.

— Donc, cinq personnes, conclut Phueng.

— Non, quatre.

— Plus toi : cinq !

— Moi ?

— Bien sûr, la première personne qui subit cette violence depuis toutes ces années, c'est toi ! Tu ne crois pas ? Observe comment la colère ronge tes relations et la tristesse dilue les couleurs de ta vie. Je ne parle même pas de la honte que tu cherches à enfouir au plus profond de toi-même. Alors, oui, c'est bien toi qui t'infliges toutes ces violences !

— Vous ne connaissez rien de mon histoire, ne me jugez pas ! opposa Malo blessé.

— Je ne cherchais pas à te froisser et je suis désolée si mes paroles te l'ont laissé croire, reprit Phueng avec plus de douceur, en posant sa main sur son avant-bras. Trente jours, c'est peu de temps, il nous faut être authentiques, directs, sans filet, si nous voulons y arriver. Et la première règle, c'est la bienveillance : aucun jugement entre nous, Malo ! Tout ce que tu pourras me dire est un cadeau !

Même s'il ne comprenait toujours pas où la vieille dame souhaitait en venir, Malo en convenait : elle savait trouver les mots pour le convaincre. Alors qu'il finissait l'assiette de pad thaï et le tom kah, elle lui demanda ce qu'il pensait de la cuisine de sa fille. Il se sentit confus d'avoir mangé aussi vite sans partager et lui tendit son reste de soupe.

Phueng sourit avec tendresse.

— À mon âge, l'appétit se fait discret. Ça me fait plaisir de te voir te régaler.

— Je dois avouer que j'avais quelques réserves avant de m'asseoir, mais c'est vraiment délicieux.

— Raconte-moi pour les quatre autres.

— Les quatre autres ?

— Tes parents, Justine, Benjamin…

Malo fut estomaqué. Il n'avait encore jamais raconté à personne comment sa mère était morte. Pourtant, pour une raison qu'il ignorait, il sentait qu'il pouvait tout dire à cette inconnue, qu'il pouvait en toute sécurité déposer le fardeau à ses pieds. Alors, d'une voix nouée, il commença à raconter. La mort stupide et violente de sa mère dans un accident de voiture qui l'avait arrachée à sa tendresse. Un uppercut en plein cœur dont la douleur, qui résonnait encore à chaque battement, avait détruit son innocence. Son père, qui avait fui dans l'alcool et le travail, et l'avait laissé aux services sociaux à l'âge de 8 ans, seul, sans protection, jusqu'à ce que, grâce à l'obstination de ses grands-parents, sa garde soit prononcée chez eux à Perros-Guirec. La tendresse de Madou, le paternalisme du Capitaine, la présence de son meilleur ami, Benjamin, et surtout l'amour de Justine, avaient pansé, pendant un temps, ses plaies béantes.

Tout en parlant, Malo croisa les yeux de Phueng : ils étaient emplis de larmes. Sa tristesse raviva la sienne.

— Continue, l'incita-t-elle.

— Je me suis reconstruit avec cette nouvelle famille dans une nouvelle ville. J'ai cru naïvement que, moi aussi, j'avais droit au bonheur, même si la douleur se réveillait encore de temps à autre, quand je pensais à ma mère ou à mon père dont l'absence me faisait souffrir. Malgré tout, j'ai appris à aimer. Justine et moi étions amoureux, je me suis laissé chérir par elle jusqu'au jour où...

Malo trempa machinalement la cuillère dans le curry rouge devenu tiède et la porta à sa bouche. Il sentit la brûlure du piment sur ses papilles, presque aussi violente que les souvenirs remontant à la surface. Phueng lui tendit la noix de coco fraîche. L'eau calma instantanément la fièvre qui se répandait dans son corps.

Il fouilla dans sa mémoire à la recherche du moment exact où tout avait basculé.

— C'était en juillet 2008, nous venions de fêter nos 20 ans, j'ai l'impression que c'était hier, se remémora-t-il.

— C'était hier, confirma Phueng d'un hochement de tête.

— Je me vois encore prendre Justine dans mes bras, lui dire de ne pas s'inquiéter, qu'elle était faite pour ce métier. Les étudiants attendaient les résultats devant les grilles de la faculté de médecine de Rennes. Elle n'avait pas dormi de la nuit, alors nous étions arrivés tôt. Je lui ai glissé à l'oreille qu'elle serait la meilleure médecin de tous les temps. Trois hommes placardaient les longues listes d'étudiants. Je me suis dirigé vers celle des admis alors qu'elle cherchait du côté des recalés. La foule s'agitait, bousculait, j'ai hurlé qu'elle était reçue. Elle s'est tournée vers moi en bravant la centaine de jeunes qui tentaient d'atteindre les grilles. Je l'ai tirée par le bras pour lui montrer son nom, validé en première année. Elle m'a embrassé, m'a pris la main et m'a entraîné jusqu'à la rue suivante où l'attendaient Benjamin et Samuel. Mon regard s'est durci, il ne me plaisait pas trop ce Samuel : depuis le début de l'été, il s'insérait dans la bande. Toujours collé à Benji, je voyais bien son manège autour de Justine. Elle s'est jetée dans les bras de notre meilleur ami puis de Samuel qui l'a félicitée avec un peu trop d'engouement à mon goût.

Malo tenta de porter de nouveau une cuillère de curry à sa bouche, mais le piment attisa l'amertume de ses souvenirs.

— La semaine suivante, c'était mon tour d'apprendre une grande nouvelle. Ma grand-mère m'a annoncé par téléphone que j'avais moi aussi réussi mes concours, j'avais même le choix du roi : Polytechnique, Centrale, et la possibilité d'aller à la prestigieuse université américaine Harvard dès la première année ! C'était mon rêve mais j'avais décidé d'intégrer Polytechnique pour rester le plus près possible de Justine. Tout heureux, les viennoiseries et moi avons sonné à la porte. Justine a ouvert, elle était mal à l'aise et j'ai tout de suite compris qu'elle n'était pas seule. J'ai couru comme un fou dans sa chambre et j'ai vu Sam qui émergeait du lit… de notre lit… Il a ouvert un œil, m'a salué et s'est rendormi. J'étais prêt à le tuer, mais mon corps s'est paralysé, impossible de prononcer un mot. J'ai cherché des explications dans les yeux de Justine mais son regard s'est détourné. Elle m'a juste lancé un « je suis désolée » à peine audible. J'ai couru dans l'escalier et, là, j'ai croisé Benjamin. À son regard gêné, j'ai compris qu'il savait. Il a lui aussi baissé les yeux. Je ne me suis pas arrêté, j'ai continué de courir, je voulais fuir. Plus rien d'autre que la fuite n'a eu alors d'importance, il fallait que je parte, n'importe où, mais le plus loin possible d'elle, d'eux…

Phueng écoutait Malo sans rien dire, sans chercher à combler le vide quand il trébuchait sur les mots. La qualité de son écoute donna à Malo le courage de poursuivre.

— La semaine d'après, mon père a refait surface et m'a proposé de le rejoindre à New York où il travaille pour me féliciter de ma réussite au concours. Notre rencontre fut un échec : mes rapports avec lui étaient si tendus que nous ne sommes pas parvenus à renouer le contact.

Phueng caressa la main de Malo.

— Qu'as-tu fait alors ?

— J'ai bossé comme un damné : au lieu de rester en France, à Polytechnique, j'ai accepté la proposition de Harvard et je suis parti vivre aux États-Unis. Plus tard, j'ai intégré Columbia. Lorsque l'on tombe de haut, on a le temps d'apprendre à voler ! J'ai voulu leur montrer à tous qu'ils avaient eu tort de m'abandonner – ma mère, mon père, Justine –, que j'avais de la valeur. Et, à la sortie de mes études, j'ai tout de suite trouvé un poste à New York où je me suis battu pour me faire un nom. J'ai créé ma boîte, l'ai revendue quelques mois après, plusieurs millions. Dans le secteur des nouvelles technologies, tout va très vite, dans un sens comme dans un autre, et j'ai eu la chance que ça tourne bien pour moi. J'ai surfé sur les plus hautes vagues des affaires et, aujourd'hui, les grands fonds d'investissement se battent pour travailler avec moi.

Tandis qu'il retraçait son parcours, la voix de Malo redoublait d'intensité.

— J'y suis arrivé, conclut-il, le poing sur la table, mâchoires serrées.

— À quoi, mon petit ? murmura Phueng.

— À prouver qui j'étais !

— Et qui es-tu ?

— Un homme de valeur ! Un homme qui ne méritait pas d'être abandonné !

L'orgueil laissa place à la colère, puis à la tristesse qui dévala sur ses joues.

— On grandit de travers sans une mère à ses côtés, mais encore plus sans la présence d'aucun de ses deux parents. La douleur m'a endurci en barricadant mon corps de ronces et d'épines.

— Jusqu'à ce que de la fleur éclose… une rose ! conclut Phueng.

Elle ajouta :

— Ce qui est bien quand les choses s'écroulent, c'est que nous pouvons récupérer seulement celles qui nous conviennent.

Malo fronça les sourcils, sans comprendre. Phueng continua :

— Je me suis aperçue tardivement que nous pouvions récrire le passé, affirma-t-elle tout en se tapotant le front d'une serviette en papier pour absorber la sueur que la chaleur du soir laissait perler.

— Comment ça « récrire le passé » ?

— Nous ne vivons pas *la* réalité, mais *notre* réalité. La souffrance est liée à notre façon de percevoir ce qui nous arrive.

— Je ne comprends pas.

— Face à une même situation, deux personnes peuvent éprouver des ressentis différents. L'une verra là une opportunité pour grandir quand l'autre vivra un sentiment de perte, de culpabilité ou de peur. Dans ce cas, l'événement deviendra un traumatisme, futur berceau de toutes sortes de croyances.

Malo fronça de nouveau les sourcils. Phueng poursuivit plus lentement.

— Il y a un proverbe en Orient qui dit qu'un pessimiste voit la difficulté dans chaque opportunité alors qu'un optimiste voit l'opportunité dans chaque difficulté. À chaque fois que nous faisons face à un obstacle, il y a un cadeau à la clé, à la hauteur de la difficulté rencontrée. Sur le moment, il est compliqué de s'en rendre compte. Mais si nous comprenons que, dans chaque situation difficile, il y a une opportunité à saisir, nous pouvons transformer notre passé.

— Comment ?

— Il suffit de changer tes perceptions sur ton passé, alors il devient inspirant.

— Je ne vois pas ce qu'il y a d'inspirant à être privé de sa mère à l'âge de 8 ans, puis abandonné par un père accro au travail et à l'alcool.

— Je vais essayer de t'aider à comprendre. Que tires-tu de ton histoire ?

— De la tristesse, de la peur… de la douleur.

— Mais qu'y a-t-il de positif que tu n'aurais pu expérimenter si ta mère n'était pas partie si tôt ?

Quelques souvenirs remontèrent à la surface :

— Les escapades avec mon grand-père à la pêche ou à la plage à marée basse pour cueillir les coquillages avec ma grand-mère, les rigolades avec mes amis… enfin… jusqu'à ce qu'ils me trahissent.

— Et que tires-tu de cette trahison ?

— L'humiliation, la méfiance, et le fait de ne plus oser aimer.

— Oui, mais encore… Essaie de te focaliser sur ce que cela t'a apporté : comment ces épreuves t'ont aidé à devenir l'homme que tu es aujourd'hui ?

Malo cherchait tant bien que mal à répondre.

— J'ai appris à me faire respecter dans le monde des affaires, je suis courageux, déterminé, combattant… Je suis aussi une personne de confiance. Mais, surtout, je suis debout malgré la douleur.

Kyet revint débarrasser la table. Il passa un coup d'éponge et déposa devant le Français un dessert à base de mangue et de riz gluant arrosé de crème de coco. Phueng acquiesça d'un regard, invitant le jeune homme à goûter. Il se délecta dès la première bouchée. Phueng reprit :

— Oui, Malo, ces années douloureuses t'ont enseigné à tailler les facettes de ton diamant. Tu as déployé toutes ces qualités – courage, détermination – pour y arriver et pour survivre. Tu n'as pas le pouvoir de changer les événements du passé, cependant tu as la possibilité de le transformer.

— Comment cela ? répondit Malo dubitatif.

Phueng expliqua :

— Face aux adversités, il existe trois types de comportement. Le premier regroupe les personnes qui se lamenteront jusqu'au dernier jour de leur existence en affirmant qu'elles n'ont pas eu de chance : « J'ai été licencié, je n'ai pas eu de chance », « Ma femme m'a quitté, je n'ai pas eu de chance », « À cause de ça, de lui, d'elle, je suis déprimé ». Jusqu'à leur dernier souffle, ces personnes seront convaincues d'être malchanceuses. Le deuxième type de comportement rassemble les personnes qui finissent par comprendre qu'un cadeau est contenu dans chaque obstacle de la vie : par exemple, pourquoi il leur était nécessaire d'endurer telle situation pour rencontrer leur moitié ou trouver un travail correspondant à leurs ambitions.

Phueng but une petite gorgée de bière en ajoutant :

— Ces gens-là sont déjà très inspirants. Ils sont nombreux à avoir subi des licenciements, des maladies, des coups, ou à être porteurs d'un handicap… Mais ils ont fait preuve de résilience et se sont efforcés de transformer ce qui leur arrivait en opportunité !

Malo écoutait Phueng sans l'interrompre. Elle enchaîna d'un ton plus mystérieux.

— Et puis il y a un troisième type de personnes, très rare, très très rare… qui, lorsqu'elles vivent une difficulté, te disent : « Je ne sais pas en quoi c'est extraordinaire ce qui m'arrive, mais je le saurai un jour ! » ; « Je ne vois pas encore en quoi c'est un cadeau, je ne vois pas encore en quoi je dois dire merci à ce qu'il m'arrive parce que j'en souffre, mais je sais qu'un jour je le dirai ! ».

Une lueur étrange brillait dans les yeux de Phueng.

— Ces gens ne savent pas si ce sera demain, dans un an, dans cinq ans, ou même le dernier jour de leur vie, mais elles ont la certitude qu'elles diront un jour « Merci », parce qu'elles sont sûres que tout ce qui leur arrive est un acte d'amour délivré par quelque chose de plus grand qu'eux.

— Plus grand qu'eux ?

— Oui, un acte de bienveillance, d'amour de l'univers. Ces personnes se félicitent en permanence de l'opportunité de la vie et remercient pour le cadeau qu'elle leur fait.

Phueng marqua un temps et demanda :

— Alors de quelle catégorie de personnes fais-tu partie, Malo ?

Celui-ci répondit par un rictus : tous deux connaissaient la réponse. Phueng haussa les épaules.

— Il ne tient qu'à toi d'évoluer. Ne trimballe pas ton passé partout avec toi, pose-le comme une pierre sous tes pieds et sers-t'en comme d'un trépied pour monter plus haut vers tes rêves et inspirer les autres.

Phueng regarda sa montre.

— Il va falloir que je prenne mon service.

— De quoi parlez-vous ?

— Je te rappelle que je suis la femme de ménage de la société pour laquelle tu travailles. Tant que tu ne me mets pas à la porte, je reste !

— Mais, Phueng, pourquoi faites-vous cela ? Vous m'avez l'air érudite, vous vous exprimez parfaitement en français, vous pourriez sans aucun doute prétendre à un métier bien plus gratifiant.

— Peut-être, mais j'ai passé l'âge d'avoir besoin d'être gratifiée.

— Non, enfin... Je veux dire plus rémunérateur.

— Je ne me plains pas de ma paie, mais si tu tiens à m'augmenter, je ne suis pas contre, lui répondit-elle en riant.

— Enfin, vous comprenez ce que je veux dire, Phueng !

— Pas bien, non. J'ai un métier qui me permet de vivre, de rencontrer des gens érudits comme tu dis, je pratique ainsi mon français, je m'organise comme je le souhaite et j'aime l'idée que, tous les matins, les salariés se réjouissent de travailler dans des locaux tout propres.

Malo fronça les sourcils, voyant qu'il n'arriverait pas à la convaincre.

— Phueng ?

— Oui ?

— Ça m'a fait du bien de parler avec vous.

— Moi aussi, Malo.

— Qu'attendez-vous de moi ? Vous ne m'avez toujours rien demandé alors que – dois-je vous le rappeler ? – vous me payez une fortune, ironisa Malo avec douceur.

— D'ici demain, j'aimerais que tu réfléchisses à tout ce que ton passé t'a apporté et la façon dont tu pourrais t'en servir pour inspirer les autres.

— Quels autres ? Au travail ?

— Oui et ailleurs, tous les gens qui croiseront ta route. Tu me raconteras.

La vieille femme se leva, fit une accolade à sa fille et à son gendre puis s'engagea en direction de XSoftware. Malo la rattrapa.

— Attendez ! Je ne suis pas sûr de bien comprendre ce que vous me demandez.

— Qui serais-tu en homme parfait ? Comment agirais-tu ? Qui admires-tu dans la vie ? Et, toi, qui vas-tu inspirer par ton comportement ?

— Mais comment le saurais-je ?

— Tu le sauras.

— Où se revoit-on demain ? questionna Malo alors que Phueng se faufilait déjà dans la nuit. Je n'ai même pas votre numéro de téléphone.

— Je te tiendrai informé, lança-t-elle de loin sans se retourner, laissant Malo les bras ballants.

Matrix

« Vous n'êtes pas les choses que vous faites, vous êtes votre manière d'être. »

Neale DONALD WALSCH

Malgré son état de nervosité extrême, Malo arriva tôt le lendemain dans les bureaux de XSoftware. À son grand étonnement, Marie-Odile l'attendait à la porte de son bureau.

— Votre main est toute bleue ! s'inquiéta-t-elle.

— Ça va, ça n'a aucune importance, se défendit Malo. Mais que faites-vous ici ? J'avais missionné Matthieu pour qu'il vous persuade de rester chez vous pour récupérer. Comment allez-vous ?

— Je vais bien, et c'est grâce à vous qui m'avez défendue. Je tenais à vous remercier, Malo. Maintenant, suivez-moi, il faut faire quelque chose pour votre main, ordonna la DRH d'un ton sans appel.

Marie-Odile obligea Malo à s'asseoir et sortit de la boîte à pharmacie qu'elle gardait précieusement dans un tiroir de son bureau des crèmes et de la gaze qu'elle appliqua avec attention sur la blessure endolorie du jeune homme. Sous son autorité, Malo se laissa faire. Il y avait tant d'années que personne n'avait pris soin de lui avec une telle douceur. Les gestes de Marie-Odile lui rappelaient ceux de sa propre mère quand, enfant, elle soignait ses blessures. Peu à peu, il sentit l'émotion le gagner et des larmes se faufiler le long de ses joues. Discrètement, en le tenant d'une main ferme pour achever son bandage, Marie-Odile lui glissa un mouchoir dans la main, avant de s'esquiver à petits pas.

— Vous avez mal ? demanda-t-elle avant de refermer la porte du bureau derrière elle.

— Non, non, répondit Malo, gêné, je... Ce n'est pas dans mes habitudes de...

— Ne vous inquiétez pas. Tout traumatisme est suivi d'une émotion qu'il faut laisser sortir. C'est très sain au contraire.

Après que la DRH fut partie, Malo ne chercha plus à maîtriser ses larmes. Depuis que le verdict du médecin était tombé, une forte angoisse avait pris possession de lui. Les scènes les plus dramatiques de sa vie resurgissaient sans crier gare alors même qu'il croyait les avoir enfouies au plus profond de lui-même. Il dormait mal, peu, par à-coups. Seules les paroles de Phueng et leurs vertus apaisantes avaient réussi quelques instants la nuit dernière à calmer l'inflammation de ses pensées. Quelque chose en lui l'incitait à s'y accrocher, même s'il doutait de leur efficacité.

Que lui avait-elle dit déjà ? Qu'il devait profiter du temps qu'il lui restait pour agir en fonction de ses propres valeurs. Mais quelles étaient ses valeurs ? Et que signifiait la phrase qu'elle avait utilisée : « Expérimenter la meilleure version de soi-même » ? Dans sa tête, il répétait en boucle comme pour se convaincre : « Je ne vois pas encore en quoi ce qui m'arrive est un cadeau, je ne vois pas encore pourquoi je dois dire merci alors que je souffre, mais je sais qu'un jour je dirai merci ! » *Espérons que ce soit avant ma mort*, ne put-il s'empêcher de songer.

Il s'apprêtait à sombrer dans des pensées plus funestes quand le téléphone sonna.

— Malo ?

— Oui.

— William de K-Invest à l'appareil, j'ai eu Bertrand au téléphone qui m'a expliqué son séjour à l'hôpital.

— Oui, j'allais vous appeler.

— Il nous a tout raconté.

— Je suis vraiment désolé.

— Tu n'y es pour rien ! Mais, tu comprends, maintenant, il n'y a plus personne aux commandes. Alors on compte sur toi pour reprendre le flambeau. Tu vas devoir prolonger ta mission de quelques mois.

— Quelques mois ? C'est impossible ! D'après les médecins, il n'est question que de quelques jours, répliqua Malo.

— Ce n'est pas ce que Bertrand m'a dit…

— Comment cela ?

— Il ne se sent pas de reprendre son poste tout de suite. Après son malaise qui a provoqué sa chute, il doit entrer en maison de convalescence pour plusieurs semaines.

Bertrand n'avait donc pas raconté toute la vérité sur ce dramatique épisode, pensa le jeune homme. En vérité, cette version des faits l'arrangeait : il n'avait aucune envie de justifier son accès de violence auprès de son employeur.

— Tu vois, continua son interlocuteur, tu es le mieux placé pour repenser la stratégie et remettre cette boîte sur les rails. On te laisse trois mois, et les mains complètement libres, c'est plus qu'il n'en faut.

— Mais il n'est pas question de…

— On se fait un point plus tard, j'ai un double appel : un prochain projet qui devrait t'intéresser. Je compte sur toi !

William raccrocha sans un mot de plus, laissant Malo stupéfait. À aucun moment il n'avait envisagé de rester aussi longtemps en Asie. Sa mission devait se terminer dans une semaine et il avait d'autres chats à fouetter d'ici à ce que la maladie se manifeste plus violemment.

Il était hors de question qu'il passe une seconde de plus dans ce bureau. C'était au-dessus de ses forces. Il sortit, bien décidé à ne pas se laisser faire. Était-ce cela que Phueng lui avait conseillé ? Prendre sa vie en main ? Désemparé, il arpentait les couloirs de l'entreprise quand, en passant devant le local à café, il surprit Matthieu haranguant un auditoire de salariés :

— Keanu a réincarné Néo et, dans un geste précis, a assené une droite à Bertrand. Un remake de *Matrix* en direct, je vous jure que ça valait le coup !

Malo n'en crut pas ses yeux : Matthieu était en train de raconter en détail la scène de la veille à l'ensemble du personnel, agglutiné autour de lui.

— Il commence à me plaire le nouveau patron, gloussa Zoé.

— En tout cas, ce pervers alcoolique a eu ce qu'il mérite, et ce n'est pas moi qui vais le regretter, lança le directeur informatique en insérant une capsule dans la machine à café.

Après un brouhaha d'approbation, tous se dispersèrent dès qu'ils aperçurent Malo derrière la vitre. Ce dernier retint Matthieu, Marie-Odile et Éric, le responsable de la recherche.

— Je souhaite vous parler en salle de réunion. C'est important.

Zoé, qui n'était pas conviée, s'inséra avec habileté dans la réunion en prétextant servir les cafés. Elle ralentissait ses gestes, si bien que Malo s'impatienta et lui fit signe de prendre place – ce qu'elle accepta sans se faire prier.

— Bon, maintenant que vous êtes au courant de la situation grâce à Matthieu, je vais m'efforcer d'être transparent avec vous. Bertrand a besoin d'un peu de repos et surtout d'une bonne cure de désintoxication. On m'a donc demandé de reprendre le flambeau en son absence.

Quatre sourires s'affichèrent face à lui. Si Malo se sentit flatté, il n'en laissa rien paraître.

— Le temps de trouver un remplaçant et de m'assurer que le relais soit bien passé, précisa-t-il.

— Un remplaçant, mais pourquoi ? L'équipe va être ravie d'apprendre que vous êtes le nouveau capitaine à bord, s'empressa de dire Matthieu pour le convaincre.

— Je ne suis pas venu pour prendre les rênes de cette entreprise, mais je ferai le nécessaire pour assurer la transition.

Malo s'adressa au responsable de la recherche sur un ton plus factuel.

— J'ai noté que la nouvelle version du logiciel n'était pas en ligne ; or, d'après la *road map*, la sortie était prévue hier, y a-t-il un problème ?

— Nous allons avoir besoin de 48 heures supplémentaires, se défendit Éric, gêné.

— Malo, l'équipe est à bout, la plupart n'ont pas pris de vacances depuis un an, soutint la DRH. Et cela fait plusieurs mois que Bertrand les fait travailler sous pression, sans aucune ligne directrice. Ils auraient bien besoin de lever le pied, sinon ils vont craquer ou quitter l'entreprise. Plusieurs sont déjà partis.

— C'est une bonne idée en effet.

Marie-Odile baissa les yeux, plus habituée aux reproches qu'aux compliments.

— Je ne plaisante pas, c'est une excellente idée, Marie-Odile, insista Malo, nous pourrions tous avoir besoin d'un break, moi le premier. Pourquoi ne pas se retrouver dans un cadre plus enchanteur, pour ressouder l'équipe ? Ce ne sont pas les îles qui manquent ici. Nous pourrions travailler le matin en petits groupes et nous relaxer le reste de la journée.

Zoé ne put retenir un cri d'excitation. Une idée venait de germer dans son esprit.

— J'ai un très bon ami, Théo, qui vient juste d'ouvrir un village de vacances sur une des plus belles plages de la baie de Phang Nga. C'est à deux heures de Bangkok.

Malo s'empara aussitôt de l'idée.

— Pensez-vous que votre ami pourrait nous recevoir dans son hôtel ? Je lui en serais très reconnaissant.

Stupéfaite, la jeune femme n'en croyait pas ses oreilles.

— Bien sûr, monsieur, s'enthousiasma-t-elle.

Matthieu toussota en lui faisant les gros yeux, une ombre passa sur son visage.

— Bon, tout n'est pas encore au carré, précisa-t-elle, mais d'ici là…

— Au carré ? C'est-à-dire ?

— Disons que le personnel n'est pas tout à fait rodé, le réseau internet n'est pas très fiable non plus, mais les chambres viennent d'être terminées et le cadre est vraiment magique. En pleine nature !

Pour achever de convaincre Malo, Zoé surenchérit avec aplomb qu'elle négocierait personnellement le budget, ce qui fit sourire son interlocuteur.

— Bien, tout ça me semble parfait, conclut le nouveau dirigeant. Zoé, je vous laisse donc vérifier les conditions tarifaires avec Matthieu, la logistique, les activités éventuelles. Marie-Odile, c'est vous qui organiserez les réunions de travail, que nous limiterons à deux heures par jour. Il est temps de mettre à profit les idées et les compétences des salariés de cette entreprise. Et, pour finir, je crois que tout le monde se tutoie ici.

— Oui, s'empressa de confirmer Zoé, à part Diplodocus, bien sûr !

— Alors, je m'appelle Malo, et non « monsieur » ! Ça me ferait plaisir que vous fassiez tous un effort.

— T'es trop top, Malo ! s'emporta Zoé, galvanisée par autant de bonnes nouvelles.

Alors que Marie-Odile et Matthieu restaient bouche bée, le nouveau P.-D.G. sourit.

— Bon, départ la semaine prochaine afin de laisser à l'équipe le temps de mettre en ligne le nouveau logiciel et que chacun puisse s'organiser. Qu'en pensez-vous ?

Tous se félicitèrent de cette magnifique idée, sauf Matthieu qui restait sur la réserve.

Malo retint le directeur financier alors que les autres membres du comité étaient déjà sortis de la salle de réunion.

— Je sais que l'hôtel n'est pas prêt, mais je ne crois pas que notre équipe attende un cinq-étoiles. Je les observe depuis plusieurs jours et je pense, comme Marie-Odile, qu'ils ont besoin de se poser un peu. Ça nous fera à tous le plus grand bien, et puis ça nous permettra de nous connaître mieux.

Matthieu hocha la tête. Malo but son café d'un trait et poursuivit :

— Je suis sûr que nous nous ferons un plaisir de donner un coup de main à Zoé et son ami Théo. N'avons-nous pas la meilleure équipe d'informaticiens ? C'est ça la solidarité, non ?

Matthieu se détendit et sourit à son tour.

Après qu'il eut quitté la pièce, Malo se sentit le cœur léger. De tout son être émanait une joie qu'il n'avait pas ressentie depuis ce jour où la vie avait rétréci. Il regarda du haut du 35e étage de la tour Norton le soleil se refléter sur le Chao Phraya, le fleuve qui descendait la capitale pour se jeter à quelques kilomètres dans le golfe de Thaïlande.

Son reflet dans la vitre lui renvoyait l'image d'un homme serein, souriant. Phueng avait raison, il le saurait quand il serait au bon endroit.

Phueng ! Il faut absolument que je la prévienne.

Il était engagé envers elle, mais aussi à l'égard des salariés maintenant et il n'était pas question de décevoir qui que ce soit !

Attendons de voir

« Les seules personnes sans problèmes sont celles qui sont dans les cimetières. »

Anthony ROBBINS

Quatre jours s'écoulèrent et Malo ne recevait toujours aucune nouvelle de Phueng. Il s'était rendu chaque soir à son stand au marché de nuit, mais seule sa remplaçante, qui ne parlait pas un mot de français ni d'anglais, l'accueillait avec de grands sourires en lui offrant de goûter ses coco-locos. Sa fille et son gendre étaient également introuvables.

Pendant ce temps, la date du voyage approchait. Zoé, Matthieu et Marie-Odile avaient pris en main toute l'organisation, et les salariés, réjouis par ce break inespéré, redoublaient d'efforts pour sortir la nouvelle version à temps.

Malo était face à un dilemme : il n'était pas question de s'en aller sans prévenir Phueng, mais il ne pouvait pas non plus laisser partir seule son équipe.

— Tu as l'air préoccupé, Malo, s'enquit Marie-Odile alors qu'elle lui tendait le parapheur.

— Oui, je n'ai plus de nouvelles de… Oh non, rien de grave ! balbutia-t-il.

— Pardon, je ne voulais pas être indiscrète.

Devant la mine déconfite de la DRH, Malo se rappela quel homme il souhaitait être et l'humilité le rattrapa.

— Non, ce n'est pas toi, Mao. En fait, je me suis lié d'amitié avec notre femme de ménage.

— Phueng ?

— Tu la connais ?

— Tout le monde la connaît et l'adore ! Elle m'a demandé de lui donner des cours de français et vient régulièrement à la maison. Je suis ravie de pouvoir l'aider un peu, c'est une si belle personne.

— L'as-tu vue dernièrement ? Je ne la trouve nulle part, une remplaçante a pris son poste ici, ce n'est pas normal.

— Elle épaule sa fille. Son gendre s'est fait licencier du restaurant où il travaillait.

— As-tu ses coordonnées ? Sais-tu où elle habite ?

— Non, c'est toujours elle qui se déplace. Mais je sais qu'ils sont employés tous les trois au grand marché.

— Tu veux dire au marché de nuit ?

— Non, le marché central de Bangkok : le Pak Khlong Talat.

Le cœur de Malo s'emballa. Il sauta dans un taxi pour se rendre au cœur de la ville, muni de la précieuse adresse fournie par Marie-Odile. Il longea le palais royal, le plus beau temple de la capitale, dont la centaine de bâtiments abritaient statues et fresques de toute beauté. Son bouddha d'émeraude trônant en haut d'un autel avait particulièrement plu à Malo, impressionné par la créativité et la foi du peuple thaïlandais.

Le conducteur arrêta le véhicule devant le Pak Khlong Talat et montra à Malo l'entrée principale. Celui-ci s'engouffra dans un immense marché couvert. Il passa devant le secteur des fleurs, où des femmes et des hommes s'affairaient à ranger dans des cagettes des colliers d'œillets orange sur des plateaux d'offrandes, et triaient par couleur des orchidées dans des cartons prêts à l'envoi. Il arriva bientôt à la division des fruits et légumes et s'arrêta un instant, émerveillé par la richesse des étalages : il ne connaissait pas un quart des denrées présentées ! Il traversa les allées jusqu'à la quincaillerie, avant d'arriver au secteur des herbes et des huiles de massage. Des Thaïlandais de tout âge y travaillaient, assis sur leurs talons, à éplucher, équeuter, empaqueter à la chaîne les matières premières, pendant que d'autres acheminaient dans un sens et dans l'autre les marchandises transformées. Malo tenta de se renseigner sur l'emplacement de Phueng, mais personne ne le comprenait. Les enfants attardaient leur regard curieux sur l'étranger qui leur paraissait démesurément grand.

S'entêtant à cheminer dans cet immense labyrinthe, rebroussant chemin dans les mêmes allées sans issue, il scannait stand par stand les visages dans l'espoir de repérer celui de Phueng. Même s'il était le seul Européen, Malo ne se sentait pas rejeté, des sourires le saluaient de toutes parts. Après plus d'une heure de recherche, il était en train de céder au découragement quand il repéra une petite porte bleue, donnant sur un grand hangar. Des familles entières, du plus petit endormi sur le dos de sa mère jusqu'aux personnes âgées, égrenaient et triaient des épices aux arômes variés. Dans la foule éparse, Malo reconnut tout de suite le visage familier de Phueng. Entourée d'une dizaine de femmes, elle coupait avec agilité le gingembre en fines lamelles ; d'autres, à ses côtés, épluchaient la première pelure des racines. Phueng chantonnait, comme toujours, le sourire aux lèvres. Sa fille, les traits tirés, travaillait en silence, pendant que son gendre entassait les cagettes sur une charrette en fer.

Malo s'approcha et s'assit près d'elle. Elle ôta ses lunettes pour le scruter avec bienveillance, et s'épongea le front, avant de reprendre sa tâche.

— J'ai appris pour Kyet, je suis désolé, déclara Malo.

— Pourquoi ? demanda-t-elle tranquillement.

Il la regarda, interloqué.

— N'a-t-il pas perdu son emplacement au marché de nuit ? Vous m'avez dit que cuisiner était une passion pour lui et votre fille.

— Oui, mais il est en bonne santé, n'est-ce pas l'essentiel ?

— Si, bien sûr ! Mais j'imagine que c'est difficile pour vous tous.

— Avant de s'apitoyer, attendons de voir si le Ciel n'a pas de meilleur plan pour nous.

— Justement, Phueng, accepteriez-vous que je vous aide un peu financièrement ? se risqua timidement Malo qui ne voulait pas l'offenser.

— Nous avons assez pour vivre, en tout cas c'est très gentil à toi de le proposer, je suis touchée.

— Phueng, nous avons signé un pacte : pas d'orgueil mal placé entre nous ! Vous m'avez sauvé la vie il y a quelques jours, et mon argent ne me sera bientôt plus utile. Vous m'avez demandé quelle version de moi j'avais envie de montrer aux autres, alors laissez-moi vous exprimer qui je suis, qui j'ai envie d'être.

— Mon petit, il n'est pas question d'orgueil. Avoir un travail est un honneur. Servir à quelque chose, et surtout les autres, est une fierté. Crois-tu que mes enfants auraient un meilleur moral, enfermés entre quatre murs ? Certes, la tâche est physique, mais ce travail contribue à leur équilibre.

Malo comprenait le discours de Phueng. Il marqua une pause avant de se décider à lui annoncer son départ d'un air contrit.

— Phueng, je vais devoir déroger quelques jours à notre pacte. Mon équipe est dans un triste état, et nous partons une semaine en séminaire dans le complexe hôtelier de Théo, l'ami de Zoé, pour nous ressourcer.

— Quelle belle idée, je me réjouis pour vous tous, profitez-en bien. Je connais bien l'endroit, mon frère vit sur l'une des îles en face.

L'enthousiasme de Phueng désarmait le jeune homme. Elle déposa son couteau sur la planche, s'essuya la main sur son tablier et la posa sur celle de Malo.

— Tu es un homme bon, mon petit, je suis fière d'avoir croisé ta route.

— C'est à votre contact que je me sens meilleur. J'aimerais tant faire quelque chose pour vous et votre famille, ça me fait mal de vous voir courbée ainsi.

Phueng reprit son ustensile et mania la lame avec dextérité.

— Nous n'avons pas besoin de pitié ! Regarde ! Ce gingembre va régaler subtilement les palais de milliers de gens, partout dans le monde et... ce sera en partie grâce à nous, déclara-t-elle d'un air malicieux.

Le rire de Phueng était contagieux.

— Va, mon petit, et sois tranquille. Tu me raconteras à ton retour. Et n'oublie pas notre pacte : ce n'est pas parce que tu seras à quelques centaines de kilomètres que tu dois déshonorer ta parole.

— Justement, je voulais vous expliquer ce qu'il s'est passé ces derniers jours...

— Comment te sens-tu ? le coupa-t-elle en se remettant activement au travail.

— Bien. C'est curieux, mais je crois que je vais mieux, malgré la situation. C'est comme si...

— Alors, l'arrêta Phueng, je n'ai pas besoin de te demander quoi que ce soit pour le moment.

— Laissez-moi une adresse ou un numéro de téléphone au moins.

— Pourquoi t'encombrer la tête ?

— Je pars après-demain. Vais-je vous revoir d'ici là ?

— Ne cherche plus, je suis là !

Malo sentit qu'il n'obtiendrait rien de plus de Phueng et quitta le marché contrarié. Il s'en voulait de ne pas trouver les mots pour convaincre cette femme qui lui donnait tant.

Avant de retourner au bureau, il s'attabla dans un restaurant de rue pour déguster un curry vert au poulet avec une noix de coco fraîche. Il s'aperçut qu'il prenait désormais plaisir à déjeuner au milieu des Thaïlandais dans des petites gargotes de fortune. Les mots de Phueng résonnaient dans sa tête : « Attendons de voir si le Ciel n'a pas de meilleur plan pour nous. » Il leva son regard vers le ciel.

— Dis-moi, là-haut, si tu as un super plan pour cette famille, je suis prêt à tout pour t'aider, fais-moi signe, s'il te plaît !

En arrivant au bureau, il surprit Zoé, la mine déconfite, que tentaient de consoler Matthieu et Mao.

— Que se passe-t-il ?

— Le cuisinier de Théo a eu un grave accident, sa femme est à son chevet, il est entre la vie et la mort. Il faut tout annuler ! expliqua la DRH.

— Nous avons cherché à les remplacer, mais le délai est trop court, ajouta Matthieu, dépité.

Malo encaissa la nouvelle.

— Quel drame, je suis désolé pour cet homme et sa famille.

Un silence pesant plombait l'atmosphère.

— Mais, pour le reste, je crois que le Ciel a un meilleur plan, poursuivit-il d'un air mystérieux.

En route

« Il importe guère qu'un être soit croyant ou non : il est beaucoup plus important qu'il soit bon. »

DALAÏ-LAMA

Dix taxis stationnaient en file indienne devant les bureaux d'XSoftware. Malgré l'heure matinale, les salariés étaient tous au rendez-vous, dont Phueng et sa famille qui arrivèrent en dernier, les bras chargés d'ustensiles et d'appareils de cuisine, notamment celui servant à préparer les cocolocos. Six ingénieurs se précipitèrent pour les aider à ranger le matériel dans le dernier véhicule vide, et le cortège partit en direction de l'aéroport.

Quand ils furent dans l'avion, Malo se plaça à côté de Phueng, Kyet et Pranee.

— Je vous suis reconnaissant d'avoir accepté de nous accompagner, vous nous sauvez le séjour, dit-il en s'asseyant.

— Il faut remercier le Ciel, Malo ! déclara Phueng. Il a toujours de meilleurs plans pour nous tous !

Pranee, qui comprenait le français, traduisait à voix basse la conversation à Kyet, qui hochait la tête en silence.

— Vous êtes incroyable, Phueng ! Votre foi est sans limites !

— Nous, les humains, pensons tout contrôler. En réalité, nous n'avons qu'à décider ce que nous voulons au fond de notre cœur pour que le Ciel nous offre les conditions idéales de réalisation. La vie est très simple si nous comprenons qu'il ne peut rien nous arriver d'autre que ce que nous avons demandé.

— Si l'on n'obtient que ce que l'on mérite, je dois vraiment me remettre en question, s'indigna Malo. La vie ne m'a pas fait de cadeau !

— Nous ne récoltons pas ce que nous méritons, nous recevons ce que nous réclamons !

— N'est-ce pas la même chose ?

— Réfléchis : qu'as-tu demandé toutes ces années ? Ne réponds pas trop vite, prends le temps de laisser venir en toi la réponse la plus juste.

Malo se rassit au fond de son siège. Il n'avait jamais rien demandé de particulier, sauf peut-être la possibilité d'effacer les traumatismes de son passé.

— Je ne sais pas, Phueng.

— Oh si, mon petit, bien sûr que tu sais.

— J'ai cherché à oublier mon passé.

— Comment ?

— Comment ça, comment ?

— Qu'as-tu fait pour l'oublier ?

— J'ai travaillé comme un forcené, j'ai fait en sorte de ne plus jamais m'accrocher à personne, j'ai décidé de couper les ponts avec mon père, même après qu'il a essayé de reprendre contact avec moi en m'invitant à New York, j'ai aussi coupé les ponts avec mes amis. Au final, je me suis détaché de toute entrave car je voulais leur prouver à tous que je pouvais réussir sans eux !

— Parfait ! Ta prière a été exaucée !

— Mais ma souffrance liée à mon passé est toujours là, elle !

— Bien sûr, puisque c'est ta volonté : tu as demandé à oublier ton passé.

— Je ne l'ai pas oublié, donc ma demande n'est pas satisfaite.

Phueng se mit à rire.

— Qu'y a-t-il de drôle, Phueng ?

— Si je te propose de ne pas penser à un éléphant rose qui tient par l'épaule une girafe verte, que visualises-tu ?

Malo sourit.

— J'ai compris, mais alors qu'aurait-il fallu que je réclame ?

— À ton avis ?

Malo prit une longue inspiration.

— Je ne sais pas. Tomber amoureux d'une autre fille après Justine ? Mais je ne suis pas prêt à remettre mon cœur en jeu. C'est pour moi une question de survie !

— Tu vois ? Tu obtiens ce que tu demandes, pourquoi le Ciel te trahirait ? Tu ne veux plus aimer, Il positionne sur ta route des aventures sans lendemain.

Phueng marqua un temps avant de l'interroger de nouveau :

— Est-ce que tu as réfléchi à ce que je t'ai demandé ?

— À quel niveau ?

— Je t'ai proposé l'autre soir de changer la perception que tu avais de ton passé et d'essayer de voir comment il t'avait permis de devenir celui que tu es aujourd'hui.

— Oui, j'ai fait une liste, répondit Malo, qui sortit son téléphone portable pour lire ses notes. Les épreuves que j'ai rencontrées m'ont obligé à me montrer courageux, combatif, déterminé. Quand ma mère est morte, j'ai dû développer mes capacités d'adaptation et apprendre à me débrouiller par moi-même. Par la suite, mon grand-père m'a appris l'humilité, le pied marin, et ma grand-mère, la bienveillance, la douceur et comment pêcher les coquillages.

Phueng l'écoutait attentivement.

— Vois-tu maintenant à quel point ces forces en toi proviennent de ton passé ? Dès que tu orientes ta perception sur ce que ces malheurs t'apportent, tu cesses d'être victime !

Malo resta pensif. Il contempla par le hublot les plaines agricoles qui défilaient sous ses yeux, entre les bois de tecks et d'hévéas. Dans les vallées, un peu plus haut, là où le riz pousse, les pieds dans l'eau, la tête au soleil, vivaient encore quelques minorités ethniques. Malheureusement, les autorités les obligeaient à se fondre peu à peu dans le moule thaïlandais.

— Les rivières sont nombreuses au centre du pays, commenta Phueng, comme si elle lisait dans ses pensées. Le sol est riche, et le climat propice à la culture, c'est là le creuset de la civilisation thaïlandaise !

La tristesse étreignit Malo à l'idée de ne bientôt plus être en vie pour admirer ces beautés terrestres.

— Phueng, croyez-vous que ce qui m'arrive est une sorte de dette ?

Phueng lui offrit son plus grand sourire.

— Je pense que le Ciel met des épreuves sur notre route pour servir nos intérêts. Chaque difficulté que nous rencontrons peut être dépassée. S'Il t'a choisi pour vivre une épreuve, c'est qu'Il n'a aucun doute que tu en as la force.

— Si seulement le Ciel pouvait réviser ses croyances quant au sort qu'Il me réserve ! Depuis quelques jours, je suis traversé par une foule d'émotions dont je ne sais que faire. Un moment, j'ai envie de pleurer, l'instant d'après de me mettre en colère. Qu'est-ce qu'il m'arrive ? Peut-être que je paie la facture pour une vie précédente ?

— Ah, tu fais référence à ta charge karmique ! Ces émotions sont en quelque sorte la somme de tes expériences de vie, de tous les événements plus ou moins douloureux que tu as pu traverser jusqu'à maintenant et qui ont suscité en toi tristesse, colère, mais aussi peur, honte, joie pour ne citer que les principales émotions. Quand tu as perdu ta mère et que ton père t'a abandonné, tu as sans doute culpabilisé de ne pas avoir réussi à le retenir, ne pas avoir réussi à le sauver de son naufrage ? Peut-être as-tu eu aussi le sentiment que tu n'étais pas digne d'être aimé ?

— C'est exactement ce que j'ai ressenti et ce que j'éprouve encore souvent, s'exclama Malo. Je crois que c'est pour cette raison que j'ai décidé de ne plus aimer, à mon tour. Ainsi, je me protège des émotions désagréables.

Phueng regarda le jeune homme avec intensité.

— Malo, as-tu une idée de la manière dont les émotions fonctionnent ?

« Non », fit-il d'un simple signe de tête.

— L'émotion est une charge électrique qui traverse notre système nerveux. D'ailleurs, si elle est trop intense, elle peut te tuer.

— Me tuer ?

— Oui, en cas d'extrême violence. Par exemple, lorsque les flammes ont fait prisonniers les occupants des Twin Towers à New York lors des attentats, certains ont préféré se jeter par la fenêtre. Mais la peur était si forte que la décharge a provoqué un arrêt cardiaque avant même qu'ils percutent le sol.

— Une sorte de disjoncteur interne ?

— Exactement, comme dans un appartement si la charge électrique est trop intense. Mais notre disjoncteur a une grande tolérance avant de tout faire sauter, et heureusement ! expliqua Phueng en riant.

Elle reprit plus sérieusement :

— La nature est bien faite, Malo : enfant, tu as assimilé la part d'émotion que tu pouvais intégrer et tu as mis le reste dans un coin pour plus tard. Ces émotions mal digérées ont formé comme un nuage autour de toi qui modifie ta vibration tout au long de ta vie. À moins que tu ne parviennes à accueillir complètement tes émotions, ce petit nuage continuera à aimanter des expériences similaires à celles que tu as connues auparavant. Après les abandons que tu as subis enfant, ce n'est pas un hasard si, à l'âge de 20 ans, cela a été au tour de ta fiancée et de ton meilleur ami de te laisser tomber. À chaque abandon, ta charge émotionnelle s'accumule dans ce nuage. C'est ça, la charge karmique, une forme d'énergie qui change ta vibration, et donc ce que tu attires.

— Ce que j'attire ?

— Bien sûr, tu attires ce que tu es, ce en quoi tu crois. Tant que tu ne libères pas tes émotions les plus enfouies, le même cycle se perpétue.

— Comment puis-je m'en affranchir ?

— Pardonne-toi !

— Me pardonner ?

— Oui, fais la paix avec cette part de toi qui a eu besoin de se blinder, en étouffant ses émotions. Envoie à ton passé autant d'amour qu'il est possible d'en donner. Le temps n'existe pas vraiment, tous les drames que tu as connus continuent à se jouer ici et maintenant, dans un rêve infini t'offrant à chaque instant la chance de te pardonner pleinement et ainsi de libérer tes émotions pour changer de champ vibratoire et attirer ce que tu es devenu. Tu verras : lorsque tu relâches la pression, les émotions se libèrent petit à petit et ton cœur retrouve sa joie naturelle.

— Mon cœur est plus léger depuis le soir où… je vous ai rencontrée. Je ne sais pas comment vous remercier, Phueng !

— Te voilà riche de ton passé, mon petit. Mais reste vigilant, les émotions reviennent toujours, ne les évince pas, elles sont vitales. Il te faudra apprendre à les reconnaître et à les accepter.

À ces mots, Malo replongea dans ses pensées : aurait-il le temps d'aller au bout du programme chargé que lui préparait Phueng ? Un léger sourire toutefois s'était dessiné sur ses lèvres qui ne le lâcha pas du reste du vol.

À l'arrivée, les salariés de XSoftware s'entassèrent à l'arrière de trois taxis collectifs. Malo monta avec une partie de son équipe, les fesses serrées sur les bancs en bois d'un véhicule tout cabossé. Les sourires échangés à chaque embardée sur la piste rocailleuse le ramenaient à ses souvenirs dans le pick-up de son grand-père : assis sur les cordages avec Justine et Benjamin, ils riaient aux éclats, anticipant chaque virage qui les menait au port pour une journée en mer. Il se demanda s'il n'était pas retombé en enfance. Dans quelle drôle d'aventure était-il en train d'embarquer non seulement ses salariés mais également lui-même ?

Belle-Île-en-Mer

> « *Je me méfie des hiérarchies dans la souffrance. Tout tourment est de trop pour celui qui le subit.* »
>
> Alexandre JOLLIEN

Au détour d'un virage, ils aperçurent une longue plage de sable blanc parsemée de palmiers et bordée par une mer turquoise. À l'horizon s'étendaient des forêts de tecks, d'hévéas et de caoutchoucs qui abritaient une faune encore préservée. La vue était à couper le souffle. Zoé pointa de son index une trentaine de bungalows au loin.

— C'est là-bas que nous descendons ! annonça-t-elle avec une excitation mal contenue.

L'endroit était réellement magnifique, construit, selon la tradition thaïlandaise, en matériaux naturels, bois de teck et bambou. La toiture du bâtiment principal avait la forme d'une pagode recouverte de feuilles de palmiers et de miscanthus tressées. Théo, un jeune homme aux cheveux châtains, de taille moyenne, dont la peau avait été brunie par le soleil, était vêtu d'un bermuda en lin clair et d'une chemisette blanche. Il les attendait muni d'un plateau de cocktails à base de citronnelle et de gingembre. Zoé fit les présentations, tout en dévorant des yeux le jeune directeur des lieux. Elle salua ensuite la réceptionniste, une Thaïlandaise aussi menue que discrète, qui fit le tour du comptoir pour distribuer des petites serviettes fraîches sur lesquelles était déposée une fleur d'orchidée violette.

Les discussions dans le hall ne tarissaient pas d'éloges quant au raffinement du lieu. Zoé, la première, était survoltée et ne s'en cachait pas. Du moins jusqu'au moment où une magnifique jeune femme prit place à côté de Théo, qui la présenta comme sa coach sportive.

En l'apercevant, Zoé perdit instantanément sa belle humeur, mais pas son franc-parler.

— T'as embauché Miss Monde ? ironisa-t-elle, des éclairs dans les yeux.

— Voici Simone, poursuivit Théo sans se décontenancer.

— Enfin une justice ! pouffa Zoé d'un air goguenard. Simone, ça casse un peu le mythe !

La remarque n'échappa pas à Matthieu qui se retint de rire. Théo continuait sans prêter attention à la jalousie de Zoé.

— Elle nous vient tout droit de Hollande, et se fera un plaisir d'assurer les cours de gym pour ceux qui souhaitent se dérouiller un peu.

Les approbations fusèrent dans un brouhaha qui se figea au moment où la créature de rêve entrouvrit la bouche :

— J'apprends le français depuis peu de temps, je vous demande de *la indulgence*.

— Simone parle très bien français et couramment anglais, précisa Théo.

Zoé se dandinait en roulant des fesses pour imiter sa rivale.

— Si Miss Univers maîtrise la langue de Shakespeare, alors nous lui accorderons *la indulgence*, persifla-t-elle.

À ces mots, Matthieu la saisit par les épaules et lui glissa à l'oreille.

— Tu as bien plus de charme qu'elle !

— Super ! Le charme, c'est un compliment pour les moches ou les vieilles ! J'ai 25 ans, je te laisse en tirer la conclusion.

La jeune stagiaire s'empara d'un cocktail.

— Elle est juste super canon, c'est bien ma veine. Comment veux-tu que je rivalise ?

Tout à son affaire, Théo poursuivit ses explications :

— L'ensemble des informations est résumé sur les tableaux d'affichage près du comptoir d'accueil. Mais il faut que je vous avertisse d'un détail, de taille : la connexion internet est capricieuse. Elle est meilleure du côté de la piscine et du restaurant. Vous verrez, cela fait partie du charme du lieu. Bon, maintenant, je vous propose de vous installer, et de nous retrouver tous à 18 heures pour une visite des lieux, puis un apéritif au bar de la plage.

Zoé renoua d'instinct avec ses talents d'organisatrice.

— Chacun se trouve un copain, les bungalows sont pour deux. Toutes les chambres donnent sur l'océan, et six sont en front de mer, plus la suite que Théo t'a réservée, Malo.

Elle lui tendit le pass que l'hôtesse d'accueil avait préparé.

— C'est hors de question, protesta Malo. Nous sommes une équipe : une fois les binômes constitués, chaque chambrée tire une clé au hasard.

Matthieu s'empressa de suggérer à Malo un partenariat, ce qui fit rire tout le monde.

— Tu veux partager ta chambre avec Keanu Reeves ? le charria Malo qui se rappelait le surnom que Matthieu lui avait donné.

— Comme à Hollywood ! avoua Matthieu en souriant.

Pendant que les rires fusaient, les duos se formaient par affinité. Puis les clés furent glissées dans une grande enveloppe et chaque binôme en tira une. Malo prit la dernière : un front de mer. C'est Marie-Odile qui hérita de la suite. Celle-ci semblait ennuyée.

— Tout va bien ? s'enquit Malo, une main sur son épaule.

— Malo ! La suite te revient, je suis gênée de la situation.

— Mais, enfin, ne le sois pas ! Je suis très heureux que tu puisses en profiter. Pour être honnête, le hasard fait bien les choses et répond à mes attentes. Tu as besoin de prendre soin de toi, compte tenu de ce que tu as vécu récemment.

Rassurée, Marie-Odile regagna sa chambre, aidée de deux jeunes Thaïlandais en uniforme qui acheminaient un à un les bagages.

Malo s'assura que Phueng et sa famille étaient également bien installés. Ils avaient déjà sympathisé avec l'équipe sur place et s'affairaient au rangement des ustensiles dans la cuisine.

Que leur réserverait ce lieu ? se demanda-t-il en prenant le chemin de son bungalow.

Vue sur mer

« S'aimer soi-même est le début d'une histoire d'amour qui durera toute une vie. »

Oscar WILDE

L'appartement de Malo et Matthieu était décoré dans un style thaï moderne : du bois de teck marié à des tissus de lin beige et gris clair, deux lits jumeaux, largement espacés, qui faisaient face à la mer, et un parquet foncé qui tranchait avec la luminosité de la pièce. Les deux hommes s'enfoncèrent sur la droite, derrière deux portes coulissantes en verre opaque. La salle de bains ouvrait sur une douche en plein air.

Malo fouilla dans son sac, en déballa très vite le contenu en vrac sur son lit, et s'empara de son maillot de bain.

— Je pars me baigner ! Tu m'accompagnes ? lança-t-il à Matthieu qui, ravi, accepta l'offre sur-le-champ.

Les deux hommes nagèrent ensemble vers le large puis s'arrêtèrent sur un banc de sable pour admirer les couleurs du soleil décliner sur l'immensité de l'océan Indien. Pour la première fois depuis longtemps, Malo se sentait divinement bien. Il constata cependant que Matthieu restait légèrement en retrait, comme s'il était gêné de partager ce moment avec son dirigeant. Il chercha à le mettre à l'aise :

— Beau gosse comme tu es, Matthieu, tu n'as toujours pas trouvé l'homme de ta vie ? lui demanda-t-il, sans détour.

— Tu es au courant ? Enfin, je veux dire...

Malo le regarda avec insistance.

— Ne me dis pas que tu fais partie de ces gens qui n'assument pas ?

— Si, si, mais ce n'est pas si simple, tout le monde n'a pas ta réaction.

— On se fout des « tout le monde » : es-tu heureux ?

— Je n'ai pas encore trouvé l'homme idéal, mais je n'ai aucun doute sur ma sexualité !

— C'est ce qui compte.

— Et toi ?

— Ce n'est pas plus facile de rencontrer la femme parfaite, même quand on ressemble à Keanu Reeves, rétorqua Malo, en lui lançant un clin d'œil.

— Je suis désolé pour le surnom, mais, vraiment, tu es son portrait craché !

— Tu n'es pas le premier à me le dire, je le prends pour un compliment ! J'aime beaucoup cet acteur.

— Oh, moi aussi !

— Ça, je l'avais compris !

Une certaine complicité s'était nouée instantanément entre les deux hommes aux personnalités si contrastées : Matthieu cachait sa timidité et son manque de confiance en lui sous un esprit facétieux alors que Malo, malgré son caractère intrépide et abrupt, ne parvenait pas à endiguer la tristesse et la noirceur de son âme.

Matthieu se frictionna les bras de ses deux mains. Le sel le piquait.

— Je file prendre une douche.

Resté seul, Malo posa les doigts sur ses tempes, sous l'emprise d'un violent mal de tête. Il lui semblait que ces derniers se faisaient de plus en plus récurrents. Le compte à rebours avait-il commencé ? Il savait qu'il devait vivre désormais avec cette épée de Damoclès et que rien ne pourrait changer son destin. À cette idée, son cœur se serra.

Devant lui, l'ombre prenait le dessus sur la lumière, le soleil glissait derrière l'horizon, laissant la trace de ses rayons rougeoyants sur les nuages. Il se rassura en se raccrochant aux paroles de Phueng. Ne pas pleurer sur son sort. Malgré le peu de temps qu'il lui restait à vivre, il espérait pouvoir devenir l'homme qu'il était, celui qu'il avait le sentiment de devenir depuis qu'il avait appris qu'il allait… mourir. Un homme qui commençait tout juste à le remplir de fierté. Proche des autres, capable de courage, et peut-être d'aimer de nouveau…

En aurait-il seulement le temps ? se demanda-t-il, avant de replonger dans l'océan.

Émotions

« Si vous vivez un moment difficile, ne blâmez pas la vie. Vous êtes juste en train de devenir plus fort. »

GANDHI

Malo se laissa flotter un moment puis enchaîna les longueurs pour calmer le flot de ses émotions. Phueng l'attendait sur le bord de la plage, une serviette à la main. Il sortit de l'eau dès qu'il l'aperçut. Elle l'enveloppa et le frotta comme une mère, il se surprit à la laisser faire.

— Je voulais te remercier, Malo, pour ce que tu fais pour nous trois, dit-elle, en lui tapotant le dos.

— Vous plaisantez, Phueng, c'est moi qui vous suis reconnaissant d'avoir accepté.

— Je ne suis pas dupe, tu sais. C'est très généreux de ta part. Tu as le cœur sur la main.

Il sourit, ému.

— Êtes-vous bien installés ?

Phueng marqua un temps avant de répondre, comme si elle savourait l'émotion qui l'habitait.

— Oui, nous sommes comme des rois. Je partage ma chambre avec ma fille, Kyet est dans celle d'à côté.

— Ils ne dorment pas ensemble ?

Phueng sembla surprise par la question. Malo n'insista pas, les traditions thaïlandaises étaient bien différentes des siennes.

— Comment ça, « ensemble » ? demanda Phueng.

— Chez nous, en Occident, quand deux personnes sont mariées, elles font chambre commune.

Phueng pouffa de rire comme une enfant.

— Ils ne sont pas mariés !

— Excusez-moi, je croyais. Vous ne m'avez pas dit que Kyet était votre gendre ?

La vieille femme rit de plus belle.

— Qu'y a-t-il de si drôle ? la questionna Malo.

— Kyet est mon gendre, en effet, mais c'était le mari de ma fille aînée.

Le visage de Phueng s'assombrit et sa voix s'érailla :

— Elle est morte... il y a neuf ans.

Des larmes montèrent aux yeux de Phueng et glissèrent sur ses joues. Malo s'en voulut de ses questions indiscrètes. Puis, très vite, il remarqua l'esquisse d'un sourire sur le visage de la vieille femme. Phueng avait la faculté de passer d'un état à l'autre en quelques secondes.

— Je suis désolé, Phueng. Je n'avais pas compris que...

— Ne t'inquiète pas, le rassura-t-elle, en plissant les yeux.

— Je ne cherchais pas à vous faire souffrir.

— Ce n'est pas le cas, une émotion arrive, je l'accueille, et j'écoute le message.

— Plus nous en parlons ensemble, plus je me rends compte que j'ai du mal non seulement avec mes émotions, mais aussi avec celles des autres, avoua Malo.

— Pourquoi ? s'enquit Phueng.

— Quand il s'agit de mes émotions, je me sens faible et vulnérable. Je supporte encore moins la souffrance quand je la vois chez les autres.

— Ce ne sont que des croyances.

— Des croyances ?

— Penses-tu que je suis faible parce que je pleure ?

— Non, bien sûr, mais c'est différent, Phueng, vous êtes une femme.

— Là encore, c'est une croyance ! Lorsqu'un homme pleure, est-il fragile ?

— Je ne sais pas, peut-être… Ce dont je suis sûr, c'est que, dans nos sociétés, c'est mal perçu. Ce n'est pas « viril », vous comprenez !

— Et voilà une autre croyance. Ne crois-tu pas que les hommes verseraient des larmes plus souvent si la manifestation d'émotion était mieux acceptée socialement ?

— Sans doute…

Phueng ne lui laissa pas le temps de terminer :

— Hommes et femmes, nous ressentons des émotions tout comme les animaux et même les plantes ! Plusieurs fois par jour. Croire que, parce que tu es un homme, tu n'as pas le droit de les exprimer est le début du problème.

— On entend tellement dire qu'un homme ne doit pas pleurer !

— Peu importe l'origine de cette croyance : observe simplement combien elle est fausse. Un homme vit des émotions, il en refrène certaines, en exacerbe d'autres. C'est pareil pour les femmes qui ont plus de mal à exprimer leur colère parce que ce serait soi-disant peu féminin.

— Oui, c'est vrai. Il m'est arrivé de juger ainsi.

— Et la peur ? Qu'en penses-tu ?

— C'est un peu pareil : pour un homme, reconnaître qu'il a peur reste une source de honte. Les hommes doivent affronter l'adversité, la combattre et dépasser leurs peurs. Alors que vous, les femmes, vous avez le droit d'exprimer vos craintes, vos inquiétudes. Finalement, les femmes ont une palette d'émotions beaucoup plus variée que nous les hommes. Enfin, sauf pour la colère !

— Alors les femmes n'auraient pas droit à la colère ? Et les hommes de pleurer au prétexte que ce serait peu viril ? ironisa Phueng. Je comprends mieux pourquoi tu fuis tes émotions !

— Je ne les fuis pas, mais j'ai dû vite apprendre à les gérer tout seul, admit Malo.

— À les *gérer* ? Comment fais-tu ?

— Eh bien, je pense vite à autre chose. Je travaille, j'occupe mon esprit pour qu'il ne me ramène pas à ce qui me fait mal.

— Tu inventes des échappatoires mentales pour te couper de ton cœur et de ton corps.

— Que voulez-vous dire ?

— Ton cœur et ton corps tentent de te parler, et toi, tu actives ton cerveau. Ce n'est pas respectueux envers eux, ils doivent se sentir frustrés.

— On ne m'a pas appris à faire autrement.

— C'est pourtant simple : une émotion dure en moyenne sept secondes, elle délivre un message, puis elle repart. Enfin, si tu ne l'infectes pas par des pensées inutiles, comme t'apitoyer sur ton sort, par exemple.

— Sept secondes ?

— Oui, pour t'alerter qu'une partie de toi a besoin d'être écoutée. Quand cela t'arrive, prends un temps pour le faire.

— Je ne suis pas sûr de comprendre.

— Lorsque nous ressentons une émotion, nous pensons que notre être tout entier la vit, mais, en réalité, seul un fragment de nous est triste, ou a peur, ou est en colère. Rassure cette parcelle de toi, donne-lui de l'attention. Elle ne sera plus seule car tu seras là pour cette partie qui souffre. Personne ne peut le faire à ta place.

Aussi éloignés qu'ils étaient de sa vision du monde, Malo se laissait toucher par les mots de Phueng. Celle-ci continua :

— Toutes les émotions sont vitales. Aucune n'est à rejeter. Seulement, elles ne provoquent pas toutes en nous les mêmes effets.

— Pouvez-vous préciser ? demanda Malo.

— Tu fuis tes émotions parce que tu les juges avec tes croyances : tu crois que certaines sont positives, d'autres négatives, certaines plus adaptées aux femmes, d'autres aux hommes… Or il n'en est rien, elles ne sont rien de tout cela. Elles sont toutes essentielles, dans la mesure où elles te permettent d'accéder à un autre niveau de compréhension.

Malo restait silencieux, se concentrant sur les paroles de Phueng.

— L'émotion a pour fonction de te délivrer un message ou, plus exactement, de t'avertir d'un dysfonctionnement. Par exemple, la peur te prévient d'un danger pour que tu puisses t'en protéger ; la colère t'aide à affronter la menace ou vise à te faire réagir face à une situation qui te semble injuste ; la tristesse te permet de t'adapter à une perte, elle participe au processus de deuil. Quant à la joie, elle est l'émotion qui rend douce et agréable l'existence. La joie favorise l'ouverture aux autres, elle est le moteur de la vie et donne le courage d'entreprendre.

Peu à peu, Malo commençait à comprendre. Phueng reprit :

— Ainsi, dire qu'une émotion est positive ou négative n'est qu'un jugement pour mieux garder le contrôle et nous arranger avec nos croyances.

— C'est juste, mais certaines émotions sont quand même moins agréables que d'autres.

— C'est vrai... jusqu'au moment où l'on se familiarise avec elles. Nous pouvons même prendre appui sur ces émotions désagréables et nous en servir comme d'un tremplin pour rebondir vers ce qui nous anime, et orienter notre attention vers des situations plus proches de nos préférences.

— Expliquez-moi !

— Prenons l'hypothèse que notre état naturel est le bien-être puisque c'est ce à quoi nous aspirons spontanément. Lorsque nous ne ressentons plus ce bien-être, c'est comme un signal qui nous avertit qu'il est temps de changer quelque chose pour nous sentir bien de nouveau. Les émotions nous servent de boussole en quelque sorte.

— Pouvez-vous prendre la tristesse pour exemple ?

— Lorsque l'on se sent triste, cela signifie que quelque chose en nous est à réparer. La tristesse est souvent liée à une perte.

— Je suis triste depuis que ma mère est morte. Cette émotion n'a pas duré sept secondes, elle est en moi depuis des années.

— Sans doute parce que tu ne l'écoutes pas.

— Mais face à un tel événement, n'est-il pas normal de demeurer triste toute sa vie ? s'insurgea Malo.

En guise de réponse, Phueng lui proposa de fermer les yeux et de prendre trois inspirations.

Malo s'exécuta.

— Lorsque tu penses à ta maman, quelle émotion ressens-tu, là, maintenant ?

— De la tristesse, s'empressa de dire Malo.

Phueng resta silencieuse. Malo tenta de nouveau :

— De la colère et... de la peur aussi, je crois. Tout est confus. Je ne sais pas trop en fait !

— Respire tranquillement. Que se passerait-il si tu ne ressentais plus de tristesse ?

— Je ne peux pas, je risquerais d'oublier son visage, ses paroles. Je n'ai pas le droit de ne pas être triste, c'est ma mère !

Phueng ne répondit rien.

— Je regarde tous les jours sa photo, reprit Malo, mais ses traits s'effacent de ma mémoire.

Chaque jour, je repense aux mots qu'elle me disait, je me les répète pour ne pas les oublier. Parfois, je me raconte même les histoires qu'elle me lisait, mais peu à peu, les souvenirs s'en vont. J'ai peur, Phueng.

— De quoi ?

— De l'oublier.

— Que se passerait-il alors ?

Malo sentit sa gorge se serrer, il ne parvenait plus à penser. Phueng réitéra sa question, elle savait qu'elle venait de lancer une flèche suffisamment maîtrisée pour ne pas briser son armure, mais juste permettre aux émotions de se libérer.

— Je serais seul au monde, prononça Malo en éclatant en sanglots.

À présent, il gémissait, la tête entre ses mains, déversant avec abondance les larmes retenues depuis tant d'années.

Phueng attendit un long moment, le regard tourné vers l'horizon. Malo finit par attraper sa serviette et s'essuya le visage. Les yeux rougis et boursouflés, il se redressa tandis que des larmes continuaient à glisser le long de ses joues.

— Je suis désolé, gémit-il.

— Chuuttt ! Laisse la place à tes émotions, accueille-les, elles te parlent. Abandonne tes réflexes et ton système de défense. Respire profondément.

Phueng inspira puis expira fort pour lui donner l'exemple, et il l'imita les yeux fermés.

— Que ressens-tu ? finit-elle par demander.

— Un soulagement. Je me rends compte que je gardais en moi cette tristesse...

Elle le coupa :

— Reste sur ton ressenti, ne cherche pas à analyser. Où perçois-tu ce soulagement ?

— Je ne sais pas... dans le corps, dans le cœur, c'est comme si un poids avait disparu.

Malo désigna son thorax des deux mains en effectuant des mouvements circulaires. Sa respiration était lente, apaisée.

— Je suis K.-O., mais je me sens plus léger.

— Que se passe-t-il maintenant ?

— Rien, ma tête a disjoncté, mes pensées se sont arrêtées. Tout s'est passé à cet endroit, là, dit-il, en posant sa main droite sur sa poitrine.

Il referma les yeux en inspirant fort.

— Garde cette sensation un moment, prends ce temps pour toi, chuchota Phueng.

Quand il rouvrit les yeux, elle avait disparu. Il sentit le besoin de se fondre de nouveau dans l'océan et glissa son corps tout entier dans l'eau jusqu'à disparaître sous la surface. Alors qu'il nageait vers la plage, il vit Phueng revenir avec une noix de coco fraîche et une serviette sèche qu'elle lui tendit. Après s'être essuyé, il s'assit à côté d'elle.

— Je me sens heureux, Phueng, j'en pleurerais de joie.

— Ne te gêne pas. J'aime voir les hommes sourire, c'est si viril..., plaisanta-t-elle en lui lançant un clin d'œil.

Il rit et la regarda avec tendresse.

— Je me rends compte que ma tristesse dissimulait la peur de me retrouver seul.

— C'est souvent le cas avec les émotions : la principale se cache derrière les autres. Si tu prends le temps de les écouter et de les vivre, alors tu les libères, et la joie réapparaît. Ce sera cela ta prochaine mission : observe tes émotions et rassure la partie de toi qui a besoin de l'être.

— Toute mon adolescence, j'ai pensé que je n'avais pas le droit au bonheur, ma mère était morte, mon père m'avait abandonné, ce n'était pas normal d'être heureux. Je ne comprends pas bien ce qu'il vient de se passer en moi, mais là, c'est comme si je venais d'obtenir une autorisation…

Alors que Malo prononçait ces mots, un arc-en-ciel se dessina devant eux.

— Regarde, Malo, montra Phueng de son index.

Les deux paires d'yeux se braquèrent sur le miracle de la nature.

— Vous croyez aux signes ? questionna le jeune homme.

Phueng haussa les épaules avec une petite moue de contentement.

— Il n'y a pas un nuage, pas une goutte de pluie !

— C'est incroyable…, murmura Malo. J'ai le droit d'être heureux, je peux laisser ma mère partir.

L'arc-en-ciel s'intensifia et une nouvelle émotion gagna le cœur de Malo qui laissa d'autres larmes s'échapper.

— Je ne m'arrête plus de pleurer. Comment je fais pour stopper le flux maintenant ? demanda-t-il en riant et pleurant à la fois.

— Accueille ce qui arrive.

— Ce sont peut-être mes larmes qui sont à l'origine de ce phénomène. Qu'en dites-vous ?

— Et toi, qu'en dis-tu ?

— Moi, je crois que c'est ma mère qui vous exprime sa gratitude, Phueng.

Il se tourna vers elle, l'enlaça et la remercia.

— C'est moi qui te suis reconnaissante, chuchota Phueng.

— De quoi ?

— Lorsque je t'ai parlé de ma fille aujourd'hui, la joie est venue emplir mon cœur. Je n'ai pas compris sur l'instant. Puis je me suis rappelé que cela fait neuf ans qu'elle est partie, vendredi. C'est le jour où je t'ai rencontré.

— Quelle coïncidence ! s'écria Malo.

— Ou pas ! Je ne crois pas au hasard. La joie qui m'habite est inexplicable, elle vient m'alerter qu'une boucle est bouclée.

Malo ne comprenait pas tout ce que Phueng lui confiait, mais il ressentait son bien-être et il était heureux d'en faire partie.

Du premier arc-en-ciel naquit un deuxième.

Les âmes ont leurs secrets.

Derrière les croyances

> *« Notre niveau de succès dépassera rarement notre niveau de développement personnel, car le succès est une chose que nous attirons selon la personne que nous devenons. »*
>
> Jim ROHN

Ils restèrent un moment silencieux, puis Phueng demanda à Malo :

— Ce que tu viens de vivre a-t-il fait évoluer tes croyances au sujet de tes émotions ?

— Je viens de vivre la révolution intérieure ! Mais concernant les croyances, elles sont si ancrées que je ne me rends même pas compte qu'elles guident mes conduites.

— C'est vrai, nous avons tendance à ignorer que nous créons notre monde en fonction d'elles.

— Comment les repérer alors ?

— Elles ont tendance à prendre diverses formes. On les retrouve souvent dans les petites phrases du quotidien, dans les généralisations, les jugements, les règles ou les imprécisions. Il existe des indicateurs fiables. Par exemple, dès que ta pensée prend une tournure trop généralisante et que tu parles en termes de « toujours, jamais, personne, tout le monde, les gens... ». Ou encore dès que tu entends « il ne faut pas, je ne peux pas, ça ne se fait pas, on doit... » ou que tu portes un jugement : « C'est bien, c'est mal, c'est important, je suis incapable, ce n'est pas réalisable. »

— Je parle comme cela ?

— Oui ! Tiens, prends ce que tu m'as dit plus tôt sur les émotions : « Un homme qui pleure n'est pas viril », « J'ai toujours entendu ça depuis tout petit », « Un homme ne doit pas avoir peur »...

— Je réalise en vous écoutant, Phueng, que prêter une plus grande attention à mes émotions et mes croyances pourrait me permettre d'accéder à une meilleure compréhension de la vie. C'est dommage que je ne l'aie pas su plus tôt.

— Certains pays l'enseignent dès le plus jeune âge. Mais le monde occidental a privilégié le cerveau comme acteur unique de la compréhension !

— Oui, nous avons tendance à ne récompenser que l'effort intellectuel.

— Pourtant, notre niveau de réussite ne dépassera que rarement notre niveau de développement personnel.

— Qu'entendez-vous par « développement personnel » ?

— Notre niveau de développement personnel tel que je le définis, c'est la somme de travail que nous effectuons sur nous-mêmes afin de mettre de la conscience sur ce qui nous empêche d'être nous-mêmes. Nous nous identifions à nos croyances, notre personnalité, notre métier... un tas de choses en fait, sans réaliser qu'elles nous éloignent de qui nous sommes vraiment. Or, nous pouvons évoluer et dépasser ces croyances pour aller vers notre essence, vers ce qui nous tient à cœur et se situe au plus profond de nous.

— Sur le plan de la réussite, je m'en suis pourtant pas trop mal sorti, s'exclama Malo avec une certaine candeur, et sans jamais m'intéresser à la façon dont je fonctionne, du moins jusqu'à présent...

— Parle-moi de ta réussite : sur une échelle de 1 à 10, à combien la situes-tu ?

— Disons 8, 9, il y a toujours des gens plus riches, mais pour mon âge, je me suis plutôt bien débrouillé, non ?

— Je ne parle pas seulement de ton succès dans les affaires ! Je fais aussi référence à ta santé, tes relations, ta famille.

— Ah là, bien sûr, la note se dégrade. Bien en dessous de la moyenne !

Phueng sourit.

— Merci pour ta franchise. Tu vois, l'écart entre ce que nous voulons qui est tout là-haut et là où nous sommes présentement représente le niveau de travail sur soi nécessaire.

— Et comment faire pour réduire cet écart ?

— Il faut reconnecter son intelligence cérébrale avec son intelligence émotionnelle et corporelle.

— Vous m'avez perdu, Phueng !

— Ces derniers jours, tu as pris conscience qu'à chaque fois que tu traverses des moments difficiles il y a toujours une part de toi susceptible de sortir grandie de cette épreuve. Si tu apprends à identifier les signaux d'intelligence émotionnelle et corporelle, tu auras toutes les clés en main pour ne plus jamais te laisser déstabiliser par un événement extérieur et ainsi te réconcilier entièrement avec toi-même.

— Mais ces événements conditionnent notre vie. J'avais retrouvé une existence heureuse aux côtés de Justine jusqu'à ce qu'elle me trompe. Je ne peux rien changer aux événements extérieurs.

— Non, mais tu restes le seul maître à bord de ton état de bien-être, et ce à chaque instant. Ta qualité de vie dépend de ta capacité à accueillir le quotidien et à en être reconnaissant.

— Vous êtes en train de me dire qu'il faut rester positif à tout prix, mais la vie n'est pas toujours si simple !

— Si ! Si tu sors du jugement « bien » ou « mal », ce qu'il t'arrive devient alors juste.

— « Juste » ? Comment cela ?

— Oui, juste pour ce que tu as à accomplir dans ta vie. Pour ne plus te perdre, tu auras besoin d'aligner tes trois boussoles – ta tête, ton cœur, ton corps –, c'est-à-dire l'intelligence cérébrale, émotionnelle et corporelle.

Malo sourit avec fierté.

— Du point de vue corporel, la nature m'a plutôt bien gâté, dit-il en bombant le torse.

— Tu es bel homme, en effet, le titilla Phueng. Même si je vois que des petites poignées d'amour commencent à se manifester.

Phueng lui pinça la peau des hanches sans complexe. Malo rougit et constata lui aussi que son corps se transformait. Ses pensées l'amenèrent à des milliers de kilomètres dans ces soirées alcoolisées où il jouait les don Juan alors que son cœur était prisonnier d'un amour auquel il ne parvenait pas à renoncer. L'excès d'alcool et de sexe avait permis pendant des années d'anesthésier ses angoisses. Or, face à ce qu'il affrontait aujourd'hui – la maladie et la mort –, il savait que toute tentative de fuite dans les paradis artificiels serait vaine.

— Je n'ai pas toujours bien pris soin de mon corps, admit-il. Mais cette pause avec le quotidien du bureau me donne quelques idées.

— Qu'attends-tu pour t'y mettre ?

— J'ai déjà commencé avec quelques longueurs dans la mer.

— Comment te sens-tu ?

— Vivant !

— Ton corps en avait besoin. Si tu l'écoutais, il aurait beaucoup à t'apprendre sur tes croyances et tes émotions.

— L'« écouter » ? Que voulez-vous dire par là ?

— Il te parle tout le temps.

— Je ne l'entends pas.

— Parce que tu ne l'écoutes pas.

— Comment faire ?

— Il est nécessaire de faire silence.

— Apprenez-moi.

— C'est au programme. Après-demain, je t'envoie à la rencontre de mon frère qui saura te l'enseigner.

— Votre frère ?

— Oui, à l'aube, mon neveu Saroj viendra te chercher et t'emmènera sur une île voisine, tu y rencontreras Surpan, qui t'instruira le langage du corps.

Phueng tapota le genou de Malo et se leva.

— Il faut que je te laisse maintenant.

— Attendez ! Aidez-moi à rassembler mes idées. Si je résume bien, la première étape est de considérer qu'il y a quelque chose de plus grand derrière chaque épreuve que nous subissons.

— C'est juste : tu ne serais pas celui que tu es aujourd'hui si tu n'avais pas vécu ton histoire. Ces obstacles t'ont donné la force de te dépasser.

— La deuxième étape est de comprendre que notre cerveau a ses limites et que, lorsque quelque chose ne va pas, il nous faut l'appréhender à un autre niveau de conscience : au niveau émotionnel. C'est ce que vous m'avez fait expérimenter tout à l'heure.

— Oui, enfin, juste effleuré…

— Eh bien, qu'est-ce que ça doit être alors quand on s'en approche !

— Pour décoder complètement ce langage, il est nécessaire de le réconcilier avec son corps.

— C'est la partie que je saisis le moins pour l'instant. Cette histoire d'intelligence du corps.

— C'est normal, parce que tu essaies toujours d'analyser avec ta tête. Or, c'est comme avec l'intelligence émotionnelle, tu dois accepter de vivre ces expériences pour les comprendre.

— Je vois.

— Quand ces trois niveaux de conscience sont parfaitement alignés, tu accèdes à un autre niveau de réalisation, un état de bien-être parfait, un état de réussite totale.

— Le bonheur, quoi.

— Bien au-delà du bonheur : la paix !

Barbecue

> *« Il y a des êtres qui nous touchent plus que d'autres, sans doute parce que, sans que nous le sachions nous-mêmes, ils portent en eux une partie de ce qui nous manque. »*
>
> *Anima*, Wajdi MOUAWAD

Phueng avait quitté Malo, la veille, en lui affirmant que son corps, au-delà d'être un aimant à filles, avait son propre langage. Il avait souri, mais, au fond, tous ses repères éclataient au contact de la vieille dame.

Peut-être était-il naïf, mais il ne pouvait s'empêcher de penser que ce que lui apportait Phueng pourrait l'aider à guérir. Plusieurs personnes s'étaient sorties de maladies déclarées incurables par la médecine moderne, alors pourquoi pas lui ? Un espoir se dessinait. Phueng l'avait dit : toutes ces émotions gardées étaient susceptibles d'être à l'origine de maux physiques. Alors qu'il reprenait doucement goût à la vie, il espérait que celle-ci lui offrirait une seconde chance. Pourquoi ces enseignements arrivaient-ils maintenant sur son chemin, si ce n'était pour le servir ?

Sous la pression du jet de douche, la mousse du savon glissa le long de son corps pour s'évacuer à ses pieds. Il sortit pour rejoindre l'équipe sur la plage.

En ce deuxième jour, des groupes de travail s'étaient formés sans même qu'il ait eu besoin de donner des consignes. Il s'approcha d'un premier groupe, en pleine discussion.

— D'après mes calculs, avec ce caisson, le drone peut descendre jusqu'à 10 mètres sans risque, affirmait un chercheur.

— Je vois que vous n'avez pas perdu de temps à vous emparer du lieu ! les taquina Malo en s'asseyant auprès d'eux.

Nathan, un ingénieur, intervint :

— Regarde, Malo, Mickael vient de finir de coder un logiciel qui permet le contrôle du drone de n'importe quel ordinateur ou mobile. Passe-moi ton téléphone, je vais te montrer.

Malo le lui tendit et, en moins d'une minute, le jeune ingénieur télécommanda le drone de son mobile. Il dessina quelques figures dans le ciel avant de se poser tout près d'eux.

— Nous allons ainsi pouvoir le piloter de n'importe quel appareil. Tu veux essayer ?

— Ça demande un peu de pratique, j'imagine ? demanda Malo, je ne voudrais pas vous le scratcher.

Nathan lui expliqua les manœuvres de base.

— Il n'y a pas de risque : grâce à la double commande du logiciel, je peux reprendre la main à n'importe quel moment.

Mickael positionna le drone pour le décollage, et Malo prit le contrôle après l'envol. Il effectua quelques virages standards à gauche et à droite, jusqu'à ce qu'une rafale de vent le déstabilise. Nathan rattrapa aussitôt la manœuvre depuis son ordinateur.

— Tu vois, n'importe qui peut apprendre en toute sérénité, fit le jeune ingénieur qui stabilisa l'engin après deux loopings.

Mickael s'empressa d'ajouter :

— Et grâce à ce caisson étanche, nous devrions pouvoir filmer sous l'eau d'ici un ou deux jours selon la même configuration.

— Nous pourrions même envisager un drone livreur ensuite, surenchérit Nathan.

— Livreur ? demanda Malo.

— Oui, du bar, on pourrait imaginer que le drone desserve les commandes de boissons, ou un encas dans une chambre.

— C'est une bonne idée, mais attention tout de même à garder l'authenticité et la tranquillité du lieu, tint à préciser Malo.

Malo observait la belle énergie de l'équipe, apparemment très inspirée par la beauté de ce paradis. Il les quitta pour s'approcher d'un autre groupe qui discutait un peu plus loin. Un ingénieur expliquait à voix basse qu'il avait fait le tour du propriétaire et qu'il serait malin de créer un logiciel de liaison : chambres, menus, activités.

— Il faudrait déjà s'occuper de la connexion internet avant d'installer quoi que ce soit, l'interrompit un membre de l'équipe. C'est une vraie galère pour trouver le réseau.

Le responsable marketing intervint à son tour :

— Oui, tout en gardant la dimension écologique du lieu, nous pourrions moderniser et faciliter les accès. C'est une belle idée ! Qu'en penses-tu, Malo ?

— C'est, en effet, une très bonne idée, d'autant que nous pourrions réintégrer ces options dans notre logiciel sur la sécurisation des hôtels.

— Oui, le secteur est porteur et rien n'est vraiment développé à ce sujet.

Après avoir fait le tour des cinq autres groupes de travail, Malo, accompagné de Matthieu, proposa à ses collaborateurs de se réunir en fin de matinée pour faire un point rapide et préciser le déroulement de la semaine. Assis sur le sable face à la mer, tous l'écoutaient :

— Bien, l'objectif de cette semaine est de décompresser un peu. Je constate que vous êtes déjà sur différents projets et je dois avouer que votre créativité m'impressionne. Nous pourrions trouver un fil rouge à toutes vos recherches, qu'en dites-vous ?

L'enthousiasme déclenché par ces mots provoqua un brouhaha. Malo reprit la parole :

— Est-ce qu'un membre de chaque équipe pourrait exposer son travail au reste du groupe ?

Au fur et à mesure que chacun s'exprimait, une idée germa dans l'esprit de Matthieu : pourquoi ne pas profiter de ce séjour pour développer un projet pilote ouvrant l'offre de logiciels de XSoftware à l'hôtellerie ?

Tout le monde fut aussitôt emballé, à part Zoé qui restait en retrait à observer Théo qui s'affairait avec Simone autour du barbecue.

Approuvant des deux mains, Malo conclut la réunion en proposant des points journaliers autour de l'avancement des réflexions. Avant de les quitter, il ajouta avec un clin d'œil :

— Profitez aussi de cette semaine de parenthèse pour vous détendre !

— Ce n'est pas du boulot, c'est du plaisir ! affirma un ingénieur dont les idées fusaient déjà.

— J'entends, mais je pense que ça nous ferait aussi du bien à tous de décrocher un peu de nos ordinateurs !

— Et de faire un peu d'exercice avant le déjeuner, annonça Simone qui s'avançait vers l'équipe. C'est l'heure de l'aquagym, je vous attends dans l'eau.

Elle ôta son paréo et se dirigea vers l'océan après avoir lancé une playlist endiablée. La troupe ne se fit pas prier pour la rejoindre.

— Ben voyons ! Si ce n'est pas de la provoc, franchement ! s'exaspéra Zoé.

Matthieu la tira par la main pour l'entraîner dans l'eau.

— Tu sais combien je t'aime, ma Zoé, mais tu es vraiment ridicule quand tu es jalouse ! Allez, arrête de faire ta mauvaise tête et suis-nous !

— Il n'en est pas question ! En plus, l'aquagym, c'est pour les cures de vieux, ça, c'est nul !

— Ou pour se sculpter un corps de déesse, se trémoussa Matthieu en bombant le torse.

— Viens au moins te rafraîchir, insista Marie-Odile en lui attrapant l'autre main.

Zoé résista un moment et finit par céder. Tout en continuant à râler, elle suivit les mouvements proposés par Simone.

Malo observait les regards heureux de ses collaborateurs. Une belle émulsion se créait entre les membres de l'équipe. Conscient qu'il venait d'assister à un beau moment de partage, il s'attarda sur ce ressenti, comme le lui avait appris Phueng la veille et fit place à la joie en lui.

Silence

> *« Pour mettre fin à cet épuisant aveuglement, nous devons faire silence et plonger dans nos profondeurs, là où se trouve déposé délicatement notre joyau originel, le calme naturel inaltérable de notre essence. »*
>
> Ludivine SANTANA-GUÉRY

Les pieds dans l'eau, Malo attendait depuis un moment l'arrivée de Saroj qui devait le conduire chez Surpan. Au moment où le soleil sortit de la mer, il entendit une barque se rapprocher du rivage. Cette exactitude le fit sourire.

Le neveu de Phueng lui fit un signe de la main, puis remonta le moteur fixé à une longue tige de fer qui lui servait de barre. L'embarcation termina sa route à l'endroit où le sable la bloqua par le fond.

D'une trentaine d'années, sec comme un athlète, Saroj était vêtu d'un short en coton gris et d'un tee-shirt rouge trop large pour lui. Il sauta au sol et gratifia Malo d'un magnifique sourire. Malo l'aida à tirer la barque sur la berge tandis que Phueng arrivait avec les coco-locos, qu'elle venait de préparer.

Elle embrassa longuement son neveu, avec qui elle échangea quelques mots en thaïlandais, puis chuchota à Malo qu'il était entre de bonnes mains, avant de lui caresser le visage et lui poser une bise sur la joue.

Les deux hommes enjambèrent habilement l'embarcation après l'avoir poussée vers le large. Saroj tira sur un fil pour démarrer le moteur, enclencha la marche arrière et fit demi-tour. Le regard de Phueng les suivit pendant qu'ils s'éloignaient en direction du soleil : peu à peu, les deux hommes devenaient or, brillant sous les rayons qui coloraient la nuit.

Malo, à l'avant, profitait du miroir géant de l'océan sur lequel l'astre de feu se reflétait en poussière d'étoiles. Le ronronnement du moteur empêchait toute discussion et il se contenta d'échanger quelques sourires avec Saroj pendant la durée du trajet.

Vingt minutes suffirent pour rejoindre l'île. À l'approche, des massifs de coraux assombrissaient l'eau turquoise, agitée de milliers de poissons multicolores. Saroj accosta près d'un palmier courbé sur l'océan, tira sur la corde et releva le moteur pour adoucir la descente.

Malo le suivit le long d'une allée bordée de bananiers et de manguiers. Les deux hommes traversèrent un hameau de maisons en bois, pour aboutir sur une crique privée, puis empruntèrent un pont qui menait jusqu'à une unique maison sur pilotis.

Un homme de dos, d'une forte corpulence – *probablement Surpan, le frère de Phueng,* se dit Malo –, méditait face à la mer. Saroj installa Malo sur une banquette de coussins au sol et lui servit une boisson fraîche à base de citronnelle. Il posa sur la table basse deux tasses de thé et des mangues fraîches, coupées en lamelles. La vue était si belle qu'elle forçait au silence et à la sérénité. Malo était impatient d'échanger avec Surpan et lança un regard interrogateur à Saroj, qui s'était assis à droite du canapé en U. Après une demi-heure d'attente qui lui parut une éternité, il se sentit de plus en plus mal à l'aise. Il avait du mal à rester en place, le temps lui paraissait interminable. Il soupira une énième fois, Saroj lui servit un autre thé et lui sourit. Son visage solaire inspirait la confiance, Malo lui rendit son sourire puis se passa la main sur le menton. « Cinq minutes supplémentaires et je demande à Saroj de me raccompagner », décida-t-il en fixant sa montre. Surpan, assis en tailleur, ne semblait aucunement perturbé par leur présence, il n'avait du reste pas bougé d'un pouce depuis leur arrivée.

La patience que cet homme imposait à Malo entailla son enthousiasme. Le jeune Français s'approcha de l'oreille de Saroj :

— Peut-être ne nous a-t-il pas entendus ? Ne veux-tu pas lui signaler ma présence ?

— Ne t'inquiète pas, il t'attend.

C'est plutôt moi qui l'attends depuis bientôt une heure !

— Je ne peux pas rester toute la journée, s'énerva Malo d'une voix qui ne respectait plus les codes du chuchotage. Je vais marcher un peu, tu me retrouves au bateau ?

Surpan, toujours immobile, prit alors la parole :

— Est-il si difficile pour toi de rester assis sans rien faire ?

Surpris, Malo répliqua du tac au tac :

— Ce n'est pas difficile, c'est juste impossible !

— L'impossible est le plus souvent quelque chose qui n'a pas été essayé, fit remarquer Surpan.

Malo esquissa un sourire.

— Phueng m'a dit que vous pourriez m'aider à écouter les enseignements de mon corps.

Surpan se releva doucement, accomplit quelques étirements en direction du soleil et vint enfin les saluer. Il but le thé que Saroj avait préparé pour lui et le remercia d'une caresse sur sa tête. La tendresse de son geste contrastait avec son côté bourru. Saroj joignit ses deux mains, se courba devant Malo puis s'éclipsa.

— Crois-tu que ton corps puisse te parler ? demanda Surpan.

Malo rétorqua, le regard pétri de certitude :

— Non, je ne pense pas.

Surpan s'étira la nuque.

— Alors que fais-tu là ?

— Eh bien, Phueng est convaincue que vous pouvez me guider.

— Et parce que Phueng te le dit, tu lui accordes crédit ?

— Non, ce n'est pas tout à fait cela, nous avons établi un pacte ensemble, ce serait trop long à vous expliquer, mais...

— Je suis désolé, mais je n'ai pas le temps de jouer les sorciers.

Surpan était tout l'opposé de sa sœur : aussi rêche et brutal que celle-ci était douce et bienveillante ! Alors qu'il s'engageait en direction de la palmeraie, Malo le rattrapa. Avoir attendu plus d'une heure, pour s'entendre dire par ce type qu'il ne pouvait rien pour lui, le rendait fou de rage, mais, au dernier moment, il choisit de se radoucir :

— Écoutez, ne le prenez pas mal. Phueng a transformé ma vie, c'est elle qui m'a incité à vous rencontrer, je suis curieux et ouvert à toute expérience.

— Jeune homme, j'ai passé l'âge de me vexer. Au fur et à mesure que l'on vieillit, on comprend que le temps est précieux. J'aurais aimé m'en rendre compte plus tôt ! Ne gâche pas ton temps avec des expériences farfelues, juste par curiosité. Utilise chacune des secondes qui te sont offertes pour vivre pleinement la vie que tu choisis, et non celle que l'on t'impose par pacte ou je ne sais quelle autre absurdité ! Reviens me voir quand tu sauras.

Malo était abasourdi par la rudesse du personnage. Il avait tant misé sur cette rencontre, dans l'espoir de guérir du mal qui l'affligeait.

— Quand je saurai quoi ?

— Que ton corps essaie de te dire quelque chose.

Surpan s'éloigna, laissant Malo en plan.

— Mais pour qui il se prend celui-là ? marmonna le jeune homme, atterré.

Une douleur aiguë frappa alors le haut de son crâne. Il se tint la tête entre ses deux mains puis ferma les yeux. *Foutue maladie*, pesta-t-il. Il savait qu'elle le rongeait chaque jour un peu plus et que rien ne pouvait l'en empêcher. Les mots du médecin résonnaient encore dans sa tête : « Il n'y a rien à faire, la médecine ne peut rien pour lui. »

À ce souvenir, son cœur se serra de peur. Il repassa sur le ponton de bois et s'assit sous un palmier. Ôtant son tee-shirt et son short, il s'immergea entièrement dans la mer, mêlant ses douleurs à l'immensité océanique, puis s'abandonna aux lois de la gravité pour revenir à la surface. L'agitation de ses pensées se calma : il décida qu'il était temps de rentrer à l'hôtel.

Il s'habilla encore mouillé et partit à la recherche de Saroj. En suivant un chemin de terre qui s'enfonçait dans une forêt de palmiers, il aperçut une femme qui lui faisait signe en direction de petites cahutes ajourées entre des bungalows. Un homme d'une trentaine d'années, habile de ses coudes et de ses pieds, s'agitait sur le dos de Surpan allongé sur une natte. Ses mouvements circulaires dégageaient des arômes de citronnelle et de coco. Une deuxième masseuse salua Malo en inclinant la tête puis prépara un fin matelas qu'elle couvrit d'une serviette-éponge. Elle invita Malo à s'y installer. Étonné, il regarda autour de lui pour s'assurer qu'elle s'adressait bien à lui. Surpan lui fit signe d'essayer. Il se retrouva sur le ventre en maillot de bain à ses côtés. La jeune femme fit une brève prière puis enfonça son coude le long des muscles de sa colonne vertébrale. En entendant le cri de douleur poussé par Malo, la masseuse sursauta et stoppa net son geste. Les rires des trois Thaïlandais s'élevèrent pendant que le Français se remettait de ce premier contact.

— OK ? demanda-t-elle en reprenant le massage.

— Doucement, lui fit signe le jeune homme de ses deux mains pour s'assurer qu'elle comprenait.

Elle recommença plus lentement avec la paume, mais ses gestes fermes et précis crispèrent de nouveau Malo.

— Très stressé, très dur, très tendu, constata-t-elle alors que Malo étouffait ses gémissements dans la serviette.

La masseuse parvenait péniblement aux muscles des trapèzes quand Malo fit un bond et se releva.

— Stop, c'est très gentil, mais on va s'arrêter là. Je suis désolé, c'est trop douloureux pour moi.

Il se retrouva face à Surpan qui s'était redressé. Celui-ci échangea quelques mots avec la masseuse qui revint avec une crème à base de camphre, d'eucalyptus et de menthe qu'elle mélangea avec l'huile de coco.

— Ton corps a mal, il va falloir prendre soin de lui maintenant, ordonna le vieil homme, sans laisser le choix à Malo qui se remit à l'horizontale malgré lui.

Il attrapa de ses deux mains les épaules du Français et à l'aide du mélange le massa doucement. Cependant, le calvaire réapparut dès que Surpan commença à pétrir les nœuds les plus profonds avec son poing et son coude, effectuant des allers et retours entre sa colonne et son crâne. La balade dura une heure durant laquelle Malo crut vivre un cauchemar. Heureusement, le camphre soulageait la douleur et la menthe l'anesthésiait.

— Il va falloir libérer ce corps, conclut Surpan, je n'ose même pas te toucher les pieds.

— Mes pieds ? Non, je crois qu'ils vont bien, fanfaronna Malo, avant de hurler au contact de la faible pression que Surpan exerçait au creux de sa voûte plantaire.

— Nos pieds comme nos mains sont le miroir de notre corps. Chaque point en représente un endroit, un organe.

Surpan enfonçait son index et nommait :

— Ici, le foie, ici, le poumon, l'intestin grêle, le côlon…

— Effectivement, je ne suis pas prêt, constata Malo, ramenant ses jambes vers lui. Vous me faites mal partout.

Malo remarqua qu'ils n'étaient plus que deux. Les masseurs avaient disparu.

— Je ne fais que t'effleurer. Ton corps est en souffrance, il manifeste ses blocages et ses tensions. Il est temps de l'écouter.

Surpan marqua un silence et regarda la mer au loin.

— Sais-tu comment les homards grandissent ?

C'était bien la dernière question qui intéressait Malo ; pourtant, il prêta l'oreille.

— Le homard est un petit mollusque presque gélatineux qui vit dans une carapace rigide qui n'évolue jamais. Alors, à ton avis, comment grossit-il ? insista Surpan, en se frottant les mains dans une serviette tiède imbibée de citronnelle.

Malo haussa les épaules, nullement intéressé par la réponse.

— La rigidité de la carapace du homard s'oppose à sa croissance. Pour grandir, l'animal doit donc impérativement et périodiquement muer. Il se cache au fond de son terrier, cesse de s'alimenter, et perd du poids. Il se couche sur le flanc et se replie en forme de V. La membrane reliant le céphalothorax à l'abdomen se rompt alors, créant une ouverture par laquelle il va s'extirper de sa carapace. Ainsi libéré, il se gonfle d'eau, ce qui va lui permettre d'acquérir une taille supérieure, mais il reste mou. Au début, la nouvelle carapace est très souple, il faut environ un mois pour qu'elle durcisse complètement, période pendant laquelle il est très vulnérable.

Malo écoutait, surpris par le savoir encyclopédique de son interlocuteur. Surpan poursuivit, comme si de rien n'était :

— Le homard grandit rapidement et doit donc changer très souvent de carapace. Pendant sa première année, il mue jusqu'à dix fois, puis une fois par an jusqu'à maturité. Le stimulus, pour que le crustacé puisse se redévelopper, est qu'il se sente dans l'inconfort. Si les homards avaient des docteurs, ils n'évolueraient jamais, car dès qu'ils se sentiraient mal, ils se feraient prescrire un Valium, mais ne se débarrasseraient jamais de leur carapace !

Malo esquissa un sourire. Surpan en profita pour poser sa main sur son épaule et lui masser le trapèze.

— Notre corps nous parle, il nous sert de boussole. Même s'il nous expose à des moments de vulnérabilité, il nous guide pour nous aider à nous épanouir. Parfois, le stress est un élément clé pour nous obliger à évoluer. Employé intelligemment, l'inconfort que nous ressentons peut être utilisé comme un levier pour nous élever.

— Apprendre cela ne m'aide en rien, Surpan. Je vais mourir, l'interrompit Malo.

— Comme nous tous, je crois.

— J'ai une maladie grave au cerveau.

— Laquelle ?

— Je ne sais pas.

— Alors comment peux-tu affirmer qu'elle est mortelle ?

— J'ai surpris des médecins en parler derrière mon dos. La mort est certaine, et à brève échéance. J'ai des maux de tête infernaux, de plus en plus fréquents. Il est sans doute trop tard pour écouter mon corps.

— Peut-être, mais n'as-tu pas envie de connaître son message avant de mourir ?

Malo avait espéré une tout autre réponse.

— J'avais l'espoir en vous rencontrant que vous m'aideriez à guérir.

— Tu es le seul à le pouvoir si la médecine ne peut plus rien pour toi.

Malo s'assit, désespéré. Surpan ajouta :

— Je peux cependant t'aider à écouter ton corps.

— Que devrai-je faire ?

— Rien.

— Comment ça « rien » ?

— Rien. Juste écouter.

— Mais je n'entends rien.

— Parce que tu ne prends pas le temps : tu agites ton mental en essayant de comprendre quelque chose qui ne peut que se ressentir.

— Je suis désolé, mais je ne saisis pas.

Surpan sourit et marqua un long silence. Malo se tut également.

— Qu'entends-tu ? murmura Surpan.

— Rien, nous sommes dans le silence.

— Écoute bien.

Malo tendit l'oreille.

— Les oiseaux, les vagues...

— Écoute encore !

— Un bruit de moteur au loin.

— Ferme les yeux et écoute !

Surpan se tut de nouveau. Malo se massa le cou.

— J'entends les battements de mon cœur, il va vite, très vite, comme si j'avais couru un marathon, et j'ai... comme un nœud dans la gorge.

— Un nœud dans la gorge ?

— Oui, j'ai du mal à déglutir.

— Peux-tu respirer à l'intérieur de ce nœud pour faire un peu de place ?

Malo inspira profondément, il sentit un léger espace se dessiner. Il recommença, l'étau se relâcha. Surpan observait le jeune homme qui gardait les yeux fermés.

— Le nœud se libère, mais mon cœur bat fort encore.

— Bien… Écoute-le, reste avec lui.

Malo l'entendait cogner contre son thorax. Ce n'était pas confortable, cependant il se laissa guider par le rythme de sa respiration.

— Si ton cœur avait une voix, qu'aurait-il envie de te dire ?

— De me calmer. De faire le silence en moi.

Malo fut surpris par ses propres mots : délivrés par son cœur, ceux-ci s'étaient imposés avec autorité.

Surpan sourit et attendit encore. Un instant après, il redemanda :

— Où es-tu maintenant ?

— Je sens ma respiration qui se cale sur les vagues. À chaque expiration, mes trapèzes qui étaient horriblement douloureux se détendent, se relâchent, ma nuque redevient mobile.

Surpan scrutait le jeune homme : sa tête faisait de petits mouvements alors que les muscles de ses épaules desserraient leur carcan.

— J'ai l'impression que ma tête est livrée à elle-même, que plus rien ne la retient.

— Elle cherche son équilibre, laisse-lui le temps, laisse-la se mouvoir comme elle veut.

Malo bâillait, sa respiration se frayait un chemin vers la liberté, mais son sternum empêchait ses inspirations d'aller plus en profondeur. Il s'appliqua, cala ses deux mains autour de sa nuque et commença à opérer de larges mouvements circulaires.

— C'est fou ! Mon corps se décontracte comme si une force jaillissait de mon ventre et libérait tout le haut de mon être, jusque-là figé ! Je m'en rends compte maintenant.

— Respire tranquillement et écoute les dernières tensions.

Les épaules de Malo se relâchèrent d'un coup. Sa tête bascula en arrière ; tous les nœuds en lui se détendirent comme autant de cordes serrées se rompant. Il redressa doucement son buste, et une sensation de fatigue l'envahit. Il retrouvait son élasticité tel un pantin désarticulé.

— Comment te sens-tu ?

— Mon corps se libère, j'ai l'impression qu'une porte s'est ouverte au niveau de mon cou, que tous les muscles se sont relâchés. L'air peut enfin circuler.

Des larmes coulaient sur ses joues.

— Que ressens-tu ? s'enquit Surpan.

— Mon cœur se serre, je ne sais même pas pourquoi je pleure.

— Peux-tu porter ton attention sur ton cœur ?

Malo essaya.

— Que souhaite-t-il te dire ?

— Que je peux compter sur lui, qu'il n'est pas abîmé, qu'il voudrait m'aider…

Une vague d'émotions le submergea.

— Il est triste d'être enfermé depuis toutes ces années. La place est libre enfin pour aimer.

Le ruisseau s'était transformé en torrent : Malo pleurait à chaudes larmes, replié sur ses genoux. La tête contre sa poitrine, il avait l'impression que son cœur et chaque cellule de son corps communiquaient en direct et s'enlaçaient pour sceller le pacte de la réconciliation. Un long moment s'écoula pendant lequel les deux hommes restèrent silencieux.

Tel un murmure, Malo crut entendre une voix intérieure lui souffler « Je serai toujours là pour toi ». Quand il ouvrit les yeux, Surpan regardait la mer à une dizaine de mètres de lui.

Il ne sut jamais d'où venait ce chuchotement, mais, pour la première fois depuis la mort de sa mère, il se sentit profondément aimé.

Entre toi et moi

« Chaque grande difficulté porte en elle sa propre solution. Elle nous oblige à changer notre façon de penser afin de la trouver. »

Niels BOHR

De retour sur la plage de l'hôtel, Malo se sentit soulagé. Il ne s'expliquait pas clairement ce qu'il venait de vivre avec Surpan mais constatait que son corps était détendu et ses pensées apaisées. Il était en train de regagner sa chambre quand il croisa Marie-Odile, essoufflée.

— Comment vas-tu ? lui demanda-t-il.

— Bien, répondit-elle, je viens de finir une séance de travail avec Éric et son équipe, je vais leur chercher des jus de fruits, puis je file rejoindre Zoé qui a besoin de mon avis sur un point de déco. Ensuite j'ai prévu d'aider Phueng pour le déjeuner. Bon, je me dépêche…

— Mao, s'inquiéta Malo, je te vois te démener pour tout le monde, solutionner les problèmes des uns et des autres, mais toi, tu es où dans tout ça ? Tu ne veux pas te poser un moment avec moi ?

Arrêtée net dans sa course effrénée, Marie-Odile accepta de faire quelques pas avec Malo. Ils s'assirent à l'ombre d'un palmier.

— Ça me fait plaisir d'aider, expliqua la DRH, je crois même que c'est nécessaire à ma survie. Quand une personne me demande de l'aide, j'ai le sentiment de servir à quelque chose.

— C'est très généreux, mais toi, tu vas bien ? Depuis l'incident avec Bertrand, nous n'en avons pas reparlé ensemble.

Marie-Odile soupira. Le regard tourné vers l'horizon, Malo sentit combien leurs détresses se tenaient compagnie. Il lui reposa la question :

— Mao, qu'est-ce qui ne va pas ?

— Bertrand n'a rien à voir avec ma tristesse. Être ici avec vous tous, qui vous comportez comme une vraie famille avec moi, me fait prendre conscience à quel point la mienne de famille va mal. Depuis plusieurs années, je ferme les yeux sur une situation terrible. J'ai honte de t'en parler.

Une larme glissa sur la joue de Marie-Odile, elle marqua un temps, et reprit :

— À cause de ma lâcheté et de mon obéissance aveugle à mon mari, j'ai perdu ma fille. Cela fait plusieurs années que je n'ai plus de nouvelles d'elle. Je ne connais même pas mes petits-enfants.

— Je vois !

— Il ne me laisse pas faire un pas seule. C'est la première fois que je pars une semaine sans lui. Quand j'aide les autres, je me sens utile, mais la vérité, c'est que je ne sais pas faire un geste sans mon mari, je ne peux même pas penser seule quand il est là. Je suis faible.

Inspiré par les enseignements de Phueng, Malo tenta à sa manière de guider Marie-Odile.

— Je ne sais pas ce qui te ronge et ce que ta famille a vécu mais tu peux être juste avec toi et arrêter de chercher à satisfaire tout le monde. Es-tu heureuse dans cette situation ?

— Bien sûr que non !

— C'est bien ce qu'il me semble ! Alors, qu'est-ce qui serait juste pour toi ?

Elle réfléchit un moment avant de répondre :

— Voir ma fille. Désobéir aux exigences de mon mari. En réalité, je passe ma vie à être au service de tous, alors même que je n'ai pas su être là et agir quand ma fille avait besoin d'aide. Tu es la première personne auprès de qui j'ose en parler un peu ! C'est difficile lorsque l'on a honte.

— Tu sais, c'est déjà un énorme pas de t'en rendre compte. Moi-même, je l'ai appris récemment. C'est en s'avouant que nous ne sommes pas au bon endroit que l'on peut changer les choses. Phueng m'a expliqué que lorsque l'on souffre, c'est qu'une partie de nous n'est pas en accord avec nos valeurs.

— Que faire alors ?

— Ce qui est juste pour toi.

Marie-Odile ferma les yeux plusieurs secondes et inspira longuement avant de répondre.

— Je voudrais expliquer à ma fille pourquoi je n'ai pas su être là quand il le fallait. Mais j'ai peur de sa réaction. Je sais qu'elle m'en veut.

Malo hocha la tête.

— Exprime-lui simplement ce que tu ressens ainsi que les raisons pour lesquelles tu n'as pas agi à l'époque. Tu auras ainsi écouté la partie de toi qui souffre et qui n'est pas en accord avec ton comportement.

Marie-Odile resta silencieuse un moment.

— Je te remercie pour ton écoute, Malo, et la qualité de tes conseils. Ça m'a fait du bien de te parler.

— N'hésite pas, je suis là. Tu sais, moi aussi, je suis en froid avec une personne de ma famille, mon père. À la mort de ma mère, il s'est abîmé dans le travail, les voyages professionnels et les problèmes d'alcool. Et j'ai été confié par l'assistante sociale à la charge de mes grands-parents qui m'ont élevé. J'ai cru pendant longtemps que j'étais la raison de son départ, que je n'étais pas digne d'être aimé. Nous ne nous voyons plus.

— As-tu essayé de le contacter de ton côté ?

— Lui m'a contacté au début de mes études supérieures. Il m'a invité à New York où il travaille, j'y suis allé quelques jours, mais il était devenu un étranger. Nous n'avons pas réussi à nous parler vraiment, à échanger en toute sincérité. Aujourd'hui, je réalise qu'une partie de moi lui en veut encore terriblement. Il a proposé que l'on essaie de se revoir, de renouer. J'ai refusé, je n'y parvenais pas. J'ai compris récemment que j'ai fait alors ce qu'il y avait de plus juste pour moi. Le reste ne m'appartient pas.

Malo se leva et ajusta le poids du sac sur son épaule.

— Tu es quelqu'un de rare, Malo, lui assura Marie-Odile.

Il serra les lèvres et hocha la tête.

— Toi aussi, Mao, il est temps d'offrir à ta fille la pépite qui est en toi.

— Merci, chuchota-t-elle.

Elle sourit timidement puis demanda :

— As-tu déjà remarqué qu'il suffisait d'un « L » pour passer de Mao à Malo ? En ce qui me concerne, il me manque mes deux ailes, tu en as au moins une.

— Emprunte mon « aile » quand tu en as besoin. Elle a ses imperfections, ses faiblesses, elle est vulnérable aussi, mais elle est fiable, utilise-la le temps de retrouver les tiennes. Tu sais, Marie-Odile, tu portes le prénom de la perfection.

— Pourquoi dis-tu cela ?

— Parce qu'avec les lettres de « Marie » tu peux écrire : AIMER. N'est-ce pas l'essentiel ?

Point de pression

« Rien dans la nature ne vit pour lui-même. Les rivières ne boivent pas leur eau. Les arbres ne mangent pas leurs fruits. Le soleil ne brille pas pour lui-même. Vivre les uns pour les autres est la loi de la nature. »

Auteur INCONNU

Malo revint le lendemain à la même heure comme Surpan le lui avait demandé. Cela faisait longtemps que son sommeil n'avait pas été si profond. La discussion de la veille avait ouvert des portes en lui, il se sentait entier. Ses trapèzes crispés, qui tenaient sa tête et la turbine qui lui servait de cerveau, avaient lâché d'un coup, permettant comme par magie à son cœur de manifester un puissant élan d'amour envers lui.

Surpan proposa à Malo un moment de silence pour ressentir son corps. Ils étaient tous deux assis en tailleur face à la mer, les yeux fermés. L'aîné guidait le jeune Français.

— Inspire profondément par le nez, laisse l'air alimenter ton cerveau… et expire par la bouche les contractions à cet endroit…

De longs silences ponctuaient ses phrases.

— Inspire de nouveau par le nez, autorise l'air à emplir ton cou… et expire par la bouche les contractions à cet endroit… Inspire encore, laisse l'air s'infiltrer dans tes épaules… tes trapèzes… Expire par la bouche tes crispations.

Surpan incitait Malo, zone après zone, à relâcher son corps en permettant au flux d'oxygène de circuler sereinement.

Quand il se tut, Malo continua à respirer profondément pendant un long moment puis il reprit une respiration plus naturelle avant d'ouvrir les yeux.

Saroj les avait rejoints avec une tasse de thé et des mangues coupées.

— Prends des forces : après ton massage, nous partons en forêt.

Malo n'eut pas le temps de refuser et se retrouva de nouveau allongé sur la natte entre les mains de la jeune femme. Il la supplia d'y aller en douceur, il ressentait encore les empreintes des douleurs musculaires de la veille. Le moment le plus délicat fut, sans surprise, la séance de réflexologie : ses pieds n'acceptaient aucune des pressions. Sur la natte d'à côté, Saroj recevait le même traitement mais avec une intensité bien plus élevée. Malo observait le masseur enfoncer ses coudes le long de la colonne vertébrale de son voisin qui ne bougeait pas d'un orteil !

Après une heure de ce régime, Surpan réapparut, tendant un sac à dos à son fils dans lequel il avait glissé le déjeuner et une grande bouteille d'eau. Saroj s'arma d'une serpette et les trois hommes se mirent en route.

Ils longèrent la mer sur 500 mètres et bifurquèrent par un chemin de traverse. À l'orée du bois, Surpan et Saroj s'arrêtèrent et prièrent ensemble.

— Nous demandons l'autorisation à la forêt d'entrer avec bienveillance, précisa Surpan.

— Et vous croyez que les arbres comprennent ? s'amusa Malo.

— Les arbres ont leur langage.

Dubitatif, Malo n'insista pas. Il suivit Saroj qui s'enfonçait dans la forêt primitive, donnant çà et là des coups de serpette pour dégager une végétation aussi dense et entremêlée que ses propres pensées.

Surpan ordonnait à Saroj des changements de direction. Après une nouvelle hésitation et un énième revirement, les deux Thaïlandais échangèrent dans leur langue. Malo se rendit compte qu'il était complètement dépendant de ses deux hôtes pour se repérer. Il demanda, inquiet :

— Vous êtes sûrs de savoir où l'on va ?

Pour toute réponse, il vit les deux hommes renifler comme des animaux dans la même direction.

— Eh ! Je vous parle !

Surpan lui fit signe de se taire. Saroj était concentré. Soudain, il brandit sa serpette. Malo comprit qu'ils étaient en danger. Les branches s'agitèrent bruyamment à quelques mètres de lui, et il courut en sens inverse en hurlant.

Saroj, soulagé, se mit à rire quand il aperçut un couple de singes. Au cou de la femelle s'accrochait son petit, apeuré. Les primates eurent le même réflexe de fuite que Malo mais Saroj les amadoua à l'aide d'une banane qu'il sortit de son sac à dos.

Malo, le cœur battant, revint blême.

— Ils m'ont fait une peur bleue ! s'expliqua-t-il.

Les singes assis sur une branche dégustaient le fruit. Ils tentèrent une approche vers le sac de Saroj qui les chassa gentiment.

— Ça va ? s'enquit Surpan à Malo.

Malo hocha la tête. Il se rappelait les mots de Phueng : la peur porte un message, elle avertit des dangers.

— Respire profondément par le ventre et prends un temps pour écouter les manifestations de ton corps et de ton cœur.

— J'ai des bouffées de chaleur, les jambes qui tremblent, le cœur qui bat à cent kilomètres à l'heure.

— Observe les symptômes de ton corps face à la peur. Il te parle, il a besoin d'être rassuré. Prends un temps pour lui.

— Comment ?

— Inspire profondément par le nez, et laisse entrer l'air dans ton cœur… Expire par la bouche en contractant ton ventre… Puis inspire encore…

Peu à peu, Malo se détendit et retrouva sa sérénité. Saroj partit le premier pour dégager la route. Surpan et Malo marchèrent côte à côte.

— Quand tu prends le temps d'écouter ton corps, tu t'aperçois qu'il a son propre langage, expliqua Surpan. Si tu apprends ses signaux, tu identifieras plus facilement tes émotions.

— Phueng m'a enseigné cela en effet, mais ce n'est pas encore clair pour moi. Qu'entendez-vous par langage du corps ?

— Les émotions se situent entre la tête et le corps, à l'interaction des pensées et des réflexes physiologiques. Les plus primaires proviennent du corps ; celles déclenchées par la pensée sont plus sophistiquées.

— Avez-vous un exemple concret ?

— Lorsque tu as entendu le bruit de branchage tout à l'heure, tu n'as pas eu le temps de réfléchir : ton corps a activé une série de réactions chimiques qui sont allées plus vite que ton mental. Cette force instinctive et archaïque est parfaitement saine et contribue à nous sauver la vie en bien des circonstances. Face aux dangers, nous avons généralement une première réaction de paralysie puis... soit nous prenons la fuite soit nous combattons. La peur, bien qu'elle soit souvent associée à une émotion dite négative, est en réalité vitale.

— La peur que j'ai ressentie m'a permis de prendre la fuite, c'est ça ?

— En effet, mais elle aurait également pu se transformer en colère.

— Comment ça ?

— Imaginons que le singe te poursuive et qu'il te rattrape : pour te défendre, c'est la colère qui aurait succédé à la peur et décuplé tes forces. Comme tu le vois, ces émotions que l'on prétend négatives sont nécessaires et indispensables.

— Oui, mais le stress au travail génère aussi des peurs, de la colère, voire de la tristesse. J'ai du mal à croire que ce stress soit positif.

— C'est vrai, tu as raison. Un simple mail peut provoquer une émotion, mais celle-ci est imprégnée de nos différentes pensées à propos de son contenu.

— C'est-à-dire... ?

— Suivant le ton employé par l'auteur, les autres destinataires, ses implications, les interprétations que nous en faisons, les associations inconscientes avec notre passé, qui entrent en résonance avec la situation présente... Cela devient une affaire très cérébrale qui déclenche aussi toute une chimie corporelle.

Malo ne cessait d'être surpris par le degré de connaissance dont Surpan faisait preuve. Il semblait vivre de manière tellement reculée sur cette île.

— Surpan, je commence à croire que vous n'avez pas toujours vécu en reclus !

— En effet, avant, j'étais chercheur. J'étais responsable d'un laboratoire agroalimentaire et biotechnologique.

Malo faillit tomber à la renverse.

— C'est une blague ?

— Pourquoi ? Je n'ai pas le profil ? ironisa Surpan.

— Comment avez-vous fini... enfin, je veux dire...

— Un moment de lucidité ! trancha Surpan, sans en dire plus. Mais revenons à notre discussion. Les émotions ne posent problème qu'à partir du moment où notre réaction est disproportionnée par rapport à la situation et qu'elle entraîne des comportements inadaptés. Dans ce cas, nous perdons nos moyens au lieu de les décupler car nous analysons mal le danger ! C'est exactement ce qu'il se passe avec le stress.

Malo écouta sans l'interrompre.

— Je vais te donner un exemple facile à comprendre : imagine un salarié qui doit demander une augmentation à son patron. En entrant dans son bureau, il voit bien qu'il n'y a pas de lion, il n'a donc pas besoin que son corps lui envoie une décharge d'adrénaline comme pour survivre dans la jungle ! Or, dans notre jungle psychologique, le contexte apparaît dangereux. Notre corps ne fait pas la différence et sécrète les mêmes hormones que si notre vie était en danger. Et quand cette situation de stress se reproduit trop régulièrement, quand nous nous disputons avec notre conjoint par exemple, ou regardons des films violents, notre organisme finit par se dérégler, et les émotions s'exacerbent.

— Comment faire pour échapper à ce cercle vicieux ? interrogea Malo.

— Dans l'idéal, il faudrait pouvoir réguler les substances chimiques sécrétées par nos glandes, mais, comme je te le disais tout à l'heure, c'est seulement en combattant ou en fuyant que nous pouvons y arriver.

— Comme nous ne pouvons pas casser la figure à notre patron ou déguerpir devant lui, nous nous sentons mal, c'est ça ?

— Bien sûr, comme si une drogue se diffusait dans nos veines, sans que nous puissions en bloquer la source.

— En ce qui me concerne, j'ai parfois l'impression de ne pas avoir accès à mes émotions.

— Il arrive qu'à cause d'événements trop douloureux nous soyons coupés de nos émotions et que nous ne puissions plus les identifier. Nous sommes alors imperméables à certaines sensations physiques.

— Pour les retrouver, il faut faire le calme ?

— Oui, et te laisser aller à ressentir les émotions qui surgissent en toi, sans te juger, sans chercher absolument à te rassurer, te calmer ou te consoler. Tu peux également repérer quelles pensées provoquent tes émotions et envisager d'en remonter à la source pour comprendre.

Ces paroles résonnaient avec les propos de Phueng qui l'avait mis face à ses croyances. Surpan continua :

— C'est comme cela que l'on passe consciemment d'un état intérieur contrarié et passif à un état responsable. Par la même occasion, tes pensées et donc ton langage évolueront.

— Je ne suis pas sûr de comprendre complètement...

— Par exemple, tu ne diras plus : « Cette personne m'énerve » mais « Je m'énerve après cette personne », puis « Son comportement la regarde, je n'ai pas à m'énerver pour ça. Je ferais mieux de m'occuper de moi, au lieu de me focaliser sur ce qui me déplaît chez cette personne... ». C'est là tout un cheminement intérieur. Mais t'ouvrir à tes émotions est un bon début.

— En écoutant leur message ?

— Oui, si tu remontes à la racine, tu pourras distinguer, d'une part, tes sensations physiques –

ce sont les réactions physiologiques, celles sur lesquelles tu n'as heureusement pas de prise –, et les réactions psychologiques, d'autre part – ce sont les histoires que nous nous racontons et qui déclenchent le débordement émotionnel. Pour les premières, rien de particulier à faire, ton corps sait mieux que toi comment réagir. En revanche, tu as la pleine responsabilité des récits que tu t'inventes : tu peux décider de voir les choses autrement, et donc choisir des comportements plus ajustés face aux situations.

— Qu'est-ce que je peux faire concrètement pour me libérer de mes mauvaises habitudes mentales ?

— Observe ton corps et ton cœur, ressens leurs signaux, pratique des exercices de respiration pour te détendre au lieu de laisser tes pensées et ton corps s'emballer. Le meilleur moyen, c'est de nourrir des pensées qui feront contrepoids à tes automatismes mentaux.

— Pouvez-vous me donner un exemple ?

— Imagine que tu arrives au bureau un matin et qu'un collaborateur ne te salue pas : que penseras-tu ?

— Eh bien... qu'il fait la tête, qu'il est fâché contre moi ?

— Et quelle émotion ressentiras-tu ?

— Sans doute un peu de peine, peut-être de la peur ou même de la colère, je ne sais pas.

— Oui ! Observe comme immédiatement ton cerveau se met en alerte rouge. Et que va-t-il se passer ?

— Je vais chercher ce que j'ai bien pu faire pour lui déplaire, je vais sans doute ruminer un moment.

— Mais peut-être est-ce ton cerveau qui te joue un tour : peut-être que ce collègue était dans ses pensées et donc qu'il ne t'a pas vu ?

— Oui... en effet.

— Le schéma est toujours le même : commence par résumer dans un premier temps la situation désagréable, ressens tes émotions, observe les pensées négatives qui les accompagnent et remplace ces pensées négatives par des pensées plus réalistes.

— Je vois. Même si ce n'est pas toujours simple.

— Cela demande un peu de courage, de la vigilance, de la rigueur, de la volonté aussi, mais ce travail te permettra de t'ouvrir au calme et à la joie.

— Crois-tu que je pourrai guérir en agissant ainsi ?

— Je pense que notre façon de vivre crée certaines maladies. D'ailleurs, dans « maladie » n'entend-on pas : *mal a dit* ? Aussi, la maladie, n'est-ce pas la bonne santé qui exprime que quelque chose ne va pas ?

Saroj, assis sur une butte, installait maintenant sur une natte le pique-nique.

— Notre corps a également besoin de se nourrir, dit Surpan avec un sourire en invitant Malo à participer au festin.

— Ça, j'arrive encore bien à le faire, s'enthousiasma Malo, surtout quand ça sent aussi bon !

Like !

« Vous êtes ce que vous partagez. »

Charles WEBSTER LEADBEATER

Zoé, le moral en berne, s'était isolée sur la plage après le petit déjeuner. Marie-Odile, qui devinait ce qui lui causait tant de peine, ne supportait plus de la voir se morfondre. C'était au-dessus de ses forces.

— Tu es triste à cause de Théo ?

— Je suis dégoûtée, il n'en a que pour Miss Monde.

— Lui as-tu déjà parlé de tes sentiments ?

— Mao, nous ne sommes plus au temps des dinosaures !

Marie-Odile fit une moue en encaissant la remarque. Zoé se reprit :

— Excuse-moi, je ne voulais pas te vexer, mais, tu sais, maintenant, c'est ringard d'exprimer ses émotions. Et puis tout se passe sur Insta ou Facebook. J'aurais dû m'en douter d'ailleurs, depuis plusieurs jours, il ne *like* plus mes posts.

— Et donc ?

— Et donc, c'est clair, il ne s'intéresse pas à moi. Il la *like*, elle.

— Moi non plus, je ne « *like* » pas tes « posts » et pourtant je t'aime.

— Mais, toi, ce n'est pas pareil, Mao !

— Oui, je sais : ma lignée s'arrête à la préhistoire.

— Non… mais tu comprends ce que je veux dire ou quoi ?

— Pas très bien. Je n'utilise pas les réseaux sociaux.

— Il faut t'y mettre, tu ne peux pas continuer à vivre sans. Attends, je te montre !

La jeune fille chercha la connexion et lança l'application. Elle désigna l'écran à Marie-Odile qui tenta de suivre attentivement ses explications malgré la rapidité d'élocution et de démonstration de Zoé.

— Là, c'est tes amis, le but étant d'avoir un max de gens avec qui te connecter.

— 718 ! Tu as beaucoup d'amis, s'étonna Mao.

— Oui, enfin, je ne les connais pas tous.

— Ah ?

— Chacun poste sa vie, ce qu'il fait, ses galères, ses moments top… regarde.

Zoé fit défiler les photos sous l'œil éberlué de Marie-Odile : une assiette de crêpes, des selfies devant un cheval, la mer, le boucher, un restaurant, des pieds sur un transat, un verre de mojito, un palmier. Marie-Odile observait, ahurie.

— Ensuite tu *likes* en mettant un emoji, ici, tu vois… Si quelqu'un te soûle, tu peux aussi le bloquer.

— Mais tu t'intéresses à la vie de toutes ces personnes ?

— Comme ça, vite fait !

Zoé continuait à faire défiler en cliquant rapidement sur les icônes.

— Tu peux écrire un commentaire... Regarde, tu as ici les vidéos puis des photos encore... Par exemple, celle-ci, hop, je *like*.

Zoé s'arrêta sur une photo de Théo et Simone.

— Tu vois cette photo d'eux ?

— Très jolie, en effet. Alors, tu *likes* ?

— Non, Mao, je ne *like* pas, c'est nul de me faire ça !

— Ah, je comprends, glissa la DRH, avec un air entendu.

— Tu comprends quoi ? s'agaça Zoé, d'humeur ombrageuse.

— Au lieu d'aller voir Théo pour lui dire ce que tu ressens, tu utilises cet outil comme une arme.

— Mais non !

— Pourtant, c'est ce que je constate : pourquoi ne *likes*-tu pas la photo de Théo et Simone ?

Sans attendre la réponse, Marie-Odile assena :

— Parce qu'elle te met en colère !

— Oui, je préfère zapper plutôt que d'extérioriser ma colère, sinon j'aurais trop envie de lui refaire son petit minois de chaudasse !

— Tu utilises l'arme de l'indifférence alors que, en réalité, tu es dans une colère noire tellement tu es jalouse. Tu fais comme si ça ne te touchait pas mais c'est probablement ce qui te préoccupe le plus aujourd'hui.

— Évidemment, ça me rend folle !

Les deux femmes restèrent silencieuses un moment.

— Et toi, que partages-tu pour lui dire que tu tiens à lui ? Parce que jusqu'ici ce n'est pas flagrant !

Zoé tritura nerveusement son portable, passant d'un post à l'autre.

— Ben, je publie ce que je fais, la semaine dernière au bureau avec les ingénieurs, ici en boîte avec mes amis, là quand on est allés boire un verre avec Matthieu.

— Autrement dit, tu t'affiches pour montrer à quel point tu es heureuse sans lui, c'est ça ? Et celle-là, c'était hier soir ?

Marie-Odile enfonça le clou devant une photo de Zoé, hilare dans les bras d'un de ses collègues.

— Il n'a pas *liké* non plus ! J'imagine que, s'il a un petit faible pour toi, ça ne l'amuse pas de te voir collée à tes camarades, tout comme toi de regarder Simone se trémousser à ses côtés.

Zoé ne pipa mot.

— Tu vois, reprit Mao, à mon époque préhistorique, c'était moins tordu : au pire, tu te prenais un coup de massue, mais tu ne perdais pas autant d'énergie à créer des stratagèmes incompréhensibles. Plus tu es malheureuse, plus tu exposes aux autres des photos de toi heureuse, quelle drôle de logique ! Et tu appelles cela comment déjà ? Ah oui, un réseau *social*...

Pieds nus

« Seul l'arbre qui a subi les assauts du vent est vraiment vigoureux, car c'est dans cette lutte que ses racines, mises à l'épreuve, se fortifient. »

SÉNÈQUE

Après un délicieux déjeuner de salade de mangues et de poulet curry, Surpan proposa une courte sieste à ses deux compagnons. Saroj s'était déjà endormi la tête sous le sac à dos à même le sol. Malo s'allongea sur un coin du pagne à côté de Surpan.

Quand il se réveilla, les deux hommes méditaient, adossés au même arbre. Malo attendit sans faire de bruit.

— Vous méditez souvent ? questionna le jeune Français quand ils eurent fini.

— Le plus souvent possible.

— À quoi cela vous sert-il ?

— À rien justement ! La méditation est le seul moment où l'on s'autorise de ne rien avoir à faire. C'est un instant de tranquillité où l'on ne se fixe pas d'objectifs, pas d'enjeux de résultat. Juste une parenthèse où l'on se fiche la paix !

— J'ai déjà essayé, mais j'ai détesté ça... Rester immobile, ce n'est pas mon truc.

— Comme dans tout ce que l'on commence, il faut y aller petit à petit. Au début, c'est difficile, puis ça devient facile jusqu'à ce que ça s'avère nécessaire.

Ils rassemblèrent leurs affaires et reprirent la marche. Saroj, toujours en tête, écartait de sa serpette les branchages tenaces.

— Ici, tu peux te ressourcer très rapidement, commença Surpan.

— Me ressourcer ?

— Oui, avec la nature. Connais-tu le monde des plantes ?

— Non, pas très bien... en fait, pas du tout ! Je suis un homme des villes, plaisanta Malo. Quand j'étais plus jeune, je vivais à la mer, mais la campagne, je connais mal !

— Quel dommage !

— Que vouliez-vous dire par se ressourcer ici ?

— La forêt me donne de l'énergie au quotidien.

— Apprenez-moi, s'enthousiasma Malo.

— Les arbres recouvrent un tiers des terres émergées de la planète. Dans cette forêt primaire, certains sont vieux de plusieurs siècles. Regarde ceux-là : ils ont grandi ensemble et se sont enlacés pour n'en former qu'un.

Malo s'approcha et caressa, attendri, la tresse dessinée par les racines.

— Ils constituent des communautés. En voici une justement : probablement des frères et sœurs. Parfois, les familles sont bien plus étendues.

Surpan désigna un arbrisseau qui poussait à l'ombre de ses ancêtres, expliquant comment ils étaient capables avec les pointes de leurs racines de reconnaître leur progéniture.

— Les arbres « mères » donnent des substances nutritives comme si elles allaitaient.

— Comment ça ?

Surpan tapota de sa chaussure la terre.

— Tout se passe sous nos pieds, dans un entrelacement.

Le vieil homme montra d'un mouvement circulaire la forêt qui s'étendait devant eux.

— L'organisation des végétaux est un immense réseau social, une communauté où l'on prend soin des plus jeunes et des malades.

Il entraîna Malo vers une souche.

— Regarde, c'est le reste d'un arbre qui est encore en vie, son tronc est tombé il y a environ deux cents ans, mais son voisin continue de nourrir le chicot par les racines.

Il en pointa un autre de son index.

— Celui-ci est fendu, il lutte pour survivre, alimenté par son entourage.

Malo écoutait, subjugué, les propos de Surpan. Ils reprirent leur marche.

— Tu vois, Malo, l'arbre offre sans aucune condition, c'est un être social. La communauté s'occupe de celui qui ne va pas bien jusqu'à ce qu'il guérisse.

Surpan tenait un discours passionné.

— Ils peuvent communiquer en s'envoyant des substances chimiques par leurs feuilles ou leurs racines et alerter ainsi sur la présence d'un parasite. Ils enregistrent les jours plus chauds qui annoncent la saison sèche ou la saison des pluies. Ils donnent aussi le signal du bourgeonnement. Nous avons beaucoup à apprendre d'eux.

— J'étais loin d'imaginer tout ça !

— Les respecter, c'est se respecter soi-même. Nous pensons que nous sommes ici et que la nature est là-bas. Non, nous faisons partie d'elle ; quand nous la protégeons, nous nous sauvegardons.

— Peu de gens en ont conscience pourtant.

— Oui, malheureusement ! acquiesça Surpan. En te promenant, observe les branches, les vieilles souches, les jeunes pousses, appuie-toi contre un tronc, ressource-toi, régénère-toi.

Surpan marqua une pause et invita Malo à s'asseoir quelques minutes sur un tronc de teck allongé en travers du chemin.

— Les arbres ont également conscience du danger et savent comment s'en défendre.

— Se défendre ?

— Oui, en présence de certaines chenilles destructrices, ils sont capables d'acheminer des substances toxiques dans leurs branches et leurs feuilles pour les empoisonner puis d'alerter chimiquement les arbres environnants. La science a découvert que le chêne peut envoyer 600 signaux différents, c'est l'équivalent de notre langage.

— La science s'y intéresse ?

— Pas assez, mais le fait que les végétaux communiquent entre eux est connu depuis plus de vingt ans.

Les deux hommes continuèrent leur chemin après cette courte pause, tout en conversant.

— Mais pourquoi n'en ai-je jamais entendu parler ?

— Parce que nous avons divisé la nature en trois grandes catégories, répondit Surpan avec tristesse. Les hommes, les animaux et les plantes. Or, nous traitons ces dernières comme de simples matériaux à notre service, pas comme des êtres vivants. Heureusement, les consciences changent. En Suisse, la Constitution mentionne depuis peu le droit des plantes. Et, tant mieux, car elles ne sont pas si différentes des animaux et des humains. Nous faisons partie d'une même unité.

— C'est vrai qu'au milieu de la forêt j'ai comme une sensation d'union avec la nature.

— Ce n'est pas juste une sensation : toutes les cellules de ton corps sont en fusion avec leur environnement.

— Tout à l'heure, adossé au tronc, j'ai perçu une puissance dans mon dos, c'est idiot, mais je me sentais profondément protégé, presque « aimé ».

— L'arbre donne inconditionnellement, ton corps et ton cœur le ressentent.

Malo marcha un moment en silence, à l'écoute de cette joie intérieure. Il discernait maintenant comment son corps se ressourçait au contact de cette nature vieille de plusieurs décennies, comme si des sages ancestraux s'étaient réunis pour parler à un autre niveau de perception.

Était-ce cela la conscience corporelle dont Phueng lui avait parlé si souvent ?

Les trois hommes arrivèrent sur un chemin de terre. Saroj ôta ses chaussures et se mit à marcher pieds nus.

— Que fait-il ? interrogea Malo en observant le jeune Thaïlandais se déplacer lentement.

— C'est ce que je te disais. Pour comprendre l'intelligence du corps, trois fondamentaux sont nécessaires. Tu connais maintenant les deux premiers : le silence qui laisse au corps la place de se manifester et les massages qui révèlent nos zones de turbulence, tout en permettant la prévention et même la thérapie. Mais le corps a également besoin de s'équilibrer.

— Comment ça ?

— Notre corps est une véritable machine énergétique et bioélectrique. Sans courant, notre organisme ne survivrait pas et les fonctions vitales s'arrêteraient. Notre cerveau, nos muscles, notre métabolisme, nos cinq sens fonctionnent par impulsions électriques. Les modifications chimiques qui ont lieu dans notre corps s'opèrent, elles aussi, par des transferts électrochimiques. Dans les années 1960, nous avons inventé les matériaux synthétiques. Et, rapidement, une des premières choses que nous avons faites a été de mettre du caoutchouc dans nos semelles. Une véritable source de confort pour les pieds… et pour les fabricants qui s'enrichissent. Seulement, voilà, le caoutchouc est un très bon isolant électrique. Or, nous sommes des organismes qui vivent et grandissent sur Terre. Avec nos chaussures, notre corps est désormais coupé de la terre, et donc l'électricité qui s'accumule en nous arrive difficilement à se décharger.

Malo écoutait sans oser l'interrompre.

— Sais-tu que la zone des pieds est l'une des plus riches en terminaisons nerveuses, environ 200 par centimètre carré ?

— Je comprends mieux pourquoi la réflexologie me fait si mal !

Les deux hommes se mirent à rire puis Surpan reprit :

— As-tu entendu parler de Clinton Ober ?

— Non.

— C'était un industriel du câble et de la télécommunication. Suite à une maladie qui a failli lui être fatale au début des années 1990, il a réalisé une étude très intéressante. Il a pris soixante individus présentant des souffrances musculaires, articulaires et des troubles du sommeil, et les a répartis aléatoirement dans deux catégories. L'une dormait sur un matelas en fibre de carbone relié à la terre et l'autre pas. Les résultats furent significatifs pour le groupe connecté à la terre : sommeil de meilleure qualité pour 100 % d'entre eux, moins de douleurs chroniques pour 75 % et moins de raideurs pour 80 %. Pour le groupe non raccordé, seuls 10 % ont pu observer quelques modifications, mais aucune en ce qui concerne les souffrances articulaires et musculaires.

— Simplement en se reliant à la terre ?

— Oui, il a pris pour base les systèmes électriques du quotidien qui ont besoin d'être connectés à la terre afin d'éviter toute interférence avec des champs électromagnétiques extérieurs. La prise terre sert à évacuer le trop-plein d'électricité pour compenser les défauts d'isolation, et empêcher les risques d'électrocution.

Malo observait Saroj marcher librement les pieds nus, tout en écoutant Surpan.

— Il est vital de se raccorder à la terre dans notre monde industrialisé, de plus en plus connecté. Télévisions, ordinateurs, automobiles, téléphones portables accroissent la surcharge en ions positifs et en radicaux libres due à la pollution électromagnétique, ce qui affecte notre corps en profondeur.

— Pas simple de se reconnecter en ville entre le béton et le macadam…

— C'est pourquoi il est impératif pour notre humanité de redécouvrir ce simple bon sens dont nous nous sommes éloignés.

Malo s'assit et enleva à son tour ses baskets pour tenter l'expérience. Dans un premier temps, il dut lutter contre sa peur des insectes qui risquaient de le piquer. Il était attentif à ne pas se blesser avec une racine, une feuille, un caillou, mais, très vite, il se redressa et prit du plaisir à marcher sur cette terre mère légèrement humide. Il suivait les pas de Saroj, portant son attention aux charges et décharges électriques de son corps qui se détendait. En silence, il ralentissait le pas pour ressentir les points de contact avec la terre et respirer amplement, comme le lui montrait Saroj. Un certain bien-être l'envahissait, il sentait les battements réguliers de son cœur.

Après un long moment, il demanda à Surpan :

— C'est une sorte de méditation ?

— Appelle cela comme tu veux.

— Combien de temps faut-il méditer par jour ?

— Il ne faut rien du tout ! Et encore moins en méditation, c'est un espace où tu te laisses tranquille.

— Alors combien de temps conseillez-vous ?

— Je pense qu'une demi-heure de méditation par jour est essentielle.

— Mais lorsque l'on est très occupé…

— Dans ce cas, une heure est nécessaire !

Un pas de plus

« Oser, c'est perdre l'équilibre un instant. Ne pas oser, c'est se perdre soi-même. »

Søren KIERKEGAARD

La nuit finissait sa course. Après un footing matinal, Malo se déchaussa et marcha un moment le long de la plage, les pieds dans l'eau. Aux premiers rayons du soleil, il se dévêtit et fit quelques enchaînements de crawl. Depuis l'enfance, il aimait se ressourcer dans l'océan. Son grand-père lui en avait enseigné les humeurs, la voracité et la douceur. Certes, ce n'était pas l'Atlantique, mais les deux océans ne se rejoignaient-ils pas ? Rien ne les séparait, en dehors des cartes géographiques !

Quand il nageait, il se sentait connecté à ses grands-parents, à la planète, à quelque chose de plus vaste que sa simple personne. Il avait conscience d'appartenir à une énergie unique, d'être relié à la terre mère, la terre « mer », sa mère qui restait présente en lui malgré la mort qui les avait séparés. Il pensait aussi à sa propre mort qui se rapprochait, et dont il avait curieusement de moins en moins peur, comme si rien ne dissociait plus la vie de la mort. Il sourit à l'idée qu'il ne s'était jamais senti aussi bien depuis qu'il avait appris qu'il allait mourir !

Il s'assit sur le bord de la plage, prit le temps de goûter le sable frais sous ses pieds et ses esquillons plantés. Il respira comme le lui avait enseigné Surpan, en effectuant de longues inspirations qui décontractaient, une à une, chaque zone de son corps. À l'instar des rayons du soleil qui éclairaient petit à petit le rivage, ses idées s'illuminaient au contact de cette source d'énergie qui pénétrait les recoins les plus sombres de sa psyché.

Il se remémora la discussion de la veille avec Matthieu à son retour de l'île. Le directeur financier était brillant et rigoureux. Il manquait, certes, encore de confiance en lui, mais avec son sérieux et son humanité, il était probablement la meilleure personne pour reprendre la direction de XSofware. Chaque jour depuis leur arrivée, Malo consacrait deux heures de son temps à lui transmettre son expérience. Peu à peu, au gré de leurs réunions, la personnalité de Matthieu s'était affirmée, ce qui l'avait conforté dans sa décision : aidé de Marie-Odile, il en était maintenant certain, Matthieu avait le potentiel d'un excellent directeur général. Il saurait reprendre la barre quand il devrait partir, ce qui adviendrait peut-être plus tôt que prévu. À cette idée, Malo se sentit triste : il s'était attaché à l'équipe durant ces quelques jours. Au fond de lui, il espérait laisser dans leur cœur une empreinte de son passage sur Terre.

Plongé dans ses pensées, il n'entendit pas Phueng s'approcher discrètement. Quand il la vit, il se leva pour l'accueillir : celle-ci lui sembla amaigrie, plus petite que d'habitude, mais ses yeux étaient toujours aussi pétillants. Ils s'assirent en tailleur, l'un en face de l'autre, leurs cœurs communiquant par le regard.

— Comment s'est passée ta rencontre avec mon frère ?

— Il est incroyable, Phueng, tout comme vous, mais dans un autre style !

Malo lui raconta en détail le récit des deux journées avec Surpan :

— Je me sens réconcilié, relié !

— Tu as compris alors que la tête, le cœur et le corps ne font qu'un : lorsqu'ils sont parfaitement alignés, tu redeviens entier !

— Oui, je commence tout juste à le sentir.

— Tu viens d'accéder à cet espace en toi d'acceptation inconditionnelle, sans négociation intérieure. C'est un état depuis lequel nous pouvons éprouver les émotions, les accueillir, sans pour autant nous laisser déborder.

— J'ai vécu cette unité dans la forêt, puis dans la mer. Je ne me suis jamais senti aussi bien !

— Là est le chemin de guérison : il part du cœur pour se fondre dans cette unité.

— Si j'avais appris tout cela plus tôt, je n'en serais sans doute pas là aujourd'hui.

— Effectivement ! Tu n'en serais pas là. Tu es exactement au bon endroit pour concrétiser ce que tu as à réaliser.

— Il va falloir faire vite alors, ironisa le jeune homme, un brin sarcastique.

— Un verbe a changé ma vie en quelques secondes lorsque je me le suis approprié, sais-tu lequel ?

La phrase prit Malo au dépourvu. Il interrogea Phueng du regard, en secouant la tête de droite à gauche.

— Je ne vois pas.

— Cherche un peu, insista-t-elle.

— Un verbe… eh bien… créer, diriger, contrôler, espérer ? Non, bien sûr, vous connaissant, un mot plus spirituel… donner… aimer, s'exclama-t-il avec un sourire de vainqueur.

Comme Phueng répondait à chaque fois par la négative, Malo renonça.

— Non, aucun de ceux-là : le verbe qui a changé ma vie est « oser ».

— Oser ?

Phueng expliqua avec sa patience habituelle :

— La différence entre les personnes qui se réalisent et celles qui n'évoluent pas dépend de leur degré d'audace. Personne n'est plus intelligent qu'un autre. Nous sommes tous dotés de la possibilité d'oser comme de celle de sentir, réfléchir, toucher… mais tout le monde n'ose pas.

— En ce qui me concerne, je crois que j'ai toujours osé. C'est d'ailleurs ce qui m'a permis de réussir dans les affaires.

— C'est sûr, Malo ! C'est parce que tu as osé que tu as réussi professionnellement, mais as-tu osé être qui tu es ? Oser, c'est aussi oser dire non à quelqu'un à qui nous avons l'habitude de dire oui, ou oser exprimer ses sentiments à un proche, ou tout simplement oser dire à quelqu'un que nous sommes heureux de le voir. Chacun sait au fond de lui s'il joue sa partition, ou s'il en dévie.

— Vu comme cela, reconnut Malo, oser n'est pas toujours facile.

— Et pourtant, il n'existe aucune réussite, aucun bien-être qui ne commence par le verbe « oser ». Lorsque nous ressentons un mal-être, nous devrions nous poser la question de savoir ce que nous n'osons pas. Parfois, il suffit même simplement d'oser se poser les bonnes questions. Par exemple : est-ce que la situation dans laquelle je me trouve me met en joie ?

— Sans vouloir vous contredire, rebondit Malo, j'ai pris beaucoup de risques dans ma vie, et je n'ai pas toujours été en joie, loin de là !

Phueng fit semblant de mal comprendre.

— Tu n'es pas heureux dans ton travail ?

— Si, le travail, ça va, c'est bien le seul domaine d'ailleurs.

— Alors, dans quels autres domaines n'es-tu pas heureux ?

— En amour, par exemple. J'ose parler aux filles, avoir des relations sexuelles avec elles, mais je ne tombe pas amoureux.

— Que n'oses-tu pas ?

— Je ne sais pas.

— Que n'oses-tu pas, Malo ? répéta Phueng.

La gorge de Malo se serra. Justine… Justine était la réponse, il le savait, son cœur le lui rappelait assez souvent. Phueng reposa plus doucement sa question en couvrant de sa main celle du jeune homme :

— Quelle question n'oses-tu pas te poser parce que tu en connais déjà la réponse ?

— Je n'ose pas la rappeler, je n'ose pas affronter son regard, je n'ose pas lui demander pourquoi, je n'ose pas...

Malo se tut.

— Pourquoi ?

— Parce que ça me fait trop mal.

— Es-tu mieux sans elle ?

— Non, bien sûr que non !

— Alors, pourquoi ne l'appelles-tu pas ?

— C'est trop tard, Phueng !

— Trop tard ?

— Oui et puis... Que veux-tu que je lui dise cinq ans après ?

— Que voudrait lui exprimer ton cœur ?

— Qu'il l'aime comme au premier jour, mais je n'ai pas envie de me prendre un mur, je suis déjà bien assez abîmé.

— La distance qui nous sépare du trésor est le temps que nous mettons à reconnaître que nos actes ne sont pas en phase avec ce que nous sommes.

— Je suis en phase avec moi ! Mais je ne veux plus souffrir dans une relation ! Mon cœur est devenu aphone.

— Tout cela, ce ne sont que de fausses excuses, des résistances que tu fabriques pour ne pas admettre que tes agissements ne sont pas alignés avec ce que tu es. Tu te fais croire à toi-même que tu n'es pas prêt à... que tu es obligé de... que tu as tout fait pour...

— Vous avez sans doute raison, Phueng. Peut-être que de ne pas savoir me permet de garder espoir. Tant qu'elle ne me dit pas qu'elle ne m'aime plus, une partie de moi s'accroche.

— Ton espoir te coûte cher en souffrance, mon petit ! Tu vas partir bientôt, n'as-tu pas envie d'avoir des réponses, qu'attends-tu pour oser ?

Malo baissa le menton.

— Je ne vous ai pas tout dit, Phueng, je vais réellement mourir.

— Je suis au courant.

— Non, pas uniquement d'une balle dans la tête, je vais vraiment mourir.

— Je le sais.

Phueng fixa son regard dans les yeux embués de Malo.

— Mais comment ? chuchota-t-il.

— À mon âge, je sais bien des choses auxquelles tu n'as pas encore accès. Lorsque l'on sait que l'on va mourir, on prend conscience de la valeur du temps qui nous est offert. On en profite davantage. C'est l'inconscience de la mort qui nous fait perdre du temps. Ne crois-tu pas que c'est le moment de passer à l'action ? D'oser ?

Non, merci !

« Tout ce que tu peux faire dans la vie, c'est être toi-même. Certains t'aimeront pour qui tu es. La plupart t'aimeront pour les services que tu peux leur rendre. D'autres ne t'aimeront pas. »

Rita Mae BROWN

Marie-Odile croisa Phueng et Kyet qui s'apprêtaient à monter dans la camionnette en direction du marché.

— Je suis désolée, Phueng, je voulais discuter avec toi et le temps a glissé, je n'ai pas eu une minute à moi !

La vieille dame échangea quelques mots en thaïlandais avec son gendre qui lui tendit les clés.

— Tu as ton permis ? demanda Phueng.

— Oui, mais je n'ai pas pris le volant depuis très longtemps. Je ne sais pas si…

— C'est le moment ! J'ai besoin de toi, Kyet a beaucoup de choses à faire et, moi, je ne sais pas conduire. C'est à trois kilomètres, ne t'inquiète pas, précisa Phueng.

Cédant à son insistance, Marie-Odile s'installa au volant. Après avoir écouté les recommandations de Kyet, elle démarra, peu sûre d'elle, le véhicule. Les pneus crissèrent sur le sol qui projeta des gravillons. Kyet s'écarta tout en leur faisant un signe de la main. Pendant tout le trajet, Phueng respecta la concentration de son chauffeur, en n'intervenant que pour lui indiquer la direction.

Arrivée à destination, Marie-Odile poussa un grand soupir de soulagement en posant le pied à terre.

— Je déteste conduire. Surtout en Thaïlande.

Les deux femmes s'enfoncèrent dans le marché, où des étals de fruits et légumes s'offraient à perte de vue.

— Pourquoi as-tu accepté alors ? lança Phueng.

— Eh bien, parce que tu me l'as demandé !

— Il aurait suffi de refuser.

— Et laisser Kyet t'accompagner, lui qui a déjà tant de choses à faire ?

— Toi aussi, tu avais des choses à faire.

— Non, moi, je profite d'un temps de vacances et de respiration que Malo a bien voulu nous offrir.

— Tu m'as pourtant dit que tu n'avais pas une minute à toi.

— Oui, je suis sollicitée par tout le monde. Je n'ai pas eu le temps de me poser encore ou de prendre un bain de mer, alors que j'en avais fait la promesse à Malo.

— Pourquoi ne t'es-tu pas baignée ce matin plutôt que de venir avec moi alors que tu n'en avais pas envie ?

— Mais si, voyons, ça me fait très plaisir de t'aider.

— Je n'en doute pas, rétorqua Phueng un brin ironique, comme cela te fait plaisir d'épauler les autres.

— C'est ce que je disais à Malo l'autre jour, je suis comme ça ! J'aime rendre service, c'est presque vital pour moi, reconnut Marie-Odile, en haussant les épaules comme une petite fille.

— C'est pour cela que tu le fais !

Marie-Odile trouvait Phueng inhabituellement sarcastique ce matin.

— Et toi, Phueng, tu vas bien ?

— Moi, très bien !

La Thaïlandaise stoppa net ses pas.

— Je viens de me rendre compte que j'ai oublié les sacs dans le coffre de la camionnette. Peux-tu aller les chercher ?

Marie-Odile traversa le marché dans l'autre sens, bousculée par des livreurs pressés. Elle ramena les sacs à Phueng qui était en train de soupeser une mangue. La vieille dame ne s'embarrassa pas d'un merci, trop occupée à tâter du pouce le fruit. Elle fit signe au marchand de lui préparer un cageot.

Alors qu'elle s'apprêtait à payer, elle s'écria :

— Tu vas rire, je suis vraiment distraite ce matin, j'ai oublié mon porte-monnaie dans la boîte à gants. Peux-tu me le rapporter ?

— En es-tu sûre ? Il a peut-être glissé au fond de ta sacoche.

Marie-Odile soupira et reprit le chemin en sens inverse. Dix minutes plus tard, elle revint haletante et bredouille.

— Tu avais raison, il était dans une de mes poches, lui déclara Phueng en la voyant arriver, puis elle se déchargea sur elle de trois gros sacs de légumes. Tout en marchant, Phueng discutait avec les paysans sans tenir compte de son accompagnatrice qui suffoquait en silence sous le poids des victuailles.

— Tiens, dit Phueng, en insérant deux kilos d'oignons supplémentaires dans l'un des sacs prêts à craquer.

— Je ne vais pas pouvoir en prendre plus, Phueng, osa Mao, exténuée.

La vieille dame continuait à saluer des connaissances, sans lui prêter la moindre attention.

— Je vais peut-être ramener déjà ça à la camionnette, proposa Marie-Odile timidement, posant les marchandises au sol pour se masser les doigts lacérés par les anses.

Elle chercha un peu d'empathie dans les yeux de Phueng qui détourna le regard.

— Bonne idée. Aurais-tu la gentillesse de passer également récupérer le cageot de mangues que j'ai laissé chez le commerçant là-bas ? lui montra-t-elle en le désignant du doigt.

Marie-Odile se mit en route, pendant que Phueng, le cœur déchiré, la regardait partir en s'interrogeant sur sa faculté à supporter sans rien dire. Sa capacité à se soumettre était inimaginable. Phueng la rappela :

— Mao, ça suffit ! Quand vas-tu te réveiller ?

La Française se retourna.

— Qu'y a-t-il ? s'inquiéta-t-elle, hagarde.
— Ne peux-tu pas m'ordonner d'arrêter ces allers et retours ?
— Je voulais t'aider, soupira Marie-Odile, mi-soulagée mi-terrorisée.
— Ce n'est plus de l'aide, c'est de l'esclavagisme ! lança Phueng furieuse. Réagis, bon sang !
Marie-Odile se figea. C'était la première fois qu'elle entendait Phueng lever le ton. Elle sentit les larmes lui monter aux yeux. La vieille dame attendit que passe la vague d'émotion puis lui demanda, sur un ton plus empathique :
— Pourquoi acceptes-tu tout sans rien dire ?
— Parce que je veux te rendre service.
— Mais tu vois bien que je te maltraite !
— Je ne peux pas te refuser mon aide.
— Pourquoi, si ce n'est pas juste pour toi ?
— J'ai peur que tu me rejettes alors que tu comptes beaucoup pour moi.
— Pourquoi le ferais-je, ma chérie ?
Phueng lui caressa la joue.
— J'ai le sentiment que si je ne réponds pas à ce que l'on attend de moi, on ne m'aimera plus.
— Tu as donc besoin de rendre service pour que l'on t'aime ?
En reformulant la phrase, Phueng espérait que Marie-Odile prenne conscience de ce qui se jouait en elle. Ce faisant, elle fit signe à un homme de charger les sacs de courses sur sa charrette et de ramasser à chaque stand le reste des marchandises achetées. Celui-ci les achemina jusqu'à la camionnette et les empila dans le coffre. Phueng lui glissa un billet, il s'inclina

en joignant ses mains et disparut derrière la carriole dans les allées du marché.

Pendant le trajet du retour, les deux femmes discutèrent librement.

— Lorsque nous essayons de faire plaisir à tout le monde, nous cessons d'être nous-mêmes, expliqua Phueng. Ne t'inquiète pas de ce que pensent les autres. Soucie-toi seulement de savoir si tu es fidèle à tes envies.

— Ce n'est pas toujours simple de les connaître, ses envies.

— Parce que tu ne prends pas le temps de les écouter.

— C'est plus facile pour moi d'entendre les besoins des autres.

— C'est normal, tu t'es surentraînée à les déceler pour y répondre.

Phueng marqua un silence avant de reprendre :

— Avais-tu envie de faire ces allers et retours, chargée comme une mule ?

— Non, mais... te rendre service me fait du bien.

— À quel prix ! Qu'en pensent ton corps, tes muscles, ton dos, tes mains... et ton cœur ?

Marie-Odile resta silencieuse.

— Réfléchis et essaie de me parler depuis la source de ta plus haute vérité !

— Comment cela ? Que veux-tu dire par « la source de ma plus haute vérité » ?

— Je fais référence à cet endroit en toi qui sait, qui sent, qui te guide. Prends le temps de l'écouter.

Phueng se tut un moment, pendant que son interlocutrice réfléchissait.

— Si tu avais prêté attention à ton corps, que t'aurait-il répondu ? murmura Phueng.

— Je suis fatiguée, je ne me sens pas de tout porter.

— Et ton cœur ?

— Il m'aurait répondu qu'il me fallait de l'aide.

— Quelle était ton envie en venant avec moi au marché ?

— Découvrir l'ambiance, goûter des fruits exotiques, échanger avec les gens…

— As-tu pu faire tout cela ?

— Non, soupira Mao.

— Observe que, pour me rendre service, tu en oublies tes désirs.

— Oui, les autres passent toujours avant moi.

— Non, Mao, je vais encore te bousculer, mais ce n'est qu'une vérité partielle. Ça t'arrange de répondre à leurs besoins, c'est la manière que tu as trouvée pour exister et être aimée. En contrepartie, tu attends des remerciements, un regard, de l'affection, voire de l'amour. Peut-être même mets-tu les gens en position de t'être redevables !

Phueng, qui devinait tout, appuyait là où la blessure était béante :

— Que se passe-t-il quand tu n'es pas en accord avec ton entourage familial ?

Marie-Odile confessa à voix basse :

— Je souffre en silence, figée, tétanisée de peur que le lien se coupe.

— Et qu'arrive-t-il alors ?

— Le lien se coupe. Je ne vois plus ma fille depuis des années.

Un flot de larmes submergea Marie-Odile qui dut s'arrêter sur le bord de la route pour reprendre ses esprits. Phueng lui tendit un mouchoir, pendant que la Française s'éclaircissait la voix :

— Tu sais, je me sens facilement rejetée lorsque l'on me refuse quelque chose, et j'en veux aux autres quand ils me disent « non ». C'est aussi pour cela que je préfère tout accepter, je n'ai pas envie de faire subir à quelqu'un le même affront.

— Bien sûr, c'est difficile. Mais as-tu un exemple de quelqu'un qui t'a refusé son aide ?

Marie-Odile n'eut aucun mal à en trouver un.

— Ma mère. Elle était concertiste. Elle travaillait sans relâche son violoncelle pour entrer dans l'orchestre philharmonique. Lorsque je lui demandais de l'aide pour mes devoirs, ou même de m'apprendre à faire un gâteau, elle n'avait jamais le temps. Alors j'ai commencé seule, avec des livres de recettes.

— Crois-tu que tu cuisinerais mieux si elle te l'avait enseigné ?

Marie-Odile esquissa un sourire.

— Non, elle ne savait même pas cuire des pâtes. Un jour, j'ai décidé de m'y mettre sérieusement avec une amie. Nous avons réuni des copains qui dégustaient tous les gâteaux que nous réalisions et les évaluaient. Nous sommes devenues si bonnes pâtissières que nous avons gagné le concours de pâtisserie de l'école ! Ce jour-là, j'ai ressenti de la fierté, et j'ai su que je voulais faire un métier tourné vers les autres et le partage.

— Vois-tu, Mao, tu as mal vécu le refus de ta mère, mais, malgré tout, tu as pu avancer seule.

En te disant « non », ta maman t'a poussée à aller au-delà de tes limites.

— Dans un sens, c'est vrai, acquiesça la DRH.

— Parfois, même si c'est dur, cela nous rend service quand quelqu'un refuse de nous aider. Si tu comprends cela, il te sera plus simple d'opposer un refus à ton tour. Apprendre à dire « non » aux autres réclame un certain courage : celui de reconnaître que les refus permettent aussi de grandir, plutôt que de laisser notre ego nous convaincre que nous sommes rejetés.

Marie-Odile opina du chef.

— Et ta maman, a-t-elle réussi à rentrer dans cet orchestre qu'elle convoitait ?

— Oui, acquiesça Marie-Odile, elle a parcouru le monde pendant des années, elle a réalisé son plus grand rêve : donner des émotions aux spectateurs à travers sa musique.

— Elle a su suivre son chemin, et cela aussi réclame du courage. Lorsque tu passes ton temps à rendre service, tu n'as plus d'espace pour t'épanouir, pour donner le meilleur de toi. Le seul moyen d'avoir des relations justes, et de se créer une vie à notre image, est d'apprendre à dire « non ». Tout ce que l'on fait par peur ou par culpabilité nous tue, anéantit le lien et nous abîme.

Marie-Odile pensa aussitôt à sa fille avec qui le lien était brisé en raison de son incapacité à affronter sa propre réalité. Il était temps pour elle de se regarder en face et de se confronter à ses peurs. Un mince sourire d'espoir s'afficha sur son visage au moment où elle gara la camionnette.

— Veux-tu cuisiner avec nous ce soir ? lui proposa Phueng, en la quittant.

— Euh… je crois que j'ai besoin de me retrouver un peu seule, hésita Marie-Odile.

Phueng prit une mine déconfite pour la tester.

— J'espère que ça ne te dérange pas au moins, Phueng ?

— Allez ! File avant de recevoir un coup de poêle sur la tête.

— Il va me falloir un peu de temps, s'excusa la DRH, en riant.

Phueng lui attrapa les mains et vrilla ses yeux dans les siens.

— Les seules personnes qui s'offusqueront des limites que tu établiras sont celles qui ne pourront plus profiter de toi. N'oublie jamais que dire « non » à quelque chose ou à quelqu'un, c'est se dire « oui » à soi-même.

Déjeuner en famille

« Nous passons tant de temps à rattraper ce que nous n'avons su dire. »

Nicholas SPARKS

Dix-huit heures.

Malo calcula une énième fois le décalage horaire : il devait être midi en France. Était-ce bien le moment d'appeler ? Un dimanche à cette heure-là, elle déjeunait sans doute en famille.

Cependant, Phueng avait raison, se persuada-t-il. Il n'avait plus de temps à perdre, il devait passer à l'action. L'imminence de sa mort avait des vertus libératrices.

Il chercha le nom de Justine dans son carnet d'adresses et valida l'appel, le cœur tremblant. La sonnerie retentit une première fois. N'avait-elle pas changé de numéro ? Une seconde fois. Ne serait-ce pas mieux de tomber sur sa messagerie pour prendre le temps de se refamiliariser avec le son de sa voix ? À la troisième sonnerie, une voix qu'il reconnut aussitôt répondit.

— Allô ?

Ces quatre lettres sur bruit de fond de mouettes et de vagues de la Manche réveillèrent ses souvenirs. Il imagina Justine sur la plage de Trestraou, son rire, son parfum, ses cheveux bruns qui dansaient dans le vent, la douceur de sa voix, ses yeux noisette qui le regardaient avec tant d'amour…

— …

— Allô ? répéta-t-elle.

— Justine ? interrogea-t-il, la gorge nouée.

— Oui…

— …

— Malo ?

Elle se souvient, se dit-il pour se donner du courage.

— Oui… je ne te dérange pas ?

— Oh non… pas du tout, s'empressa-t-elle de répondre. Comment vas-tu ?

— Bien, enfin, ça va… et toi ?

— Ça va aussi.

— Tu es sûre que c'est le moment ? J'entends du bruit autour de toi.

— Non, vraiment, ton appel me fait plaisir.

— Maman, tu viens ? cria une fillette au loin dont la voix se rapprochait.

Justine masqua de sa main le combiné.

— J'arrive, chérie.

— Eh… je suis là, moi, répliqua une voix d'homme que Malo identifia instantanément.

— Tu n'es pas seule, je te laisse.

— Non, je suis avec Benjamin et…

Et Samuel, compléta mentalement Malo.

— Attends, je m'écarte un peu.

— Ce n'est pas la peine… je… je te rappellerai plus tard.

Les mots s'étouffaient dans la gorge du jeune homme.

— … Je…

Plus rien ne parvenait à son cerveau, il feignit une rupture de ligne pour raccrocher. Il s'en voulait d'avoir appelé, d'avoir ravivé la flamme. Il avait grandi dans le manque, s'était écorché au vide, heurté à sa solitude, mais ses sentiments pour Justine étaient restés intacts comme le prouvaient les battements affolés de son cœur.

Elle lui avait semblé heureuse, au téléphone. Elle et Samuel avaient construit une famille. Comment aurait-il pu en être autrement ? Quel imbécile ! Qu'espérait-il ? Qu'elle l'ait attendu toutes ces années ?

Malo s'était perdu dans des rêves impossibles, se cognant aux quatre coins de sa vie. Il avait eu peur de la déranger en plein déjeuner de famille. Elle ne déjeunait pas, mais elle était bel et bien en famille !

Où vont les mots que l'on ne dit pas ?

« Quand tu seras devenu désireux de ne rien cacher… tu comprendras aussi la paix et la joie. »

Un cours en miracles,
Helen Schucman
et William Thetford

Le réveil était difficile ce matin pour Malo. Il avait passé la soirée à essayer de se changer les idées avec son équipe sur la plage. Simone leur avait réservé un cours de zumba après le dîner que tous avaient apprécié, excepté Zoé qui avait regagné sa chambre, préférant observer la scène de loin. Dans la tête de Malo résonnaient encore des bribes de la conversation échangée la veille avec Justine. Seule Phueng pourrait l'aider à y voir plus clair, songea-t-il, en se rendant dans la cuisine où, comme tous les jours, elle préparait les coco-locos que tous s'arrachaient avec volupté. Malo arriva silencieusement et en vola un tout chaud qui lui brûla le palais.

— Gourmand ! lui assena Phueng en sursautant.

— Vous aviez raison, ce sont les meilleurs…, admit-il, les yeux mi-clos, tout au plaisir de sa dégustation.

— As-tu bien dormi ? s'enquit-elle en apercevant ses yeux fatigués.

Malo soupira.

— J'ai un peu abusé avec l'alcool hier soir, j'en avais besoin !

— Ah ?

— J'ai osé, j'ai appelé Justine, mais c'est plutôt raté, reconnut-il en attrapant un deuxième gâteau.

— Qu'est-ce qui est raté ?

— Elle ne m'a pas attendu pour être heureuse, elle est avec Samuel.

— Elle te l'a dit ?

— Non, mais c'est clair !

— Rien n'est clair tant que tu ne sais pas vraiment. As-tu osé lui dévoiler tes sentiments ?

— Bien sûr que non, je n'allais pas passer pour un con en plus !

Il marqua un temps.

— Ils ont une fille ensemble, une vraie famille, quoi !

Phueng ignora cette dernière remarque.

— En quoi exprimer ce que l'on a sur le cœur serait-il ridicule ?

— Enfin, Phueng ! s'insurgea Malo.

Elle essuya son front avec son tablier de cuisine.

— Le problème, c'est que nous affichons sans cesse une fausse image de nous. Comment veux-tu que la personne en face réagisse comme tu le souhaites si tu montres ce que tu n'es pas ?

— Je ne comprends pas ce que vous essayez de me dire, Phueng.

— Très bien ! fit-elle en terminant la dernière tournée de coco-locos. Assieds-toi.

Elle lui désigna un tabouret en bois dans le coin de la pièce et s'installa en face de lui.

— Il est temps pour toi d'apprendre à devenir authentique. Sais-tu où vont les mots que l'on ne dit pas ?

Malo fit « non » de la tête.

— Ils s'accumulent dans ton corps et se transforment en frustration, tristesse, colère, honte, insomnie et douleur. Ils grignotent notre confiance en nous, ils s'immiscent et polluent notre bien-être. Ils ne meurent pas, mais nous tuent à petit feu.

— Mais je l'ai appelée, j'ai osé, comme vous m'avez suggéré de le faire.

— C'est déjà un grand pas. À présent, il faut apprendre à être toi-même. En te cachant, tu crois être en sécurité, or tu te mens et tu obtiens des résultats qui ne sont pas ceux que tu espères puisque, toi-même, tu exprimes autre chose. Tu ne peux attirer que ce que tu es.

— Alors, comment faire ?

— Observe ton fonctionnement : avant de l'appeler, tu préférais ne pas connaître la réponse, pour garder un espoir. Inconsciemment, tu avais fait une croix sur cette relation pour entretenir une espérance qui ne te permettait de vivre qu'une illusion.

— Oui, c'est vrai, mais je crois que c'était moins douloureux que de la savoir avec lui, mariée, avec une petite fille !

— Que te dis-tu maintenant ?

— Que je dois l'oublier pour de bon et passer à autre chose.

— Sans lui révéler le fond de ta pensée ?

Malo resta silencieux, Phueng reprit aussitôt :

— Plutôt que de te protéger derrière des mots qui ne te ressemblent pas, exprime-lui ce que tu ressens !

— Je ne peux pas extérioriser tout ce qui me traverse la tête, ça n'aurait pas de sens !

— Pourquoi ?

— Toute vérité n'est pas bonne à dire, vous le savez bien. Je n'ai pas envie de prendre le risque de blesser, de faire mal, et après de culpabiliser, et là, en l'occurrence, de me rendre ridicule aux yeux de Justine !

Phueng parut réfléchir et Malo crut qu'il marquait un point. Elle se tapota les lèvres du bout des doigts.

— Il y a quelque temps… non, plusieurs années désormais, précisa-t-elle, j'ai lu dans un livre de français que ma fille m'avait ramené de l'école une histoire qui m'a touchée :

« Un jour, quelqu'un vint voir Socrate :

— Tu sais ce que l'on raconte sur toi ?

— Attends, prévint Socrate. Passe d'abord cette information à travers les trois filtres.

— Les trois filtres ? interrogea la personne.

— Oui, le premier est le filtre de la vérité : es-tu sûr que ce que tu vas me révéler est la vérité ?

— Oui, enfin, non… c'est ce que j'ai entendu dire.

— Passe au second, celui de la bonté : souhaites-tu m'exprimer quelque chose de bien ?

— Non, pas vraiment.

— Voyons voir le troisième, celui de l'utilité : crois-tu que ton information est vraiment bénéfique ?

— Non, ça ne l'est pas.

— Dans ce cas, répond Socrate, si ce que tu veux me révéler n'est ni la vérité, ni bienveillant, ni utile, pourquoi me le dire ? »

— Qu'essayez-vous de me faire comprendre, Phueng ?

— Tout simplement que tu peux utiliser la règle des trois filtres pour savoir quand tu dois te taire. Le reste du temps, cherche à t'exprimer avec le plus d'authenticité et de bienveillance possible.

Malo hocha la tête, muet. Phueng continua :

— Toute la difficulté est de revenir dans l'être et sortir du paraître.

— C'est-à-dire ?

— Le paraître est le paravent de l'être. L'être constitue ta vraie nature, toi au plus profond de ton cœur. Tout est là depuis toujours : ce que tu es de plus pur ne t'a jamais abandonné. Mais le paraître enferme l'être. Plus tu es dans l'apparence, plus tu cherches à être aimé pour ce que tu n'es pas, et plus tu oublies de mettre ton énergie au service de ta vie.

— Je ne saisis toujours pas. Qu'entendez-vous par « tout est là » ?

— Si tu veux comprendre, tu dois aller au-delà du mental. Le paraître est l'identification au mental, c'est un écran entre toi et les autres, toi et le divin.

Malo était complètement perdu.

— Je m'adresse au sage en toi, derrière le penseur. Nous sommes arrivés du Tout, notre ego nous a menés dans le « je ». Lorsque tu es dans l'être, tu te fonds dans la divinité. Tu deviens l'unité. Il n'y a rien à faire : tout est déjà là.

La respiration de Malo s'était accélérée, son cœur battait fort, il avait le sentiment qu'une partie de lui reconnaissait les mots de Phueng.

— C'est le paraître qui empêche de ressentir, murmura Malo. Le paraître nous enferme, nous oblige à mentir, à montrer ce que nous ne sommes pas, c'est bien ça ?

— Oui, je n'ai plus besoin de me cacher, j'ai juste à être moi, à être vraie, à être authentique, pour « être » un peu plus chaque jour. Je ne veux plus paraître gentille, je veux être gentille ; je ne veux pas paraître intelligente, je souhaite l'être un peu plus chaque jour ; je ne veux plus paraître sympathique, je tends à le devenir…

— En somme, il s'agit de ne plus chercher à montrer que nous sommes parfaits ?

— La perfection, c'est assumer son imperfection tout en cherchant à la corriger jour après jour.

Pour s'attaquer à l'écorce de son paraître, Malo avait besoin d'exemples.

— Mais comment faire concrètement ?

— Chaque matin, je porte mon attention sur un point que j'ai envie d'améliorer, et, le soir, je fais le bilan. Tu vois, aujourd'hui, je me suis fixé comme objectif d'améliorer mon humilité.

— Vous plaisantez, Phueng ? Je ne connais personne d'aussi humble que vous !

— C'est gentil, mais ce n'est pas suffisant pour moi. Je me surprends souvent à me montrer orgueilleuse et intransigeante. Je progresse depuis quelques années, mais la modestie me demande encore beaucoup d'efforts et d'attention. J'y serai particulièrement vigilante aujourd'hui. Et toi ?

Malo secoua la tête en riant.

— Il y a du boulot ! Par où commencer ? L'authenticité peut-être ?

— Très bien, que vas-tu faire pour être plus authentique ?

— Essayer d'exprimer davantage ce que je ressens ?

— Et comment le sauras-tu ?

Malo réfléchit.

— Je ne vois pas.

— Penses-tu avoir vécu ces derniers jours des moments de grande authenticité ?

— Euh... Oui, je crois, avant-hier avec vous, et avec Surpan, aussi.

— Comment l'as-tu su ?

— J'étais moi, sans chercher à me cacher, j'étais vrai. Mon cœur s'exprimait, j'entendais mon corps également, mes pensées étaient fluides, lucides...

— Alors je répète ma question : comment sauras-tu que tu es authentique ?

— Je le sentirai dans mon corps, dans mon cœur et dans ma tête. Il n'y aura plus de tension nulle part.

— Parfait !

Alors qu'elle lui tendait l'assiette de coco-locos, Phueng lui posa la question qu'il redoutait tant :

— Et qu'est-ce que ton cœur aurait eu envie de dire à Justine ?

L'émotion s'empara de Malo :

— Qu'il l'aime toujours profondément !

En apesanteur

« Personne ne peut vous faire sentir inférieur sans votre consentement. »

Eleanor ROOSEVELT

Comme chaque matin depuis son arrivée, Malo enchaînait les longueurs au lever du soleil. La mer était son élément, c'était dans l'eau qu'il se ressourçait le mieux. Et, après sa conversation avec Phueng, il en avait tout particulièrement besoin. Curieusement, même s'il avait été déçu d'apprendre que Justine était heureuse sans lui, une partie de lui se sentait en paix. N'était-ce pas cela finalement l'amour ? tentait-il de se convaincre. Se réjouir du bonheur de ceux que l'on aime, même si nous n'en sommes pas la raison ? De toute manière, qu'aurait-il pu lui apporter alors qu'il se savait mourant ?

En longeant la plage, il aperçut Théo affairé sur une bouteille de plongée. Il s'approcha.

— Tu pars seul ?

— Oui, je surveille un couple de tortues que j'ai sauvées d'un filet de pêche la semaine dernière. Tu sais plonger ?

— J'ai su... j'ai un niveau 2, mais ça fait longtemps.

— C'est comme le vélo, ça ne se perd pas. Tu m'accompagnes ? C'est une plongée parfaite pour la reprise, je vais juste là, en face, désigna Théo d'un geste du menton. Je pars du bord de la plage.

— Je ne sais pas, hésita Malo.

La pression n'était sans doute pas conseillée pour son problème de santé.

— Comme tu veux.

Après tout, c'était peut-être la dernière fois qu'il en aurait l'occasion, et, en cet instant précis, il était vivant.

— OK, je viens !

— Parfait, je vais t'emmener faire le tour des patates de corail, c'est magnifique. Trouve-toi une combinaison et une stab à ta taille dans la cabane.

Malo entra dans la maisonnette de bois, véritable sanctuaire pour les plongeurs. Il vit un casier portant le nom de Zoé, à côté de celui de Théo.

— Les palmes et masques sont dans le bac derrière, lança ce dernier.

Malo enfila un shorty et choisit une stab confortable. Il chercha un détendeur pendant que Théo préparait sa ceinture de plomb.

— Six kilos devraient te suffire. De toute façon, j'en prends deux supplémentaires avec moi. Nous ferons des essais.

— OK.

Théo sortit une deuxième bouteille d'oxygène qu'il plaça à côté de la sienne.

— Tu te rappelles comment la monter ?

— Je veux bien un coup de main.

Théo corrigea les gestes de Malo.

— Tu plonges souvent ? demanda Malo.

— Presque tous les jours, j'étais instructeur en France, c'est pour ça que je suis venu m'installer ici. Et puis, c'est ma thérapie.

— Ta thérapie ?

— Oui, quand je plonge, j'ai l'impression de méditer. Sous l'eau, plus d'apesanteur, plus de limites entre moi et le reste du monde, je suis une goutte parmi les gouttes, dans une union parfaite avec l'océan. Et, dans cet état, les réponses à mes questions surgissent, sans que j'aie besoin d'y penser.

— Tu narcoses, en fait ! le taquina Malo.

— Non, sérieusement, essaie ! Tu verras, ça marche même à dix mètres !

Théo rappela quelques consignes de sécurité, les gestes de base, puis les deux hommes se mirent à l'eau. Ils palmèrent sur le dos pendant un moment avant de trouver un peu de profondeur. D'un commun accord, ils dégonflèrent leur stab. À l'aise dans l'eau, Malo ressentit une légère douleur aux oreilles et prit le temps de décompresser. C'était la première fois qu'il plongeait dans l'océan Indien, ça le changeait de la Manche ! Ils atteignirent le fond une dizaine de mètres plus loin. La visibilité était excellente. Après un « OK » réciproque, ils se dirigèrent vers le large. Des centaines de poissons aux couleurs plus scintillantes les unes que les autres cherchaient refuge entre les coraux. Théo titilla gentiment une anémone que deux poissons-clowns défendirent aussitôt. Malo avait l'impression de retrouver assez vite ses réflexes de plongeur, mais rester stable lui demandait des efforts. Il ne pouvait s'empêcher de s'interroger, si la pression de l'eau allait accentuer ses maux de tête. À cette pensée, son cœur s'accéléra. La peur. Il savait la reconnaître désormais et tenta de se rassurer comme le lui avait appris Surpan, à l'aide de grandes bouffées d'oxygène, qu'il expira longuement. À côté de lui, Théo palmait sans effort, dans une économie de mouvements qu'il lui enviait. Il se mouvait au rythme des vertébrés aquatiques, en parfaite harmonie avec l'univers marin. Malo tenta de prendre modèle sur lui en positionnant son corps à l'horizontale. Deux platax s'approchèrent et l'accompagnèrent sur quelques mètres. Peu à peu, il parvint à se concentrer sur les battements de son cœur et sa respiration. Il comprenait maintenant ce qu'avait voulu dire Théo quand il parlait de « méditer » sous l'eau… c'était une vraie thérapie qu'il lui offrait !

Théo changea de trajectoire à gauche du premier grand massif de corail et palma jusqu'au tombant. Il laissa le choix à son binôme de l'attendre ou de le suivre en lui adressant un signe de la main. Malo s'engagea avec lui dans une petite grotte cinq mètres plus bas pour ressortir de l'autre côté d'un court tunnel. Les tortues étaient là, encore endormies, habituées à la présence de Théo. Malo respecta une distance pour ne pas les effrayer. Le temps semblait s'être arrêté. Les deux tortues, curieuses, s'approchèrent de lui, comme si l'énergie qu'il dégageait attirait la beauté ; elles le frôlèrent de si près que son cœur explosa d'une joie profonde. Les deux compagnons de plongée patientèrent le temps que les reptiles remontent prendre de l'air à la surface pour manifester plus bruyamment leur euphorie. Emportés par la magie de l'instant, ils nagèrent à l'unisson vers le rivage, en effectuant les paliers de décompression à cinq mètres puis trois mètres. Ils rangèrent le matériel en silence, prolongeant ainsi ce moment de bonheur partagé.

Ils quittaient les lieux quand Zoé apparut, suivie de deux ingénieurs portant des pagaies pour une sortie en paddle.

— Salut ! lança-t-elle à Malo. Tu as vu Matthieu ? Il te cherchait ce matin.

— Je pars le rejoindre.

— Bon, à tout' ! conclut-elle en tournant le dos aux deux hommes.

En voyant le regard de Théo se poser sur Zoé, Malo ne put s'empêcher de demander :

— Tu en pinces pour elle ?

Le jeune homme fit une moue d'approbation.

— Qu'est-ce que tu attends alors pour le lui dire ?

— Je ne suis pas son genre de mec !

— Ah bon ? Et pourquoi crois-tu cela ?

— Zoé est une fille érudite ; moi, je n'ai pas de diplômes, ça ne collera jamais.

— Les diplômes relèvent de l'instruction, pas de l'intelligence. Théo, je t'observe depuis que nous sommes arrivés, tu es quelqu'un de courageux, loyal, bienveillant, avec une belle âme d'entrepreneur, et ça, fais-moi confiance, ce n'est pas donné à tout le monde. Aucune école ne peut l'enseigner !

Les deux hommes s'assirent face à l'océan et regardèrent Zoé trouver sa stabilité sur la planche de paddle.

— J'en ai embauché des types instruits, mais des types comme toi, ça ne court pas les rues.

Sur son paddle, Zoé riait exagérément.

— Ne vois-tu pas qu'elle cherche ton attention ? lui dit Malo.

— Tu crois ? Qu'est-ce que je dois faire alors ? Je ne sais pas comment m'y prendre.

— Un cerveau d'homme ne pourra jamais suffire à répondre aux problèmes que les femmes soulèvent, plaisanta Malo.

Théo décrocha un sourire.

— Reste toi-même, sois le plus authentique possible.

— Pour avoir l'air d'un con ?

— C'est exactement ce que j'ai dit à Phueng ce matin.

— Pardon ?

— C'est une longue histoire. Qu'est-ce que ton cœur aimerait lui exprimer ?

— Qu'elle compte beaucoup pour moi, que je n'ai jamais ressenti cela pour une fille.

— Commence par là.

— Je n'aurai jamais le courage.

— Si, ose justement ! Tu as tellement de choses à lui offrir. En prenant ma combinaison, tout à l'heure, j'ai aperçu du matériel tout neuf à son nom.

— Oui, elle a passé son premier niveau, je voulais lui faire la surprise. Mais bon, je ne suis pas sûr que ça l'intéresse toujours.

— Moi, je crois qu'elle n'attend que ça.

— Ne vaudrait-il pas mieux que je me mette au paddle ?

— N'essaie pas de devenir quelqu'un que tu n'es pas pour la séduire. Tu lui plais déjà. Emmène-la plonger là où nous étions tous les deux ce matin. J'ai passé avec toi un moment magique comme je n'en avais pas vécu depuis très longtemps.

— Merci, répondit Théo.

— Ne change pas, mon ami, c'est du vrai Théo qu'elle est amoureuse.

Théo releva le menton, et regarda au loin Zoé.

— Je vais essayer, conclut-il sobrement.

Il inspira profondément et balaya ses peurs d'un seul souffle.

Parfum de citronnelle

> « *Il reste toujours un peu de parfum sur la main qui donne les roses.* »
>
> Proverbe chinois

Malo n'en revenait pas de la prestation de Matthieu. La réunion journalière d'équipe s'était déroulée à merveille et avait dépassé toutes ses attentes. L'esprit de groupe était décidément de retour et les idées continuaient de fuser dans une ambiance décontractée. En quelques jours, les salariés d'XSoftware, reposés et détendus, avaient retrouvé la motivation et manifestaient leur plaisir d'être là, ensemble. Le projet de logiciel d'hôtellerie commençait à prendre forme. Matthieu avait présenté quelques chiffres, qu'il avait commentés en toute transparence, avant de faire un point avec les responsables commercial et marketing. Il ne cessait de surprendre Malo : à la seconde où il enfilait son costume de directeur financier, il changeait de personnalité et devenait charismatique. Malo n'aurait jamais pensé qu'en à peine une semaine des liens aussi forts auraient pu se tisser entre lui et l'équipe. Tous témoignaient de leur confiance : ils n'avaient cessé de le remercier pour ce qu'il faisait pour eux.

— Tu es là pour nous ! avait conclu Matthieu à la fin de la réunion.

Mais cette confiance déstabilisait Malo qui savait son temps compté au sein de l'entreprise. Et plus généralement…

En fin de journée, il croisa Pranee qui déchargeait des caisses de fruits et légumes avec Kyet. Il s'empressa de les aider, suivi des salariés attablés au bar qui se précipitèrent pour prêter main-forte. Phueng regardait, amusée, le ballet de jeunes gens faire la chaîne jusqu'à la cuisine. Elle leur prépara des assiettes de pastèque tranchée et de mangue. Malo lui sourit la bouche pleine, puis se dirigea vers Pranee. Celle-ci entama la discussion :

— Maman m'a dit que vous cherchiez une masseuse.

— Oui, Surpan m'a conseillé de détendre mon corps figé.

Le jeune homme contracta ses muscles des bras et du visage pour exagérer son atrophie. Elle rit :

— Je peux le faire, moi, si vous voulez.

Malo, surpris, ne sut que répondre.

— Ma fille est une excellente masseuse, intervint Phueng en la prenant par les épaules.

Pranee rougit et baissa les yeux.

Le rendez-vous fut fixé l'heure suivante sur la terrasse de Pranee.

À côté d'une table basse sur laquelle étaient réunis huile de coco, baume du tigre et aloe vera, quatre fleurs de tiaré ornaient les coins de la serviette que Pranee avait étendue sur un matelas, face à la mer. À droite, une bassine en bois remplie d'eau tiède attendait les pieds de Malo. Le jeune homme se sentait bien avec Pranee, mais quelque chose le gênait dans cette proximité. Savoir qu'elle allait poser ses mains sur lui le rendait fébrile. Il était conscient qu'il éprouvait quelque chose, un attrait certain, sans savoir dire s'il était sexuel ou non, et se montrait inquiet à l'idée d'entrer en contact physique avec elle.

Les parfums de citronnelle et de tiaré se mêlaient à l'air iodé de l'océan. Pranee sourit et invita Malo à s'asseoir et poser ses pieds dans l'eau tiède de la bassine. Puis elle lui proposa d'ôter son tee-shirt et de s'allonger sur le ventre. Il s'exécuta, nerveux. Elle déposa une serviette-éponge sur son corps et descendit avec ses paumes de main le long de sa colonne vertébrale jusqu'à son bassin. Il l'entendit prononcer une prière. Elle enleva la serviette et versa avec précaution l'huile de coco, qu'elle étala d'une tendre caresse sur son dos doré par le soleil. Il frémit. Elle inspira et commença un massage en profondeur. Elle trouva rapidement les contractions du jeune homme, insistant dès les premières minutes sur les nœuds. Malo éprouvait la fermeté des gestes, mais ne souffrait pas. Sans doute que les hormones chimiques que la présence de Pranee générait en lui anesthésiaient la douleur. Il se détendit, bercé par les vagues. C'est lorsqu'elle lui susurra à l'oreille de se retourner qu'il se rendit compte qu'il s'était endormi. Il s'exécuta pendant qu'elle le recouvrait d'un drap de bain, laissant à l'air sa jambe gauche qu'elle commença à masser en remontant vers le haut de la cuisse. Malo sentit, malgré lui, son sexe gonfler. *Et merde,* pensa-t-il. Il posa mal à l'aise les mains sur la serviette qui couvrait son maillot de bain, en espérant que Pranee n'ait rien vu de la force de son patrimoine génétique. Celle-ci ne semblait pas s'en émouvoir, s'affairant maintenant sur ses pieds. Les premières pressions sur sa voûte plantaire le firent hurler. Le mât du drapeau se replia aussitôt. Pranee s'excusa et reprit plus doucement.

— Je n'y arrive pas avec les pieds, se justifia-t-il.

— Je vais faire attention.

Pranee se concentrait, tout en regardant à intervalles réguliers les expressions tendues du visage de Malo. Elle appuyait avec précaution sur les points sensibles sans lui faire mal.

Le massage dura plus d'une heure et se finit par quelques étirements qui ne mettaient pas en valeur la souplesse du jeune homme.

— Ce serait bien de venir demain à la même heure, conclut Pranee en lui tendant son tee-shirt.

Malo acquiesça et demanda :

— Dites-moi combien je vous dois.

— Rien, c'est un honneur pour moi. En Thaïlande, nous nous massons en famille. Vous en faites un peu partie maintenant.

— Je suis très touché, Pranee, mais je ne peux accepter.

Les yeux de la jeune femme croisèrent ceux de Malo.

— C'est comme ça, conclut-elle avec fermeté.

L'avait-il offensée ?

— À demain, même heure, insista-t-elle.

Il acquiesça avant de rejoindre sa chambre, déboussolé. Cela faisait longtemps que Malo n'avait pas été troublé par la douceur d'une femme. Bien sûr, Phueng avait changé sa vie et sa gentillesse était sans commune mesure, mais Phueng, c'était Phueng ! Était-ce parce que Pranee était sa fille qu'il ressentait quelque chose à son égard ? Il ne se sentait pas amoureux d'elle comme il l'était de Justine, mais il éprouvait un plaisir évident à se trouver en sa compagnie. Pris dans ses pensées, il ne vit pas le temps passer, se laissant bercer sous l'eau tiède de la douche.

Une lueur dans ses yeux

« *La seule chose qu'on est sûr de ne pas réussir est celle qu'on ne tente pas.* »

Dialogues à une voix,
Paul-Émile VICTOR

— Comment peut-il me faire ça ? J'ai parcouru la planète pour le retrouver et, lui, à la première morue qui passe, je n'existe plus !

— Calme-toi, Zoé ! tenta Matthieu.

— Mais comment veux-tu que je me contienne ? Tu l'as vue, toi aussi, lui faire ses yeux de biche hier soir. En plus, elle se trémousse en jupe ras la touffe ! Tu sais quoi ? Elle est vulgaire.

Matthieu fit une moue de désapprobation.

— Oh non, je t'en prie, pas toi ! Ne me dis pas que tu la trouves belle… et puis qu'est-ce que tu y connais en femmes ?

— Écoute, Zoé, là, c'est toi qui es vulgaire. Tu es en colère parce qu'une superbe pin up tourne autour du mec que tu as en vue. Je comprends que tu sois remontée mais ce n'est pas une raison pour t'en prendre à moi. Et puis ce n'est pas parce que je suis gay que je ne reconnais pas une toile de maître !

— Tu fais chier, Matthieu ! Réconforte-moi plutôt que de m'enfoncer. Elle est vulgaire, non ? Franchement ? Dis-moi qu'elle est vulgaire, insista Zoé en adoucissant sa voix.

— Non, elle ne l'est pas ! Elle est même très jolie, mais je ne crois pas une seconde que Théo en soit amoureux. Je n'y connais peut-être rien en femmes, mais fais-moi confiance, je suis un expert en hommes !

Une lueur d'espoir brilla dans les yeux de Zoé.

— Tu essaies de me réconforter, c'est ça ?

— Bon, il faudrait savoir ce que tu veux. Quoi que je te raconte, ça ne va pas ! Tu n'écoutes rien ! À quoi ça sert de discuter ?

— Excuse-moi, je suis nulle : quand je suis jalouse, je deviens insupportable !

— Tu peux le dire !

Zoé embrassa Matthieu sur la joue.

— Bon, ça va, la repoussa-t-il gentiment. Arrête de paniquer, et rassemble un peu ta cervelle de linotte. Pourquoi penses-tu qu'il se laisse séduire du jour au lendemain, juste devant tes yeux ?

— Je ne sais pas ! Parce que vous êtes faibles, vous, les hommes ! Il suffit qu'une jolie fille passe, et vous permutez instantanément vos attributs à la place de votre cerveau !

— Ce n'est pas faux, consentit Matthieu. Mais je ne pense pas que cela en soit la raison.

— Explique-moi alors !

— Il est amoureux de toi, mais il ne sait pas comment s'y prendre ! Et toi, tu ne l'aides pas beaucoup !

— Comment ça ?

— Oh, j'ai remarqué ton petit jeu avec Xavier et Thomas, juste devant lui, comme si tu n'en avais rien à faire. Et, à la seconde où Théo passe devant tes yeux, tu l'observes en douce pour t'assurer de sa réaction.

Matthieu continua :

— Il est timide, le choupinet, arrête de le rendre jaloux. Tu lui fais peur avec ton assurance.

— Alors tu me conseilles quoi ? Regarder le saumon se trémousser devant lui sans rien faire ?

— Le saumon, comme tu dis, pourra tenter de remonter le torrent, il restera à contre-courant. Les vents te sont favorables, n'attends pas qu'ils changent de direction.

— Désolé d'intervenir dans la conversation, mais j'ai entendu des bribes depuis ma douche.

Matthieu s'immobilisa bouche bée devant le corps sculpté de Malo qui venait d'apparaître, une serviette autour de la taille pour parfaire sa tenue d'Adam.

— Matthieu a raison : les hommes sont plus fragiles et plus timides qu'ils n'y paraissent quand ils sont vraiment intéressés.

— Vous croyez que je l'intéresse ? J'ai l'impression que je ne fais pas le poids !

— Euh... si, de ce côté, la balance peut te le prouver sur-le-champ ! ironisa Matthieu retrouvant ses esprits.

— Quel mufle ! Tu vois, tu me trouves trop grosse !

— Tu es magnifique comme tu es, Zoé, la rassura Malo.

— Alors, qu'est-ce qu'il attend ? s'énerva Zoé.

— Que tu lui fasses un signe, soupira Matthieu.

— Un signe ? Mais je n'arrête pas de lui faire des signes !

— Arrête de te servir de ces pauvres ingénieurs qui n'en peuvent plus d'espérer quelque chose avec toi. Et laisse parler un peu ton cœur !

— Mon cœur me dit pourtant d'aller mettre mon poing dans la figure de Miss Monde.

— Non, ça, ce n'est pas ton cœur, c'est ton ascendant bulldozer !

Malo sourit à la remarque de Matthieu.

— J'y peux rien, ça me fiche en colère !

— Eh bien, justement, calme-toi, tu lui fais peur ! Redeviens celle que tu étais en l'absence de Simone.

— J'étais comment ?

— Naturelle, disponible. Maintenant, tu fais comme si tu n'avais plus une minute pour lui.

— C'est au-dessus de mes forces de les regarder se faire les yeux doux.

— Ils sont rarement ensemble, à l'inverse de toi qui es toujours en activité avec un de tes collègues ! Un coup, c'est paddle, un autre, une virée en scooter… Tu l'exclus, rétorqua Matthieu.

Le téléphone de Zoé vibra.

— Attends, c'est lui, cria-t-elle, affolée, en montrant à Matthieu l'écran. Qu'est-ce que je fais ?

— Eh bien, lis ! C'est un SMS.

— Ah oui !

À la lecture du message, Zoé sauta de joie.

— Peut-on connaître la prose du choupinet ?

Elle tendit le téléphone à Matthieu qui lut à haute voix :

— « Ça te dirait que l'on plonge ensemble demain matin ? »

— Tu te rends compte : il me propose de plonger avec lui, répéta-t-elle au bord de l'évanouissement.

— En fait, vous êtes aussi stupides que les hommes quand vous êtes amoureuses ! s'amusa Malo.

— Qu'est-ce que je réponds ? s'inquiéta-t-elle soudain.

— Que tu ne peux pas, t'as tricot !

— T'es trop nul, Matthieu !

Alors qu'elle s'apprêtait à expédier un « *Why not ?* », Matthieu lui arracha le téléphone des mains.

— Ça ne va pas bien, toi ! Il prend son courage à deux mains pour t'envoyer une invitation et Madame joue les désinvoltes. Sois un peu plus…

— … authentique, acheva Malo.

— Je ne peux quand même pas lui écrire que je suis trop contente !

— Pourquoi pas puisque c'est le cas ?

Elle marqua un temps, reprit le téléphone des mains de son ami et tapota : « Ça me ferait vraiment très plaisir. »

Le retour ne se fit pas attendre : « Merci, je suis tellement heureux de ta réponse » – suivi d'un cœur qui s'envole.

Zoé sauta au cou de Matthieu en lui glissant à l'oreille « Merci d'être mon ami », puis elle esquissa des pas de danse en direction de la mer, pour libérer sa joie qui prenait des proportions frénétiques.

Un grand sourire fendit le visage de Malo.

Bravo, Théo, tu as osé !

Une lettre à la mer

« Il n'est jamais trop tard pour devenir ce que l'on aurait pu être. »

George ELIOT

Marie-Odile venait d'achever le mail pour sa fille, Lauryne. Les discussions avec Malo et Phueng lui avaient fait prendre conscience du mensonge dans lequel elle vivait et de la manière dont elle s'était laissé manipuler par son mari depuis le début de leur mariage.

La vérité, Marie-Odile la connaissait, elle était sous ses yeux depuis le début, mais par aveuglement, par peur, par honte aussi, elle n'avait rien dit, rien fait, elle s'était abstenue. Elle s'était imaginée fonder une famille modèle. Elle avait tant cru à son rêve qu'elle avait fermé les yeux quand le pire était arrivé. Pourtant, son mari n'avait pas démenti quand Lauryne lui avait confié que son père avait abusé d'elle. Le coup l'avait sonnée : elle qui se croyait si proche de sa fille n'avait rien vu de son enfance détruite.

Depuis ce jour, et ceux qui avaient suivi, Marie-Odile s'était terrée dans la honte et murée dans le paraître. Il ne fallait surtout pas que les voisins sachent. Il fallait donner le change. Le jour où Lauryne avait coupé les ponts définitivement, sa fille n'avait pas mâché ses mots face à sa lâcheté. Où était sa mère quand elle avait eu besoin d'elle pour la défendre et ensuite l'aider dans sa reconstruction ? Pourquoi n'avait-elle rien fait, rien dit, lorsqu'elle multipliait les problèmes de santé et les difficultés ? L'annonce avait été brutale : sa fille avait pris la décision de l'exclure de sa vie pour vivre loin du mensonge, dans l'espoir de retrouver une vie plus juste. Épaulée par son conjoint et ses amis, elle avait atteint une forme de stabilité. Elle avait donné naissance à un garçon et lui avait offert deux ans après une petite sœur. Marie-Odile ne connaissait pas ses petits-enfants, elle n'avait pas revu sa fille depuis des années.

Aujourd'hui, elle prenait conscience de sa lâcheté, de son rôle dans l'histoire, et de la gravité de son silence. Mais aussi de la situation d'emprise dans laquelle elle avait vécu durant toutes ces années, et combien la relation toxique avec son mari l'avait conduite à fermer les yeux devant l'innommable. Il était temps d'assumer ses actes : « Dire non, c'est se dire oui à soi », se répéta-t-elle en boucle, et peut-être de se donner la chance – un jour – d'écouter ses propres désirs.

Elle relut le mail qu'elle venait d'écrire.

Lauryne, ma chérie,

Je suis aujourd'hui face à ma lâcheté d'être demeurée silencieuse toutes ces années, face à mon incapacité à t'avoir protégée, puis aidée à traverser ce néant. Je suis restée paralysée par l'annonce de cette atrocité, mes muscles figés ne répondaient plus, et mon cerveau disjonctait aux pleurs de mon cœur.

Tu as choisi de t'éloigner, de couper les ponts, je te comprends. Il a fallu tout ce temps, toute cette souffrance pour que je réagisse, que j'ouvre les yeux sur ma propre existence.

Je suis terrorisée à l'idée d'affronter seule ma réalité, mais je suis prête, mon corps est engourdi, mais je n'ai jamais été aussi vivante.

Je ne ferai pas disparaître le passé, je ne gommerai pas ce que tu as enduré par ton père, je n'effacerai pas mon absence au moment où tu avais besoin de moi, mais avec toutes mes limites, tous mes handicaps, toutes mes faiblesses, je te demande pardon, pardon de ne pas avoir été là quand tu m'appelais. Je te remercie de m'avoir montré le chemin du courage et de la détermination. Je suis terrorisée comme tu devais l'être, mais je suis prête.

Marie-Odile pleurait à chaudes larmes en regardant l'unique photo que son cousin lui avait remise de sa fille, son gendre et ses deux petits-enfants. Elle conclut son courrier :

Tu me donnes, ainsi que mes petits-enfants, la force d'être enfin moi-même. J'espère pouvoir lire un jour le pardon dans tes yeux.

Ta maman

Elle relut une dernière fois ses mots, sécha ses pleurs qui ne s'arrêtaient plus de couler, positionna sa souris sur l'icône et enfonça son majeur droit tremblant sur la touche « Envoyer ».

Elle resta un moment sur la terrasse à contempler la mer, essuyant les larmes qui glissaient sur ses joues. Elle ne savait pas si elle reverrait un jour sa fille, mais elle se sentait vivante : elle avait osé, elle lui avait écrit pour exprimer son ressenti. Si elle était encore fragile, elle était déterminée, plus que jamais, à affronter sa propre réalité, sans plus jamais se voiler les yeux.

Meilleur profil

> « *La joie de vivre est une émotion contagieuse.* »
>
> Edward D. Wynot

— Mao, Mao, tambourina Zoé en hurlant à sa porte, ouvre, c'est moi !

La quinquagénaire reprit ses esprits et se précipita à l'entrée de la suite. Zoé, excitée, lui sauta au cou sans qu'elle puisse dire un mot.

— C'était trop génial ! Tu aurais vu ça, il m'a emmenée dans une grotte, on a observé les tortues, il a pris soin de moi, j'ai remarqué qu'il me regardait. Moi, je manquais d'air, et j'avais de la buée dans mon masque, mon cœur a failli exploser… il m'a pris la main, j'ai touché leur carapace…

Marie-Odile ne comprenait pas ce que racontait la jeune fille, mais serrer Zoé et son bonheur dans ses bras lui suffisait.

— Qu'est-ce qu'il se passe ? s'enquit la jeune femme en apercevant les yeux rougis de Marie-Odile.

— Je suis si heureuse pour toi, sourit Mao.

— Tu as pleuré ?

— Ça va, ne te fais pas de souci.

— Mais si, je m'inquiète, dis-moi, insista Zoé d'un ton autoritaire.

Marie-Odile capitula, sachant que sa petite protégée ne lâcherait rien. Elle lui expliqua qu'elle venait de trouver le courage d'écrire à sa fille et que les émotions sortaient enfin.

Zoé la serra dans ses bras à son tour et la félicita de sa bravoure puis prépara deux tasses de thé dans la kitchenette de Marie-Odile qu'elle porta jusqu'à la terrasse où elle avait installé son amie. Elle remarqua la photo de famille sur la table basse.

— C'est elle ? Ils sont magnifiques tous les quatre.

Marie-Odile acquiesça d'un tendre sourire et prit sa tasse entre les mains.

— Mais toi, raconte-moi ce qu'il s'est passé ce matin ?

Les yeux brillants, Zoé exposa en détail son escapade de plongée avec Théo. Marie-Odile l'écoutait le sourire aux lèvres, heureuse de constater que sa petite recrue avait retrouvé son esprit positif et son enthousiasme.

— Je pense à une chose, s'agita Zoé.

Elle saisit son téléphone dans son sac de plage, et déverrouilla l'écran.

— Comment s'appelle ta fille ?

— Ah non, tu ne vas pas lui téléphoner, se redressa Mao.

— Mais non ! Peut-être est-elle sur Facebook, tu pourrais ainsi avoir des nouvelles de tes petits-enfants.

— Comment ça ?

— Donne-moi son nom.

— Lauryne Berger.

Zoé tapota sur son clavier et trouva le profil de Lauryne.

— Regarde ! C'est bien elle ?

Marie-Odile n'en revenait pas de la facilité avec laquelle Zoé était entrée dans le monde de sa fille. Elle scrutait, hébétée, le portrait de Lauryne et une photo de sa petite famille. Elle avait vieilli… un peu… Elle était encore plus jolie, plus mature, elle était devenue mère… Elle semblait marquée par la vie, mais son visage ne renvoyait que de la bonté.

— Oui, c'est elle.

— Oh mince, son compte est privé !

— Ça veut dire quoi ?

— Qu'il faut qu'elle te donne accès pour voir son profil.

— Son profil ? De face, c'est bien aussi, murmura Marie-Odile ne lâchant pas la photo des yeux.

— Tu le fais exprès, Mao ! Le profil, c'est son compte Facebook.

Marie-Odile resta silencieuse. Cela faisait des mois qu'elle n'avait plus de nouvelles, cette image représentait déjà beaucoup.

— Si tu veux, je peux te créer un compte, et tu pourrais la demander comme amie.

— Comme amie ? Mais, c'est ma fille !

— Facebook ne fait pas la différence, je t'ai expliqué l'autre jour, fais un effort. Quand tu es connectée avec quelqu'un on dit que tu es

« ami », c'est comme ça, on ne va pas inventer un langage juste pour toi, Mao.

Zoé commençait à s'impatienter, elle cherchait à entrer dans le compte de Lauryne.

— Passe-moi ton portable.

Marie-Odile revint avec une antiquité qui désespéra Zoé.

— Ah non, mais là, ça ne va pas être possible.

— Pourquoi ?

— Mais il n'a plus d'âge ton téléphone ! Et avec la mauvaise qualité du Wi-Fi ici, je ne peux pas te connecter correctement sur ton ordinateur.

Marie-Odile demanda à revoir la photo de sa fille une dernière fois. Zoé réfléchit.

— Attends, je fais une capture d'écran, et je te l'envoie.

Le visage de Marie-Odile s'illumina instantanément à la réception du SMS.

— Il va falloir investir un peu, Mao, on va te trouver un vrai téléphone à Bangkok !

Elle lui caressa tendrement le dos et se leva.

— Tu viens au petit déj ?

— Vas-y, je te rejoins.

Restée seule, Mao ne pouvait détacher les yeux de la photo de sa fille que venait de lui envoyer Zoé. Quand on regarde dans la bonne direction, il ne reste plus qu'à avancer, se rappela-t-elle avoir lu quelque part : sa fille allait-elle faire un pas vers elle ? Elle l'espérait tant.

Le relais

> *« Les leaders doivent mener aussi loin qu'ils peuvent et puis disparaître. »*
>
> Herbert GEORGE WELLS

Comme chaque matin depuis six jours, Matthieu et Malo se retrouvèrent après le petit déjeuner sur leur terrasse pour travailler et échanger sur la stratégie. Non seulement Matthieu était perspicace sur les chiffres et connaissait bien le marché, mais il était aussi attentif à la manière dont chacun trouvait sa place au sein de l'équipe. Lui-même, comme tous les autres, avait à cœur de surprendre Malo et de dépasser ses attentes pour le remercier de tout ce qu'il avait fait pour eux.

Ils venaient à peine de commencer quand Marie-Odile arriva vers eux avec deux verres de jus d'orange pressée.

— Je suis désolée de vous déranger, je viens d'avoir une conversation avec Éric, qui s'est fait le porte-parole des salariés. Ils aimeraient vous parler d'un projet que je trouve excellent, je leur ai proposé de vous le présenter à l'apéritif ce soir.

Alors que Malo cherchait à en savoir plus, Marie-Odile plaça son index devant la bouche pour leur intimer le silence.

— Je leur laisse le plaisir de l'annonce, ajouta-t-elle d'un air énigmatique.

Elle s'éloigna. Les deux hommes se regardèrent étonnés. Ils étaient en train de trinquer « aux surprises » quand le drone de Maxime arriva droit sur eux. Il se posta quelques secondes à leur hauteur en pointant la lumière rouge de la caméra puis continua sa route. Malo sourit à sa vue, puis se replongea dans les chiffres, en félicitant son directeur financier pour le travail qu'il effectuait. Celui-ci était d'humeur joyeuse, heureux de croire de nouveau en cette société qu'il avait vue dépérir à regret à l'époque de Bertrand. Plus Malo le laissait exprimer ses idées, plus il redoublait de créativité.

— Matthieu, il faut que je te parle, annonça soudainement Malo. Comme tu le sais, ma mission devait durer trois mois. J'ai accepté de rester un peu plus pour les raisons que l'on connaît, mais rien ne dit que Bertrand pourra reprendre la direction.

— Oui, à vrai dire, c'est mieux comme ça !

— Mon rôle n'est pas de rester pour prendre les rênes, mais de trouver le bon candidat pour me remplacer. Et je crois l'avoir trouvé.

Le visage de Matthieu se décomposa. Il se mura dans le silence, avant de lâcher :

— Quand pars-tu ?

— Je ne sais pas encore.

Le directeur financier laissa tomber sa tête entre ses mains.

— Les équipes se sont beaucoup attachées à toi... moi aussi, et l'on vient à peine de commencer à faire du bon travail.

— Je ressens la même chose, je suis très lié à vous, mais...

— Je me doute que tu as mieux à faire. XSoftware, c'est trop petit pour quelqu'un de ton calibre, lança Matthieu désabusé.

— Pas du tout ! J'ai beaucoup de plaisir à travailler avec vous.

Matthieu avait du mal à encaisser la nouvelle. Il s'était attaché à Malo plus qu'il ne l'aurait cru : s'il s'adonnait avec autant de ferveur à sa tâche, c'était pour ne pas le décevoir, pour qu'il soit fier de lui. Malo sentit qu'il se devait de lui dire la vérité, en partie du moins.

— Écoute, pour être honnête, j'ai un problème de santé.

— Grave ?

Malo minimisa pour ne pas l'affoler davantage.

— Non, mais il faut que je me soigne. Je te demande de garder ça pour toi.

Matthieu se leva et s'isola dans la salle de bains pour se rafraîchir le visage. Il revint et enfila aussitôt ses lunettes de soleil pour cacher ses yeux rougis.

— Tu ne perds rien au change, car si je suis Keanu Reeves, mon remplaçant est un mélange de Brad Pitt et Robert Redford – avec vingt ans de moins ! plaisanta Malo pour détendre l'ambiance.

— Je préfère Keanu, rétorqua Matthieu d'une moue dédaigneuse, mais tu peux compter sur moi pour ta nouvelle recrue, je ferai de mon mieux pour qu'elle se sente intégrée.

— Il vaudrait mieux parce que le beau gosse en question, c'est toi !

— Merci pour le compliment !

Matthieu avait parlé trop vite, avant de réaliser la proposition que venait de lui faire Malo.

— Tu veux dire que…

— C'est toi que je souhaite positionner comme DG si Bertrand ne revient pas.

— Mais, Malo, je ne suis pas du tout à la hauteur !

— Bien sûr que si, et j'ai toute confiance en toi, comme le reste de l'équipe.

— C'est hors de question ! Je manipule peut-être bien les chiffres, mais je n'ai rien d'un manager. Enfin, tu me connais, je m'emporte vite, je suis exigeant, parfois rigide et borné.

— Tu es avant tout humain, honnête, tu es doté d'une grande capacité d'analyse, tu as une vision claire de la stratégie, tu as beaucoup d'humour et tu es très apprécié et reconnu de l'ensemble des collaborateurs sans exception.

— Non, Malo, je ne vais pas faire le poids après toi, je suis très touché, mais je ne peux pas accepter.

— Marie-Odile saura te seconder pour le management d'équipe.

— Mais je suis trop…

— En effet, le coupa le jeune Breton avec un grand sourire, tu peux parfois aussi être rigide et borné... Nous travaillerons ensemble à ton assouplissement...

Jeu de pouvoir

« Ce que tu donnes est à toi pour toujours, ce que tu gardes est perdu à jamais. »

Monsieur Ibrahim et les fleurs du Coran,
Éric-Emmanuel SCHMITT

Le reste de la journée se déroula tranquillement, entre groupes de travail survoltés, activités sportives et farniente à la plage.

En fin de journée, Matthieu revint voir Malo qui sirotait une noix de coco fraîche sur la terrasse. Il avait ressassé sa proposition toute la journée. Il inspira profondément et lui demanda à brûle-pourpoint :

— C'est quoi un bon manager pour toi ?

Malo prit le temps de la réflexion.

— Être un bon manager, c'est mettre son pouvoir POUR et non pas SUR les autres.

— Qu'est-ce que tu veux dire par là ?

— Nous avons tous différents niveaux de pouvoir. En tant que dirigeant, ça paraît évident, nous avons le pouvoir de décider, d'organiser, de diriger, de licencier…

Matthieu opina du chef, fixant Malo dans les yeux.

— Les salariés aussi ont un pouvoir : ils peuvent être des éléments perturbateurs, profiter du système, le freiner, y mettre de la mauvaise volonté…

— Oui, nous l'avons bien vu quand Bertrand est parti en *live* !

— Mais ils peuvent aussi influencer positivement leurs collaborateurs, les inspirer. Lorsque chacun met son pouvoir au service de la société, alors tout le monde prend du plaisir à naviguer, même en cas de tempêtes.

Malo marqua un temps. Les mots de Phueng résonnaient en lui, il sentait bien qu'il n'était plus le même depuis trois semaines, son mode de management évoluait.

— En fait, plus j'y pense, plus je crois que bien diriger, c'est aussi se remettre en question, partager, grandir, avouer ses failles et ses faiblesses. Et c'est surtout aider les autres à trouver leur propre leadership. C'est être le plus authentique possible comme si nous allions mourir demain, finalement !

C'est fou d'avoir dû attendre la fin de ma vie pour le comprendre, estima-t-il en son for intérieur.

— Vivre comme si nous allions mourir demain, c'est…

Ses explications furent interrompues par l'arrivée impromptue de Zoé, essoufflée :

— Killian est arrivé !

— Killian ? Hum... Qui est cet homme dont la venue t'excite autant ? demanda Matthieu.

— Quand tu verras le canon, tu feras moins le malin, lança-t-elle, souriante.

Matthieu se redressa avec intérêt sur son fauteuil. Il chercha l'ombre de la jeune fille pour se cacher du soleil qui lui faisait face.

— On t'écoute, s'empressa-t-il de dire.

— Killian.

— Et... ? Je dois me refaire une beauté sur-le-champ ?

Le dialogue fit rire Malo.

— Mais non, Killian ! Le petit ami de Simone ! lâcha enfin Zoé.

La lueur d'intérêt s'éteignit dans les yeux de Matthieu.

— Ah, ce n'est pas comme si Dieu m'avait envoyé l'homme de ma vie ! soupira-t-il.

Le manque d'enthousiasme qu'affichait Matthieu n'entachait pas celui de la jeune fille.

— Vous vous rendez compte ? Ça veut dire qu'il n'y a jamais rien eu avec Théo.

— Il n'y a que toi qui ne l'avais pas compris, ma chérie !

— Oui, mais là, c'est sûr ! En plus, Killian est un super ami de Théo.

— Et ?

— Et rien ! C'est top, non ?

— Oui, Zoé, je suis sincèrement heureux pour toi, intervint Malo.

Comme à son habitude, elle le remercia avec effusion en lui claquant une bise sur la joue. Malo sourit.

— Bon, je vous laisse, reprit Zoé, je dois rejoindre Simone pour l'aider à ranger le matériel.

— On dirait qu'elle est moins vulgaire d'un coup ? la taquina Matthieu.

— Carrément, elle est super sympa ! lança Zoé en haussant les épaules.

Passe commande

> « *Quand les éléphants s'amusent, les fourmis meurent.* »
>
> Dicton laotien

— T'es sûr que ça va aller ? répéta Théo en donnant ses dernières recommandations à Killian.

— Mais oui, ne t'affole pas, il n'y a pas grand-chose à faire.

— Et je suis là moi aussi ! fit remarquer Simone. Je connais bien la maison maintenant.

Lorsque l'équipe avait parlé de la surprise qu'ils souhaitaient faire à Théo pour son anniversaire, Malo avait tout de suite adhéré. Le plus dur avait été de convaincre l'intéressé de quitter l'hôtel durant l'après-midi pour qu'ils puissent tout organiser en son absence. Malo avait alors pensé à faire appel à Saroj pour leur concocter une journée à dos d'éléphant. Une activité que Théo devait tester pour voir s'il pourrait l'inclure au programme des excursions de l'hôtel, avait-il ajouté pour le décider d'accepter.

Phueng arriva avec des paniers de fruits qu'elle glissa entre les jambes des jeunes gens assis à l'arrière des pick-up.

— Je vous avais dit de ne rien préparer ! se désola Malo.

— Pour les petits creux, murmura-t-elle en rentrant la tête dans les épaules.

C'était plus fort qu'elle : elle aimait faire plaisir et s'assurer que personne ne manque de rien. Mais Malo s'inquiétait pour elle, il la trouvait particulièrement fatiguée depuis quelques jours.

L'un des ingénieurs se servit une banane, vite imité par les autres qui piquèrent dans le panier.

— Tu vois : ils ont déjà faim !

Malo leva les yeux au ciel. Il embrassa Phueng sur le front et s'entassa avec ses collègues à l'arrière, laissant Zoé se retrouver à l'avant, serrée contre Théo.

Les trois taxis roulèrent une petite heure puis quittèrent le bitume pour entrer dans la forêt par un chemin de terre. La route serpentait sur une dizaine de kilomètres avant d'arriver au camp.

Saroj avait sélectionné avec attention une ferme qui préservait le bien-être des animaux, ce qui devenait rare avait-il expliqué. Depuis l'interdiction il y a plus de trente ans de l'exploitation des éléphants dans l'industrie forestière, les pachydermes et leurs mahouts au chômage s'étaient reconvertis dans le tourisme de masse. Un désastre pour ces animaux qui vivaient un calvaire.

Saroj serra la main du responsable et présenta l'équipe, tous bénévoles et soucieux de leurs protégés. Maxime avait déjà branché le drone que les pachydermes regardaient d'un œil inquiet, lançant leur trompe agacée dans la direction de l'engin, pour n'en faire qu'une bouchée. De leur côté, les cornacs, à califourchon sur la tête de leur éléphant, fixaient le drone avec intérêt.

Après une collation, l'organisateur les invita à s'avancer pour le départ. À tour de rôle, chaque membre de la troupe monta sur les plateformes, à hauteur du dos de l'animal, et s'installa dans les nacelles. D'un léger coup de bâton sur l'oreille, les cornacs dirigeaient leur éléphant.

Théo, qui voulait vivre l'aventure avec Zoé, lui saisit la main tandis que Malo prit place à côté de Saroj.

Les éléphants se suivaient les uns derrière les autres, longeant la rivière dans des chemins de terre. Lors d'un passage de ruisseau, les cornacs se livrèrent à une bataille d'eau : deux intonations de voix suffisaient aux mammifères pour descendre leur trompe dans le courant, en inspirer des litres et les recracher en pluie sur leurs voisins. Malo observa Saroj s'amuser comme un enfant, et se prit au jeu à son tour, montrant aux Thaïlandais qui arroser en priorité.

La promenade avait maintenant repris. Malo caressait de ses pieds la peau rugueuse de son éléphante, semblable à une écorce d'arbre avec ses fissures. Des poils drus lui piquaient les orteils. L'interrompant dans ses cogitations, Saroj lui indiqua d'un geste les arbres au loin.

— Regarde là-bas… des macaques !

D'éléphant en éléphant, la nouvelle se répandit. Maxime lança le drone dans leur direction, mais les singes se carapatèrent aussitôt. Saroj riait aux éclats devant le spectacle.

Malo ne put s'empêcher de lui demander ce qui le rendait si souvent gai.

— C'est magnifique de rire, cela veut dire que notre corps ne peut contenir notre pleine joie.

— Tu sembles si heureux.

— La vie n'épargne personne et je n'ai pas fait exception, mais aucune épreuve n'est insurmontable.

— J'ai encore tant de mal à être heureux et à surmonter mes souffrances.

— Il y a des blessures que le temps ne guérit pas, toutefois il les réduit à un encombrement acceptable. Si tu ne vis pas le bonheur, va le quérir ! lança Saroj, d'un air mystérieux. Dieu sera ton livreur.

— Je n'ai jamais été aussi croyant qu'en ce moment, mais je t'assure que Dieu m'a oublié après ces années d'absence, railla Malo.

— Ne L'implore pas. Ne Le supplie pas. Passe-Lui commande en étant sûr que tu vas la recevoir. Un peu comme au restaurant : tu ne te poses pas la question de savoir si le serveur reviendra avec le plat que tu as demandé, tu continues à discuter avec tes amis jusqu'à ce qu'il arrive.

— C'est vrai ! approuva Malo.

— Il suffit souvent d'un simple changement d'attitude pour éprouver de la joie. Alors, souris. Vraiment. Souris. Rien n'est grave.

— Ni même la mort ?

— Elle fait partie de la vie. Sans la mort, la vie n'existerait pas. Ce n'est pas la mort qui nous fait souffrir, mais la peur que l'on en a. Dès que l'on s'éloigne de cette idée de souffrance et d'inconnu, nous ne la craignons plus. D'ailleurs, si nous étions persuadés que la mort engendre un état de bien-être absolu, penses-tu que nous la redouterions ?

— Non… Enfin, je ne sais pas.

— Bien sûr que non ! Nous signerions tous immédiatement.

— Je me sens mal rien que d'en parler !

— Mais pourquoi imagines-tu que Dieu nous obligerait à côtoyer l'enfer après la vie sur Terre ?

— Personne n'en est revenu ! Il y a quand même de quoi s'inquiéter un peu.

— Tu ne vois que ce que tu crois !

— Tu veux dire l'inverse, non ? Je ne crois que ce que je vois !

— Non, tu cherches encore à comprendre au niveau de ton mental. Ce que je t'explique va bien au-delà. Respire, ferme les yeux et écoute.

Ballotté d'avant en arrière sur le dos de l'éléphant, Malo s'exécuta.

— Tu ne vois que ce que tu crois, prononça lentement Saroj. L'outil mental fonctionne avec la mémoire. Au moment où tu perçois une chose, un événement, il est déjà passé. En fait, il y a quelque chose en amont de notre perception dont nous ne sommes pas conscients et qui est pour beaucoup dans notre expérience.

Malo fixa son interlocuteur.

— Ce n'est pas simple pour moi, je suis désolé, Saroj. Je ne comprends pas ce que tu tentes de me dire. Je m'efforce de ressentir, mais je n'y arrive pas non plus.

— Ouvre ton cœur et n'essaie pas de vérifier la véracité de mes propos. Accepte qu'il puisse y avoir quelque chose de plus vaste que tes habitudes de réflexion.

Malo inspira puis expira profondément trois fois.

Le jeune Thaïlandais reprit lentement, cherchant des phrases justes pour expliquer l'inexplicable.

— Mes mots résultent d'une pensée en amont ; lorsque je les prononce, ils sont déjà passés.

Saroj accompagna d'un geste de la main ses paroles qui s'envolaient vers le ciel puis sortit une banane de son sac à dos.

— Regarde cette banane. Pour la considérer, nous faisons appel à notre connaissance, à ce que nous avons appris d'elle. Sans cela, nous ne pourrions pas la reconnaître. Le temps que nous mettons à interpréter et percevoir nous sépare de la réalité qui est maintenant passée.

L'éléphant pointa sa trompe jusqu'à la nacelle et se saisit du fruit que Saroj lui tendit. Celui-ci poursuivit :

— Notre compréhension vient après la situation réelle. C'est pourquoi ce que je perçois, je dois d'abord y croire. Il y a quelque chose avant, quelque chose en amont de ce que je vois.

— Quand tu dis « quelque chose », tu penses à quoi ?

Saroj reprit :

— Ce que je vois sont des conséquences de mes croyances, de mes sentiments, de mes émotions. Et en amont de tout cela, il y a des décisions, nos propres décisions.

— Des décisions ?

— Oui, c'est le point névralgique. Tu es la cause de la façon dont tu regardes le monde et donc, en te racontant ta propre histoire, tu crées ton personnage de victime.

— C'est compliqué ça, non ? soupira Malo.

— Pas tant que ça ! Si tu changes ta perception, alors tu pourras vivre la réalité.

— Tu pourrais me donner un exemple ?

— Lorsque j'affirme : « J'ai un problème avec mon voisin », la réalité est que j'ai un problème avec la perception que j'ai de lui. C'est très différent ! La manière dont je me comporte avec mon voisin repose sur une perception que j'ai de lui. Dès lors, je comprends qu'il est en moi puisque toute perception émane de moi. Tu es d'accord avec ça ?

— Oui, ce que je perçois émane de moi, confirma Malo, c'est une évidence !

— Cette pure conscience nous ramène dans la réalité. Lorsque tu comprends que toute perception est en toi, tu n'es plus jamais leurré par l'idée de séparation.

Saroj marqua un temps, cherchant à illustrer ses propos.

— Quand tu arrives le matin au bureau avec tes cauchemars de la nuit, ta mauvaise humeur et tes problèmes, tes collaborateurs te paraissent moins sympathiques, voire désagréables pour certains.

— Oui, ça s'est déjà produit !

— Mais imagine maintenant que tu viens de rencontrer la femme de tes rêves avec qui tu as passé une soirée magique.

Malo ne put s'empêcher de penser à Justine.
— Même si quelqu'un te bouscule dans la rue, ou que tes collègues oublient de te saluer, tu ne serais plus blessé, parce qu'intérieurement ta perception des autres ne serait pas une menace : tu serais focalisé sur cet amour qui te remplit entièrement.

Malo hocha la tête. Il se rappelait à quel point cette relation lui avait fait pousser des ailes. Quand il était avec Justine, ses problèmes n'avaient plus d'importance et tout ce qu'il entreprenait semblait lui réussir : il n'avait qu'à se concentrer sur les sentiments qui les unissaient.

— Nous ne réagissons jamais aux événements tels qu'ils sont, mais en fonction de nos croyances qui dessinent l'univers que nous voyons.

— Je crois que c'est un peu plus clair. Comment faire autrement ?

— Il faut s'entraîner ! Ce n'est pas naturel puisque nous ne l'avons pas appris. Lorsque l'on expérimente notre état de base – la non-séparation, l'entière responsabilité –, alors tout change. À ce moment-là, nous faisons l'expérience de nos décisions en amont de nos croyances. Cette expérience prend sa source dans cet espace d'unité où l'Amour est infini.

— Mais si la réalité, c'est l'unité dont tu parles, pourquoi est-ce que je ne vois pas cela ?

Saroj se frotta les mains avec énergie, il sourit.

— C'est là que ça devient intéressant ! Lorsque je considère que mon voisin, mon collaborateur, la nacelle ou la banane sont séparés de moi, c'est que je l'ai décidé ainsi.

— Mais c'est le cas !

— De ton point de vue. Or, si tu regardais à l'échelle atomique, tu ne verrais que de l'énergie pure. La distance entre l'espace et les corps ne répond finalement qu'à ce que je veux, ou à mes croyances si tu préfères. Je suis en fait l'agent qui solidifie. Je rends la perception solide ou pas, je rends la perception réelle ou fausse, j'ai le choix d'accéder à l'énergie pure, ou de voir la forme. Toute notre expérience mentale est basée sur ce que nous percevons, parce que nous ne pouvons pas faire l'expérience de ce que nous ne connaissons pas. Si je fais le choix de voir l'unité, tout mon monde change, et ma petite personne n'est plus touchée. J'ai le choix de voir les autres ou l'Amour. N'est-ce pas le sens même de l'Amour ?

— Que veux-tu dire ?

— Le sens même de l'Amour est de se considérer en notre double. Lorsque l'autre est notre miroir, la magie opère, le temps n'existe plus. Je ne suis plus séparé ; au contraire, je me sens relié. Mais c'est vrai avec tout ce qui nous touche : un paysage féerique, un coucher de soleil, une discussion avec un ami cher... Dans ces moments-là, nous vivons un instant d'unité.

— J'étais en fait l'artisan de ma souffrance, c'est ça ? Je visualise ce que j'ai décidé de voir. J'expérimente ce que j'ai choisi de percevoir, murmura Malo.

En prononçant ces mots, il ressentit son pouls battre.

Il venait de comprendre avec son cœur, avec son corps.

Enfin.

Au-delà du mental

« Plus profondément le chagrin creusera votre être, plus vous pourrez contenir de joie. »

Khalil GIBRAN

Arrivé près d'une rivière, le cornac de tête descendit en premier, les autres suivirent de près. Les nacelles furent ôtées une à une pour qu'éléphants et passagers barbotent dans l'eau fraîche. Zoé et Théo ne se quittaient plus, ils se remplissaient des premiers souvenirs de leur relation naissante.

Les animaux, couchés sur le flanc, se roulaient dans le courant boueux. Les jeunes gens grimpaient à califourchon, encouragés par les cornacs qui leur lancèrent des brosses et du savon naturel pour laver les pachydermes. Ces derniers se laissaient faire, prenant plaisir à souffler de leur trompe l'eau en pluie sur les têtes amusées.

Le regard de Malo croisa l'œil, petit et renfoncé, de son éléphante. Derrière les grands cils noirs de la femelle d'une cinquantaine d'années, il crut voir une âme de plusieurs vies. Il observa, ému, les tonnes de sérénité que cachaient ces animaux aussi puissants ; un coup de patte aurait suffi à noyer les jeunes gens qui flirtaient innocemment avec la mort en s'en servant comme de simples plongeoirs.

Une serviette sur le dos, Malo rejoignit Saroj assis sur un arbre couché au-dessus de la rivière. Il contemplait la scène, sourire aux lèvres. Malo se sentait fondre aussi dans ce plaisir partagé mais l'envie de prolonger la discussion avec son interlocuteur s'imposa à lui.

— Ce que tu m'as dit tout à l'heure résonne en moi, même si j'ai encore du mal à le comprendre.

— Oui, tu ne peux pas te servir du mental pour l'assimiler. Il te faut en faire l'expérience.

— Comment ?

— Laisse-moi prendre un détour scientifique pour t'expliquer. La science s'intéresse de près à l'impact des ondes sur la matière[1] et a constaté que dès que nous observons un « possible » contenu dans l'onde, alors une particule de matière, comme un électron, ou de lumière, comme un photon, se matérialise là où s'est portée notre attention. Tant que l'onde n'est pas observée, elle demeure « onde » et ne se transforme pas en particule. Autrement dit, sans observateur, il n'y a pas d'état solide. C'est pourquoi les physiciens se demandent si notre réalité n'est pas une projection de notre pensée

1. Expérience des fentes de Young en mécanique quantique.

et de notre perception : en fonction de notre intention, nous changerions la réalité.

Malo était fasciné de voir Saroj s'exprimer avec autant de passion.

— De même, plus tu t'observes avec grandeur, plus tu atteins tes possibilités. Plus tu considères que tu es une personne à problèmes, plus tu crées cette réalité. Regarde comment nos propres défauts sont souvent ceux que nous sommes le moins disposés à pardonner chez l'autre.

— Mais nous n'en sommes pas toujours conscients.

— C'est vrai, mais la conscience, c'est en quelque sorte l'observateur qui s'observe lui-même. En devenant conscients, nous devenons par là même lucides et responsables de nos créations mentales.

— Je vais avoir besoin d'un peu de temps pour digérer ces informations ! confia Malo, perdu dans ses pensées.

— C'est ce que je t'expliquais tout à l'heure : d'une façon ou d'une autre, tout ce qui m'arrive, je l'ai demandé, y compris les moments difficiles. C'est d'ailleurs formidable de comprendre que nous ne sommes pas des victimes : ce que nous voulons voir arriver arrive.

— Attends, je ne suis pas tout à fait d'accord. Tu es en train de me dire que ce qui m'arrive, je l'ai créé, et que c'est ma volonté profonde !

— C'est ça, en effet ! Même si c'est difficile de l'accepter.

— Alors j'ai un contre-exemple : j'ai découvert que ma petite amie m'avait trompé avec un autre mec, et je te garantis que je n'avais rien demandé de la sorte !

— Qu'as-tu fait après avoir appris la nouvelle ?

— Comment ça, ce que j'ai fait ?

— Quels ont été tes choix ?

— Eh bien, je n'en avais plus, je ne pouvais plus rester en France, j'ai intégré une école aux États-Unis.

— Pourquoi cette école ?

— Il se trouve que c'est la meilleure pour réussir dans le business.

— Et pourquoi souhaitais-tu réussir à ce point ?

— Pour être libre de parcourir le monde, de montrer à mon père que j'avais de la valeur. Je voulais prendre ma revanche sur la vie.

— Serais-tu parti si ta petite amie ne t'avait pas trompé ?

— Bien sûr que non ! Enfin, si... Enfin, je ne sais pas...

Malo marqua un temps avant de reprendre.

— Tu veux dire que si je n'avais pas visé cette école si réputée, je serais peut-être avec Justine aujourd'hui ?

— Hep, avec des « si », un éléphant rentrerait dans un tuk-tuk ! Ne cherche pas de coupable ou à te victimiser.

Malo se redressa d'un coup.

— Ma mère est morte quand j'avais 8 ans ! Que peux-tu répondre à cela ? C'est moi, tu crois, qui ai créé son accident mortel ? C'est le fruit de ma perception ?

— Je n'ai aucune réponse, toi seul en as. Ce que je sais, c'est que le Plan est parfait pour devenir la personne que tu es.

Saroj prit un ton très doux.

— Encore une fois, ne cherche pas de coupable et encore moins à te culpabiliser, ou à blâmer ce qui est. Ce serait une grave erreur. J'ai perdu mes parents jeune, mais je ne serais pas l'homme que je suis si je n'avais pas été élevé par Surpan. Ce n'est pas de ma faute s'ils ont eu un accident, c'est comme ça. J'ai été confié à Surpan du jour au lendemain, j'étais terrorisé, je ne l'avais jamais vu avant. Une des premières choses qu'il a voulu savoir de moi était ce que je souhaitais faire dans la vie. J'ai répondu machinalement que je devais reprendre la ferme de mes parents. Il m'a appris que je n'avais que le devoir d'être moi-même, pas d'être celui que l'on attend de moi. Il m'a laissé une semaine de réflexion, puis m'a demandé de nouveau de lui exprimer mes rêves : je rêvais de faire des études pour devenir enseignant, mes parents travaillaient au champ mais ils n'avaient pas assez d'argent pour cela. Surpan m'a montré le chemin qui m'attendait, le travail que je devrais fournir, il m'a accompagné durant ma formation puis aidé à réfléchir à l'école que j'espère construire dans un futur proche. Je suis sur la route que je dois prendre, j'avais passé commande ! Et comme je te l'ai expliqué, ma volonté est servie. Nous avons toujours le choix d'être conscients ou inconscients, responsables ou irresponsables. Dans les deux cas, nous suivons notre destinée, mais notre degré de souffrance n'est pas le même.

— Que veux-tu dire ?

— Tu as la possibilité de t'ouvrir ou de te fermer à la situation. Quand tu as choisi d'intégrer cette école, tu avais deux choix. Soit t'ouvrir en acceptant de faire quelque chose de juste, parce que tu l'avais espéré et que tu avais réussi les concours. Soit te fermer, en intégrant l'école certes, mais en raison d'un passé douloureux que tu souhaitais fuir : la douleur de voir ta petite amie dans les bras d'un autre. Quoi qu'il en soit, tu avais passé commande pour réussir dans les affaires et cette école est celle qui répondait le mieux à cette demande…

Ta commande a été servie !

On/off

« La créativité, c'est l'intelligence qui s'amuse. »

Albert EINSTEIN

— Tu as trouvé les boîtiers ? s'enquit Éric.

— Pas exactement ceux que tu m'as demandés, mais ils sont compatibles, répondit Killian.

Éric lut rapidement la notice et modifia quelques lignes de codes sur son ordinateur. Il passa une carte magnétique devant le socle et le système de porte se déverrouilla.

— C'est parfait ! Il ne reste qu'à installer un Wi-Fi fiable. L'installation d'ouverture des portes électriques est sous le contrôle de Thomas, il m'a dit que c'était bon.

Tous s'affairaient pour la grande soirée. Simone préparait les tables sur la plage avec deux autres collègues. Marie-Odile aidait en cuisine Phueng, Pranee et Kyet. Elle imitait les gestes de Phueng qui lui apprenait ses recettes de famille. Les bougies trôneraient cependant sur un superbe gâteau au chocolat dont seule

Mao avait le secret. Elle se faisait une joie d'apporter elle aussi une touche à ce dîner.

L'essentiel du montage vidéo était déjà réalisé par Xavier et Alice, qui complétaient le film des séquences de la veille que le drone de Maxime livrait sous leurs yeux amusés.

— Il est monté super haut ! Cette prise vue du ciel est spectaculaire.

— Ouais, au moins à 150 mètres !

— Regarde la gamelle de Zoé sur le paddle ! se moqua Xavier.

Alice rougit.

— Remarque, on est pas mieux sur la choré de Simone.

— J'ai une idée, on pourrait faire un bêtisier avec toutes les scènes drôles. Ça nous ferait un bon souvenir.

— Ah non, c'est la honte !

— On va pas se défiler parce que l'on a la souplesse d'un tronc d'arbre !

Un fou rire les gagna. Xavier regarda sa montre.

— Il nous reste trois heures, c'est jouable !

Simone plantait des flambeaux, depuis l'entrée de l'hôtel jusqu'aux tables à dîner, pour marquer le chemin.

Les spots électriques avaient été livrés dans la journée pour éclairer les palmiers autour de la piscine. Tous s'étaient cotisés pour faire la surprise à Théo, qui, par manque de temps, mais aussi de moyens, n'avait pas encore pu apporter les dernières finitions à son hôtel.

Alors qu'ils peaufinaient les derniers détails, le soleil s'était lentement couché derrière eux, avec ses reflets scintillants sur la mer calme. La soirée s'annonçait paisible et légèrement humide.

Un quart d'heure avant l'arrivée de l'autre partie du groupe, tout était en place. La brise promenait de narine en narine les parfums de coco, de gingembre et de citronnelle qui émanaient de la cuisine. Le petit groupe de conspirateurs se réunit autour de la piscine pour valider la check-list énumérée par Marie-Odile :

— Ouverture des chambres ?

— OK, répondit Éric.

— Wi-Fi ?

— C'est bon, excepté du côté des paddles, il manque une antenne, nous l'avons commandée, expliqua Florian.

— Éclairage ?

— Tout fonctionne, confirma Flore.

— Installation des tables ?

— C'est tout bon, dit Simone en montrant de la main la plage.

— Vidéo ?

— OK pour nous, assura Xavier. Nous projetterons sur l'écran que nous installerons pendant le dîner ici, précisa Alice.

— Cuisine ?

— OK, lança Phueng en tendant ses deux pouces en avant, les yeux mi-clos, un grand sourire aux lèvres.

— Arrivée des taxis dans cinq minutes, tous à vos postes !

Marie-Odile eut à peine le temps de finir sa phrase que l'électricité disjoncta. L'hôtel fut plongé dans le noir au moment même où les véhicules klaxonnèrent pour avertir de leur entrée.

— Oh non ! Que se passe-t-il ? demanda Simone.

— Tout a sauté, résuma Éric.

À la bougie

« Mettez votre cœur, votre esprit et votre âme dans vos moindres actes. C'est le secret de la réussite. »

Swami SIVANANDA

La lune n'était pas encore levée. Seule la longue allée éclairée par les flambeaux transperçait la nuit noire qui s'installait tôt à cette période de l'année. Marie-Odile, suivie de Xavier, Flore, Simone et cinq ingénieurs, accueillit les promeneurs, tandis que le reste des organisateurs cherchait la cause de la panne.

Théo venait de sortir du véhicule, suivi de Zoé. Tous deux étaient si émus qu'aucun son ne sortait de leur gorge.

— C'est magnifique, chuchota Zoé à son amoureux, avec qui elle s'engagea main dans la main dans l'allée centrale.

En attendant le retour de la lumière, Simone tentait de meubler en profitant de l'absence d'éclairage pour attirer l'attention sur la voie lactée. Elle détaillait les constellations qu'elle connaissait dans l'espoir que les frères Lumière inspirent ses collègues.

Soudain, la plage s'illumina, provoquant de nouveau la stupéfaction de Théo. Killian avait réussi à mettre en route un vieux groupe électrogène. Des plateaux de coupes de champagne surgirent de la nuit pour accompagner les chœurs du « joyeux anniversaire » entonné pour le jeune directeur.

Les entrées de salade de mangue aux crevettes, de soupe de poulet coco et de nems au bœuf succédèrent aux bulles. Théo trônait en bout de table, Zoé à sa droite, Killian et Simone à côté. Théo avait demandé à Malo de siéger à l'autre extrémité, mais le Breton préféra y installer Phueng qui se débattit un moment avant de céder à ses arguments.

Un ballet de jeunes gens défilait en cuisine pour servir et desservir des plats plus délicieux les uns que les autres : jarres d'agneau massala, curry vert et pad thaï.

Éric s'était empressé de finir son assiette pour assurer le changement de zone électrique vers la piscine pour la projection du film. Tout était prêt pour le transfert qui devait laisser le moins longtemps possible les invités dans le noir. Au signal des lumières qui s'éteignirent, Marie-Odile prit la parole pour annoncer la surprise et proposa de suivre le chemin indiqué par les flambeaux.

À peine étaient-ils tous installés que la piscine s'éclaira : devant l'écran, le film publicitaire qu'avait réalisé l'équipe marketing s'anima, sublimant l'hôtel et son environnement féerique.

Théo reconnaissait à peine les lieux, pris sous toutes les coutures à plusieurs mètres au-dessus et au-dessous du niveau de la mer par le drone de Max. Du raffinement des chambres à la variété des fonds marins, rien n'avait été laissé au hasard. Dès que les prises de la journée safari seraient montées, la vidéo pourrait être propulsée sur les réseaux sociaux.

Les rires fusèrent quand Xavier lança le bêtisier, mais le point culminant de la soirée fut le moment des vœux individuels que Xavier avait filmés. Chacun avait rivalisé d'imagination pour témoigner sa sympathie à Théo : grimper en haut d'un palmier, se tenir debout sur un paddle… Phueng en cuisine réalisait ses coco-locos, Malo sur la plage avait dessiné une tortue, Marie-Odile et Matthieu avaient écrit un poème qu'ils récitaient à tour de rôle.

Zoé, d'habitude si spontanée, s'empourpra lorsque son tour arriva. Elle s'était lancée dans une déclaration d'amour à cœur ouvert qui s'accompagna de sifflements d'encouragement. Un flot d'émotions gagna Théo au point de lui brouiller la vue. Il dévora Zoé des yeux et l'embrassa, puis remercia le reste de l'équipe avec force accolades.

La soirée continua sur la plage où était prévue une envolée de lanternes.

— Vous écrivez un vœu sur le petit papier que voici, montra Marie-Odile, puis vous le scotchez sur le socle face cachée. Ensuite, vous vous mettez par deux pour allumer le lampion. Un qui tient le haut et l'autre qui craque l'allumette. La chaleur va monter, vous pourrez le lâcher.

Matthieu aida Mao dans la démonstration et, en quelques secondes, sa demande s'éleva dans le ciel.

Zoé et Théo se regardèrent, émus par l'évidence : ils ne prirent qu'une lanterne à laquelle ils collèrent avec application leurs deux souhaits. Une cinquantaine de flammes emportèrent les vœux anonymes.

Bientôt, la sono perça le silence, les enceintes vibrèrent jusque dans les jambes qui se mirent à danser, puis crachèrent un *happy birthday*, rythmé par des bouchons de champagne qui tentaient de rejoindre la voûte céleste.

Kyet portait l'énorme gâteau au chocolat de Marie-Odile sur lequel trônaient vingt-huit bougies d'anniversaire. Maxime réactiva le drone dès que Malo entama le décompte. Théo eut à peine le temps de prendre son souffle.

— 5,4…

— 3, 2, 1, termina la troupe en chœur.

À cœur ouvert

> *« Parfois lâcher prise est un acte plus puissant que se défendre ou s'accrocher. »*
>
> Eckhart TOLLE

Malo profita de la fête pour s'asseoir près de Phueng qui s'était isolée contre un palmier afin d'admirer la jeunesse danser.

— Quelle magnifique soirée ! s'extasia-t-il. Vous avez fait des prouesses en cuisine, Phueng ! Merci.

— C'était une très belle semaine, merci à toi.

Phueng semblait encore un peu plus fatiguée ce soir, se dit Malo en se proposant de la raccompagner. Mais elle attendait Pranee qui n'allait pas tarder.

— C'est bon de voir la joie dans les yeux de Théo.

Phueng sourit, amusée, et Malo renchérit :

— Finalement, c'est ce bonheur que nous recherchons tous, et il n'est pas si compliqué, alors pourquoi nous en écartons-nous si facilement ?

— Il existe un état bien plus profond que le bonheur…

Phueng suspendit sa phrase et contempla un moment le ciel voilé que de rares étoiles arrivaient à percer. Le jeune homme patientait sereinement qu'elle reprenne la parole.

— Oui, affirma-t-elle, songeuse, c'est l'état de paix.

— De paix.

— Ouvrir son cœur, c'est la seule façon de trouver la paix. C'est ce que nous avons tous fait ce soir. Remarque comme ta tête, ton cœur et ton corps vibrent à l'unisson.

Malo prit le temps de ressentir ces mots : tout était calme en lui – « aligné », aurait dit Phueng.

— Ancre en toi ce ressenti, c'est ton état naturel. Lorsque tu ne seras plus à cet endroit, tu le sauras instantanément. Il te faudra alors écouter ton corps plutôt que fuir dans mille directions. C'est ici, dans cet alignement, que tu sens ce qui est juste.

Malo inspira en fermant les yeux et les ouvrit sur le sourire de la vieille dame.

— Ce n'est pas toujours simple, c'est même assez rare d'éprouver cela.

— Quels ont été tes moments de joie les plus intenses ces derniers temps ?

— Nos discussions, les moments d'échange avec l'équipe, il y en a eu beaucoup…

— Quel est leur point commun ?

Malo réfléchit.

— Le fait de me tourner vers les autres, de m'ouvrir à des valeurs de partage et de générosité, d'authenticité.

Une émotion monta dans la gorge de Malo qui se serra. Il comprit combien il s'était refermé sur lui-même pendant toutes ces années. Il se retrouvait enfin. C'était sans doute une illusion, mais même ses maux de tête semblaient avoir décru depuis qu'il s'autorisait à éprouver des émotions.

— Mais comment être sûr que je ne vais pas m'en écarter de nouveau ?

— Tu as appris à écouter ton corps et ton cœur maintenant. Ils sauront t'alerter que quelque chose n'est pas juste, et alors tu prendras le temps de te réaligner. Lorsque ton ego te fera croire le contraire, compense en agissant doublement dans l'autre sens, c'est la meilleure des rééducations.

— C'est-à-dire ?

— Par exemple, ce matin, je n'avais pas envie de méditer. Or je sais que c'est fondamental pour mon corps, eh bien, au lieu de pratiquer une demi-heure comme chaque jour, je me suis posée une heure, le double ! Ou encore : lorsqu'une personne m'agace, je prends le temps de ressentir de l'amour et lui envoie deux belles pensées. Tu verras : comme par magie, tu retrouves la paix en toi, cet alignement parfait, cette joie profonde. Et toutes tes décisions qui en découlent amènent des miracles.

— Double dose de travail ! protesta Malo.

— C'est vrai. C'est très souvent que je double mon travail en raison de mes pensées « parasites ». C'est une rééducation constante ! Mais ressentir cette paix n'a pas de prix, c'est une quête perpétuelle.

— Je voulais vous remercier, Phueng, pour tout le temps que vous m'accordez. Vous m'avez rencontré au pire moment de ma vie, je n'avais plus aucun espoir, vous avez ranimé mon être.

— C'est quand on est au plus mal qu'on lâche prise, que l'on s'abandonne. Lorsqu'on prend conscience de notre fragilité, notre cœur s'ouvre, notre vulnérabilité fissure notre carapace. Cet espace libéré en nous permet d'accueillir de nouveaux messages. L'anxiété et la souffrance émotionnelle ne sont rien d'autre que des signaux qui nous montrent que nous agissons à l'encontre de nos convictions.

— Je suis tellement heureux de m'être reconnecté avec mon corps et mes émotions. Je me sens mieux depuis que j'arrête de les fuir !

— Alors il ne te manque maintenant qu'à demander de voir les choses de cette façon-là.

— Comme l'explique Saroj, il suffit de passer commande au Ciel pour être livré.

— C'est très vrai.

— Mais j'ai déjà du mal à solliciter de l'aide en général, alors réclamer à une entité que je ne connais pas et en laquelle je crois moyennement…

— Pourtant, nous passons notre temps à demander sans nous en rendre compte.

— Comment cela ?

— Nous demandons à voir de la façon dont nous percevons. Or, il suffit de vouloir saisir les choses autrement pour qu'elles apparaissent différentes.

Malo fronça les sourcils, et Phueng poursuivit :

— Lorsque tu te crois séparé du reste du monde, c'est ton ego qui est aux commandes.

— Vous revenez sur notre perception de l'unité, c'est ça ?

— C'est le seul sujet en vérité. Tout est déjà là en nous. Pour découvrir la puissance de notre source, il nous faut arrêter de croire que nous sommes un individu isolé. Quand je demande à voir autrement, j'aspire à ôter mes filtres, à défaire ce que j'ai déjà sollicité : ma séparation avec autrui.

— Moi qui croyais commencer à comprendre !

— Si tu souhaites vivre une autre expérience, il suffit que tu demandes à voir autrement et que tu changes les filtres que tu plaques sur tes perceptions.

— Alors, ce que je perçois serait ce que j'ai demandé à voir ?

— Bien sûr ! Et c'est pareil lorsque tu sollicites la séparation.

— Vous voulez dire que c'est parce que je l'ai demandé que j'ai cette perception de séparation d'avec le reste du monde ?

— Parfaitement. À ton avis, pourquoi t'est-il si difficile de demander de l'aide ?

— Parce que j'ai peur d'être rejeté.

— C'est cela. Lorsque nous demandons de l'aide en tant qu'entité séparée, c'est notre ego qui réclame et qui croit dépendre de l'ego d'en face – c'est ton « petit toi » en quelque sorte. Mais tu peux sortir de ce cadre pour laisser s'exprimer ton « grand Toi », celui qui est rattaché à l'immensité, à la source divine qui te permet d'expérimenter ce que tu veux vivre, comme te faire croire que tu es séparé du reste du monde.

— Cette immensité dont vous parlez, c'est Dieu ?

— Appelle-le comme tu veux !

— Attendez ! Vous voulez dire que cette unité, cette immensité, jouerait à se séparer en petits êtres en faisant croire à leur division ? Mais pourquoi ferait-elle cela ?

— Pour expérimenter la séparation. Tu vois là qu'il n'y a que deux positions : le « petit toi » qui te fait croire à cette séparation ou le « grand Toi », qui te relie à ta source, à l'immensité.

— Est-ce que cela revient à dire que le « petit moi » est un filtre d'expérience qui me donne la possibilité de vivre cette idée de séparation ?

— C'est exactement ça, et ainsi tu peux expérimenter la différence – de sexe, de couleur de peau, de taille, de poids, de tempérament. Mais tout cela, ce ne sont que des filtres. Notre puissance d'imagination est énorme !

— Des filtres sur une intelligence plus profonde, s'exclama Malo.

— Une intelligence unique. En mettant de la lumière sur cette construction mentale, elle commence à disparaître puisque tu comprends que ce n'est plus la réalité. Et c'est là que tu peux ouvrir ton cœur, en laissant la lumière jaillir, la puissance divine advenir. C'est là notre état naturel de joie et de paix.

— Qu'est-ce qui nous empêche de passer à cette étape ?

— À ton avis ?

— La peur ? La peur de lâcher ce que je suis, de ne plus être séparé, la peur de quelque chose de plus grand…

— Oui, et donc, nous restons dans cet espace étriqué.

— Phueng, je ne comprends pas mais je crois ressentir ce que vous dites.

— C'est que tu te réveilles, non seulement à cette unité, mais aussi que tu prends conscience de tes résistances qui cherchent à tout prix à maintenir ton confort. Lorsque tu y parviendras pleinement, tu ne seras plus jamais victime de ce que tu perçois, tu prendras l'entière responsabilité de ce que tu vis.

— Je maintiens la séparation parce que j'ai peur de l'inconnu.

— Oui…

Phueng inspira profondément en fermant les yeux, Malo l'imita.

— Continue de ressentir. Et d'ancrer en toi cette émotion qui correspond à l'acceptation pleine et entière de ta position de décideur.

— Ce qui ne supprime pas la peur…

— Non, mais tu t'élargis à quelque chose de plus grand. Tu mets de la lumière sur tes problèmes, tu peux donc commencer à les régler.

— Comment ?

— En demandant de la confiance là où il y a du doute, de la bienveillance là où il y a de l'impatience, de l'amour là où il y a de la peur…

Il se passa quelque chose d'étrange, d'indescriptible, en Malo, soudain envahi par une joie profonde.

De longues minutes s'écoulèrent pendant lesquelles Phueng laissa le silence épaissir l'émotion.

— Mes explications émanent d'un champ de conscience bien plus grand mais auquel nous avons accès tous les deux. Les questions que tu poses sont le reflet de mes interrogations.

Malo fixa les yeux de Phueng, jusqu'au moment où la question – inévitable – surgit :

— Que peut-on faire face à la mort ?

Phueng sourit, la question de Malo illustrait ses propos puisqu'elle se la formulait elle aussi. Elle mit du temps à répondre.

— Accepter que notre « petit moi » disparaisse pour laisser place à cette unité. La mort est déjà là au même titre que la vie. Elle n'est que l'arrêt de notre croyance d'être séparé, notre retour au grand Tout.

Malo et Phueng ressentirent à l'instant même que cette réponse émanait d'un autre lieu, d'un ailleurs. Le bruit de la fête alentour avait disparu pour laisser place à une voix bienveillante que seul le silence écoutait. Phueng poursuivit :

— En choisissant de nous relier à cette immensité, nous plongeons dans les profondeurs de ce qui est déjà là : la paix, au-delà de l'apparence et des tumultes de surface. Chaque événement de notre vie devient une invitation à transcender ce leurre. Cet état de paix ne demande aucune action, aucun rituel, aucune formation, et n'appartient à aucune religion. L'immensité est déjà là, en nous, juste en dessous des apparences : il suffit d'ouvrir son cœur. Ouvrir son cœur aux pires moments de notre vie, même aux gens les plus renfrognés... même à la mort... c'est le seul moyen d'être en paix.

Pranee s'avançait, la vieille dame regroupa ses forces pour se lever.

— Merci, Phueng, je me sens tellement différent depuis que je vous ai rencontrée.

— Savoir s'entourer est un point crucial : nous devenons la moyenne des cinq personnes que nous fréquentons le plus !

Avant de disparaître en claudiquant dans la nuit, agrippée au bras de sa fille, elle se retourna vers lui :

— Respire, Malo, le Plan est toujours parfait !

Lou de mer

> *« Il y a souvent plus de choses naufragées au fond d'une âme qu'au fond de la mer. »*
>
> *Moi, l'amour, la femme,*
> Victor HUGO

Le Capitaine n'avait pas dormi de la nuit. Était-ce en raison de cette étrange discussion avec Lou, la veille ? Ou parce que son petit-fils l'avait enfin appelé après des mois de silence ? La voix de Malo lui avait paru moins assurée que les fois dernières, mais particulièrement sereine. D'habitude, ils échangeaient des banalités – la météo, ses succès professionnels –, or, ce jour-là, au téléphone, il avait senti que quelque chose avait changé. Ou alors c'était son regard à lui qui s'était modifié ? Il lui semblait cependant que Malo avait une voix plus calme, plus posée, même s'il avait du mal à l'entendre en raison de la soirée d'anniversaire qui résonnait dans le combiné. Madou aussi avait pu parler à Malo. Elle l'avait enveloppé de mots d'amour, sans lui reprocher son absence. Pourtant, tous deux souffraient terriblement de son départ. Déjà plus de sept ans qu'ils ne s'étaient pas vus. La rupture avec Justine n'était pas étrangère à cet éloignement, ils en étaient conscients, mais n'avaient jamais abordé le sujet avec Malo. Celui-ci ne réclamant jamais de nouvelles de ses amis, ses grands-parents en avaient conclu qu'il ne voulait rien savoir.

Levé tôt, le Capitaine s'était réfugié dans la chambre de Malo. Il aimait s'asseoir sur son lit et rester un moment seul. Il avait l'impression de se rapprocher de lui ainsi. Madou faisait pareil, il le savait, car il l'avait surprise quelquefois pleurant.

Le globe sur lequel Malo avait tracé tous les tours du monde qu'il ferait avec Justine trônait toujours sur son bureau. C'était le globe de ses 10 ans, le globe des rêves qu'il voulait réaliser quand il serait grand !

Le Capitaine avait tenu la main de son petit-fils pour l'aider à traverser son enfance, puis son adolescence. Il l'avait protégé du mieux qu'il le pouvait de la violence des pertes qu'il avait subies, mais, souvent, il avait eu le sentiment d'échouer.

Son regard se posa sur les photos accrochées au-dessus du bureau. Il les connaissait par cœur : sur chacune d'elles, Justine souriait, amoureuse. Comment ces deux tourtereaux avaient-ils pu en arriver là ? Cette question, il n'avait jamais osé la leur poser. Quel gâchis ! Surtout qu'après quelques mois le nouvel ami de Justine avait disparu, la laissant seule avec Lou en cadeau.

Celle-ci, du haut de ses 6 ans et demi, charmait maintenant tout le village. Le Capitaine la voyait régulièrement. Il l'aimait sa petite Lou, déjà si débrouillarde pour son âge. Parfois, il l'attendait après l'école pour lui offrir une grenadine avec sa crêpe au caramel sur le port à côté de la capitainerie.

« Tu ferais mieux d'acheter des fleurs à ta femme plutôt que de dépenser tous tes sous au bar », avait-elle lancé à un habitué le jour de la Saint-Valentin. Elle n'avait pas froid aux yeux quand il s'agissait de dire ses quatre vérités aux clients de la crêperie.

Madou l'avait prévenu – « Ne t'attache pas trop ! » –, mais c'était plus fort que lui. Il la défendait contre vents et marées, même quand sa mère la disputait. En vérité, Madou non plus n'avait pas résisté bien longtemps aux yeux tendres de la petite qui demandait souvent après eux. Justine leur en était reconnaissante : malgré l'aide de Benjamin, elle avait du mal à conjuguer l'éducation de sa fille et sa dernière année d'internat. Pour Madou et René, la présence de Lou servait d'exutoire à leur trop-plein d'amour. À qui d'autre offrir leur tendresse dorénavant ? Leur fils et leur petit-fils étaient loin. L'arrangement convenait à tout le monde.

Plongé dans ses pensées, il se remémora la journée de la veille et cette conversation avec Lou qui l'avait profondément ébranlé. Depuis toujours, Lou rêvait de partir en mer avec le Capitaine ; elle s'était mis en tête d'apprendre à naviguer. Sa détermination était telle que, pour ses 6 ans, René et Madou l'avaient invitée avec sa mère et Benjamin sur le bateau du Capitaine pour une journée en mer. C'était la première fois depuis le départ de Malo ! Si Benjamin et Justine avaient bien grandi, ils dévoraient toujours d'aussi bon cœur les crêpes que Madou avait préparées. Cette journée avait été ponctuée de rires, de baignades dans les criques, de regards, de tendresse, de souvenirs.

Au moment du retour, Lou avait rejoint le Capitaine à la barre tandis que Benjamin, Justine et Madou profitaient d'un dernier bain de soleil, à l'avant du bateau.

— Tu sais, moi aussi, un jour, je serai un marin comme toi, lui avait lancé Lou, avec conviction, pendant que le vieil homme la hissait sur ses genoux.

Il avait laissé la petite poser ses deux mains sur la roue en acier.

— Tu aimes naviguer ? demanda-t-il le sourire aux lèvres.

— Oui, et je serai une aventurière comme mon papa.

— Comme ton papa ?

— Oui, c'est un secret, il ne faut le répéter à personne, tu promets.

— Je promets.

— Mon papa est parti loin chercher les mystères de la vie, il va me les ramener.

— Qui t'a dit tout cela ?

— Ma maman. Elle dit que mon papa est le plus génial de tous les papas. Elle le connaît depuis qu'elle est toute petite.

— Comment ça ?

— Oui, même Benji le connaît depuis qu'il est tout petit. « À la vie, à la mort », c'était leur dicton.

Le Capitaine avait blêmi.

— Il m'écrit, tu sais, mon papa, et il m'envoie aussi des cadeaux. Et, bientôt, il reviendra me chercher.

Quand Madou les avait rejoints dans la cabine de pilotage, Lou avait mis son index devant sa bouche.

— Chut, tu ne diras rien, hein ? C'est un secret très important.

Si le nom de Malo n'avait pas été prononcé une seule fois par la petite, le Capitaine avait compris que c'était de lui dont il était question dans le cœur de Justine et de Lou.

Pourquoi Justine n'en avait-elle jamais rien dit ?

Direct

« Que vos choix soient le reflet de vos espoirs et non de vos peurs. »

Nelson MANDELA

Le retour à Bangkok s'était fait dans le silence ; tous avaient du sommeil à rattraper après la nuit de fête. Dire au revoir n'avait pas été simple, surtout pour Zoé et Théo. La jeune stagiaire avait promis de revenir dès le week-end prochain. Mais la semaine allait être longue sans son Théo. Il avait tenté de la rassurer, mais n'en menait pas large non plus, tant l'amour donne au temps la faculté de se compresser en la présence du bien-aimé et de se dilater en son absence.

Cette semaine de parenthèse avait fait un bien fou à tout le monde, néanmoins Malo s'inquiétait pour Phueng, dont l'état de fatigue semblait s'être aggravé, et il l'avait convaincue de venir consulter avec lui. De son côté, il était décidé à affronter la réalité de sa maladie. Grâce à Phueng, il avait appris à ne plus se mentir : enfin, il osait, il ne fuyait plus.

Après avoir déposé Phueng au service des consultations, il passa les portes de l'ancienne maison coloniale en bois de teck. Au plafond, les larges pales du ventilateur brassaient l'air chaud qui s'engouffrait par les fenêtres ouvrant sur un jardin de palmiers et de bananiers parfaitement entretenu. S'étant annoncé à la réception, il s'installa sur le canapé d'un magnifique salon et attendit que Marc le fasse entrer dans son bureau.

Le moment était venu pour Malo de faire face à la réalité. Il respirait par saccades, ses peurs flottant comme des ombres autour de lui.

— Assieds-toi, proposa le médecin en tirant un fauteuil en bois massif devant le jeune homme.

— Je préfère rester debout.

— Ce que j'ai à te dire n'est pas facile à entendre, pose-toi.

— Ne te fatigue pas, je suis au courant de tout. Et je t'en prie, ne prends pas cet air de pitié. Explique-moi plutôt comment ça va se passer.

Surpris par le ton direct de Malo, le médecin hocha la tête.

— Les symptômes vont s'aggraver. Après les maux de tête, il y aura des pertes de mémoire, l'oubli de la parole. Il peut y avoir aussi des handicaps…

Il s'interrompit en voyant Malo blêmir puis tenta de le rassurer.

— Mais nous n'en sommes pas encore là !

— Je préfère savoir. Quels types de handicaps ?

Le médecin ne lâcha pas le regard du jeune homme et poursuivit, hésitant :

— Moteur... mental... incontinence dans le meilleur des cas.

— Et dans le pire ?

— Une ischémie cérébrale.

— C'est-à-dire ?

— L'arrêt immédiat du cerveau.

Malo finit par s'asseoir, il se prit la tête entre les mains. « Ce n'est pas possible », murmura-t-il. Son cœur s'accéléra, la sueur perlait sur son front. Le médecin ouvrit un placard, et sortit une bouteille d'eau fraîche qu'il lui tendit.

— Il va falloir être courageux, Malo.

— À quoi bon ? Je ne vais pas tenir. Ne peut-on pas abréger les souffrances, une petite piquouse et hop...

— Comment peux-tu parler comme ça ?

— On voit bien que tu n'es pas à ma place.

— C'est vrai, mais je suis médecin, pas criminel. Mon métier est de soigner les gens, pas de les tuer !

— Oui, eh bien, dans ce cas précis, tu ne peux pas faire grand-chose. Crois-tu plus malin de laisser tes patients dépérir si tu ne peux pas les guérir ?

Malo avait haussé le ton, ce qui déplut à Marc.

— Ça suffit, Malo ! Je sais que c'est difficile à encaisser, mais ça ne te donne pas le droit de réagir comme un imbécile.

— Comment veux-tu que je le prenne, franchement, à mon âge... Merde !

— Je suis tellement désolé de ne rien pouvoir faire d'autre. Mais tu sais que tu peux compter sur moi, je serai là, tout du long !

Marc avait rapproché sa chaise de celle de Malo. Il posa une main sur son épaule et Malo reprit ses esprits :

— C'est moi qui te prie de m'excuser, Marc. Je trouve la vie si injuste. Je croyais avoir digéré cette terrible sentence, mais le fait d'en connaître maintenant tous les détails m'anéantit de nouveau.

Marc baissa les yeux, ne sachant quoi répondre.

— Que me conseilles-tu ? implora Malo.

Le médecin se passa la main sur le visage et demanda :

— De quand date la dernière conversation avec ton père ?

— Depuis la mort de maman, nos rapports se sont dégradés. Il n'a jamais pu être vraiment là pour moi, rétorqua Malo.

— Oui, je le sais. Ne crois-tu pas que c'est le moment de vous réconcilier ? Tu as perdu ta mère, mais il a aussi perdu sa femme.

— Il a préféré se noyer dans le travail, les voyages professionnels et l'alcool et m'a laissé seul à la charge de mes grands-parents.

— Il a fait ce qu'il a pu, Malo. Ne penses-tu pas qu'il s'en veut assez comme ça ?

— Tu le défends, c'est ton ami, je comprends, mais aujourd'hui, ce qui m'importe, c'est moi ! Je ne vais pas pleurer sur son sort alors que j'ai subi toute ma vie sa lâcheté.

— Malo, tu m'as demandé un conseil, je te le donne : parle-lui avant qu'il soit trop tard ! Cette maladie est une bombe à retardement, tout peut s'arrêter d'une seconde à l'autre.

La franchise du médecin ébranla Malo.

— Combien de temps ?

— Je ne sais pas.

— J'ai besoin de savoir.

— Quelques mois au mieux. Tu n'as plus beaucoup de temps, parle-lui, c'est important pour vous deux.

Marc se leva, passa derrière son bureau, et tendit à Malo une grande enveloppe.

— Tiens, ce sont les examens supplémentaires que nous avions faits ensemble la dernière fois, garde-les.

— Quand dois-je te revoir ?

— Quand tu veux, Malo. Tu m'appelles à n'importe quel moment du jour et de la nuit, d'accord ?

Le jeune Breton se leva en même temps que le médecin. Au lieu de lui serrer la main, celui-ci l'enlaça, laissant les sanglots de Malo s'étouffer sur son épaule. À l'instant où Malo sortait, Marc lui annonça d'un air grave :

— Malo, mes collègues viennent de me prévenir qu'ils ont préféré hospitaliser ton amie, elle est au 4e étage, chambre 7. Tu avais raison, son état s'est dégradé.

— Phueng ?

La vérité

« Quand le mensonge prend l'ascenseur, la vérité prend l'escalier, elle met plus de temps mais finit toujours par arriver. »

Auteur INCONNU

Ce matin, le Capitaine avait pris son courage à deux mains pour se rendre au centre hospitalier de Lannion où Justine finissait son internat. Il n'était pas à l'aise : il avait une sainte horreur des hôpitaux, et, surtout, il ne savait pas comment présenter ce qu'il avait à lui dire. Il n'avait pas fermé l'œil de la nuit, répétant en boucle les moindres mots de son discours, mais ceux-ci s'envolaient à chacun de ses pas.

— Capitaine ? Que se passe-t-il ? questionna Justine, surprise de croiser le vieil homme au sortir d'une chambre.

Elle fit signe à ses collègues de continuer les soins sans elle, lui saisit le bras et l'aida à s'asseoir sur une chaise dans le couloir. Face à son silence, elle lui demanda si elle devait appeler Madou. Il répondit par la négative.

— Non, non, rien de grave, je voulais juste te parler. Tu as dix minutes ?

Soulagée, la jeune interne soupira.

— Vous m'avez fait peur !

— Je suis désolé, mais c'est important que je sache.

— Que vous sachiez quoi ? s'inquiéta-t-elle.

Embarrassé, le cœur palpitant, le Capitaine louvoyait pour aborder le sujet. Il fuyait le regard de Justine, respirait fort, se passait la main dans sa barbe grisonnante, tandis qu'aucun mot ne sortait.

Justine prévint son chef de service de sa courte pause dans le parc et emmena son interlocuteur faire quelques pas. L'air extérieur redonna du courage au vieil homme qui se lança :

— Justine, je ne me suis jamais mêlé de tes affaires et tu sais combien je t'aime, je voudrais te poser une question au sujet de la petite.

Après une pause, il continua :

— Je ne sais pas y faire... enfin, comment dire... tu me connais, je suis un ours, et puis je... mais elle ressemble à...

Justine marchait à côté en silence, le cœur serré et la gorge nouée.

— Pardonne-moi cette intrusion dans ta vie, je vieillis, je déraille sûrement, mais.... Elle est tellement attachante.

Cela faisait des années que Justine redoutait autant qu'elle attendait ce moment. On dit qu'avec le temps tout s'arrange, c'est sans doute vrai, sauf pour le mensonge qui se gangrène à son contact. Justine s'arrêta de marcher pour ancrer ses yeux dans ceux du Capitaine. Au début, les larmes s'invitèrent à la place des mots, mais c'est sans aucune hésitation qu'elle dévoila la vérité :

— Oui, Lou est la fille de Malo !

En entendant ces mots, le vieil homme pleura longuement en silence.

Justine reprit la parole en premier, la voix éraillée par l'émotion.

— La décision n'a pas été facile, mais je l'ai prise par amour pour Malo. Je ne pensais pas qu'un jour l'amour me forcerait à l'abandonner pour le laisser s'envoler. J'ai tant espéré ensuite qu'il me revienne… Il était trop tard.

— Pour le laisser s'envoler ?

— Je savais qu'il ne partirait jamais sans moi aux États-Unis rejoindre l'université dont il rêvait au fond de lui. Harvard, il en parlait tous les jours, mais il disait aussi préférer rester en France pour moi. Il fallait que je le libère pour qu'il accomplisse sa destinée. Le jour qui a précipité son départ, Benjamin s'était réfugié chez moi avec Samuel après une énième dispute avec son père. Il l'avait surpris dans les bras de son copain et ne supportait pas l'idée d'avoir un fils gay.

— Benjamin ? Homosexuel ?

— Oui, la surprise était de taille pour moi aussi ! Je n'en avais rien soupçonné tellement ils avaient bien gardé le secret tout l'été. Ce matin-là, donc, je dormais dans le salon, j'avais laissé mon lit aux garçons. De la fenêtre, j'ai aperçu Malo, je savais qu'il venait m'annoncer qu'il était pris à Harvard, mais qu'il renoncerait pour rester près de moi. Madou m'avait prévenue le matin même. J'ai profité que Benjamin soit parti à la boulangerie pour me glisser dans la chambre alors que Samuel dormait encore. Le stratagème a parfaitement fonctionné. Quand Malo m'a vue sortir de la chambre, avec l'air à moitié endormie, les cheveux ébouriffés, et a découvert Sam allongé sur le lit, son visage s'est décomposé. Il a rebroussé chemin sans un mot. J'étais mortifiée, mais je savais qu'il ne serait jamais parti sinon. Vous connaissez la suite...

— Benjamin ne lui a rien dit ?

— Il n'a rien vu de la scène.

— Et après ?

— Quand Benjamin m'a vue en pleurs, je lui ai expliqué que Malo avait mal pris son mensonge sur son homosexualité. Il en a énormément voulu à Malo et ne lui a jamais reparlé. À lui aussi, j'ai menti.

Le Capitaine laissa Justine continuer.

— Le mois suivant, j'ai découvert que j'étais enceinte. De Malo. J'ai décidé de garder l'enfant malgré mes études. Benjamin a proposé de m'aider, et nous avons continué à cohabiter malgré sa rupture avec Samuel. Benjamin sait que Lou est la fille de Malo, il s'en occupe comme de sa propre fille. Lou aussi connaît en partie la vérité sur son père : je lui ai dit qu'il était un aventurier parti en voyage, loin, très loin, et qu'il reviendrait un jour.

— Pourquoi n'en as-tu jamais parlé à Malo ? Ne crois-tu pas qu'il mériterait de le savoir ?

— J'ai voulu, quand je me suis rendu compte de ma terrible erreur. Benjamin a essayé par tous les moyens de me convaincre de reprendre contact avec lui. Un an après la naissance de Lou, il a même cassé sa tirelire pour me permettre d'aller le voir à New York. Je ne sais pas comment il avait fait, mais il avait retrouvé son adresse.

Le Capitaine se frottait nerveusement la barbe.

— Je suis allée à son appartement dès mon arrivée, mais il n'y avait personne. Je suis revenue le lendemain très tôt, j'ai attendu de longues heures jusqu'au moment où je l'ai vu sortir tenant par la taille une superbe femme. Elle l'embrassait presque à chaque pas à quelques mètres de moi. J'ai compris qu'il était trop tard. Je suis rentrée à l'hôtel, j'ai pleuré deux jours sans m'arrêter, et je suis repartie.

— Qu'as-tu dit à Lou ?

— La vérité. Elle connaît son père en photo et j'ai proposé la juste place de parrain à Benjamin. Nous avons décidé tous les trois de garder le secret.

— Elle ne demande pas après Malo ?

— Je lui ai dit que son travail l'obligeait à beaucoup voyager. J'envoie des lettres avec des beaux timbres pour la faire patienter, expliquant que Malo va revenir bientôt de son périple. J'ai surpris Benjamin expédier les cadeaux qu'elle souhaitait pour son anniversaire et pour Noël de la part de Malo. Ça ne durera pas. Elle me pose de plus en plus de questions, me montre même de nouvelles applications pour se connecter n'importe où sur la planète.

Le Capitaine sourit avec fierté à cette idée.

— C'est une vraie débrouillarde, mon arrière-petite-fille !

— Vous pensez peut-être que j'ai mal agi, mais, si c'était à refaire, je recommencerais, je ne voulais pas emprisonner Malo. Il méritait le bonheur après ces années de souffrance. Je préfère le savoir heureux avec une autre que malheureux avec moi, même si j'en meurs à petit feu.

— Je ne te juge pas, ma chérie, mais ne crois-tu pas qu'il serait temps de te délester de tout ce poids ? Ton regard s'est éteint depuis son départ, toi qui étais si souriante. Tu as fait ce qu'il te semblait bon. Il est peut-être temps maintenant de lui dire la vérité ?

Le Capitaine rectifia :

— De leur dire la vérité : à Malo, à Lou et à Benjamin, c'est son meilleur ami, il doit terriblement souffrir, lui aussi.

Par amour pour Malo, Justine avait menti à tous ceux qu'elle chérissait.

— Je vais parler à Benjamin, vous avez raison. Pour Malo…

Elle réfléchit.

— Il a assez souffert, je ne me sens pas le droit de lui imposer un enfant. Il n'a pas choisi d'en avoir un, encore moins avec moi alors qu'il a refait sa vie et m'a oubliée.

— En es-tu si sûre ?

— Vous a-t-il une fois demandé de mes nouvelles ?

— Tu le connais mieux que moi : son silence est proportionnel à sa douleur. Je ne suis pas à ta place, Justine, mais des choix difficiles, j'en ai eu à faire dans ma vie, et je peux te dire avec certitude que le mensonge est le pire des poisons.

Le Capitaine soupira et ajouta :

— Sache que, quelle que soit ta décision, tu pourras toujours compter sur Madou et moi à tes côtés.

Il serra Justine dans ses bras avant de laisser les larmes inonder de nouveau ses joues.

Comptant

> *« La vraie valeur d'un homme réside, non dans ce qu'il a, mais dans ce qu'il est. »*
>
> Oscar WILDE

Phueng somnolait, le souffle court, mais dès qu'elle sentit la présence de Malo, elle cligna des yeux.

— Je suis heureuse de te voir.

— Comment allez-vous ?

— Je suis une femme comblée.

— Il faut vous reposer.

— Il me reste un détail à régler avec toi.

Phueng peinait à parler.

— J'aimerais interroger l'homme d'affaires que tu es, et j'ai besoin que tu sois le plus honnête possible.

— Bien sûr, je vous écoute.

— Combien serais-tu prêt à payer une journée de mon temps ?

Malo sourit.

— Votre valeur est inestimable, Phueng.

Elle posa sa main rouillée mais encore ferme sur le bras du jeune homme.

— Donne-moi un nombre.

— Votre sagesse se chiffre en millions et votre humanité n'a pas de prix.

— Tu ne réponds pas à ma question, s'énerva-t-elle malgré sa faiblesse.

— Comment voulez-vous que je vous annonce un montant ? Vous m'avez enseigné ce que j'ai cherché toute ma vie et vous m'avez aimé comme personne sur Terre alors que vous ne me connaissiez pas. Votre valeur est infinie. Malgré les circonstances, vous m'avez redonné goût à l'essentiel, vous m'avez permis d'être fier de moi, de retrouver la joie, de me sentir aimé, de me remplir d'amour et d'oser… d'oser affronter la réalité de ma mort à venir…

— Alors, combien tu aurais payé pour ça ?

— Toute ma fortune.

— C'est-à-dire ?

— Plusieurs millions d'euros !

— Ça fait combien par jour ?

— Je ne sais pas, 300 000 euros ? lança Malo sans conviction.

— Es-tu prêt à dépenser cette somme pour que je te livre le secret profond de tes blessures d'abandon ?

— Comment ça ?

— Je te laisse y réfléchir. Si le montant te convient, reviens me voir demain.

Sur ces mots, Phueng ferma les yeux.

*
**

Le lendemain, Malo se réveilla tôt et se rendit directement à l'hôpital. Les visites étaient autorisées à partir de 14 heures, mais les infirmiers étaient indulgents pour les visiteurs des patients en soins intensifs. Il frappa doucement à la porte de Phueng et entra sur la pointe des pieds. Pranee, qui était rentrée d'urgence, avait passé la nuit à côté de sa mère. Phueng, adossée à des coussins, toisait son petit déjeuner. Le grand sourire qu'elle lui adressa baissa d'un cran l'inquiétude de Malo.

— Tu es revenu ?

— Bien sûr !

Pranee se leva pour lui céder la place.

— Mais non, restez assise, Pranee, insista-t-il, en remarquant les larmes dans ses yeux.

Elle le rassura puis sortit afin de les laisser tous les deux.

— Alors, tu as réfléchi ? lança Phueng d'un ton direct qui le ramena à la raison de sa présence.

— C'était déjà acté. 45 jours fin de mois ? proposa-t-il avec légèreté.

— Je suis vieille, je ne peux pas me permettre d'attendre 45 jours. À réception de facture ! négocia-t-elle.

Malo sourit.

— Vous êtes extraordinaire, Phueng. Où avez-vous appris ces termes comptables ?

— Tu demanderas à Matthieu, répondit-elle, en lui adressant un clin d'œil.

— C'est le meilleur, alors je suis foutu ! C'est d'accord : à réception de facture !

Phueng offrit sa main pour conclure le pacte, Malo y posa la sienne pour le sceller. Elle la retint prisonnière, un long moment, avant de reprendre la parole :

— Ce que j'ai à te dire n'est pas facile à entendre. J'aimerais que tu me laisses la parole jusqu'au bout, tant que j'en ai encore la force.

— Vous m'inquiétez tout à coup. Phueng, tout va bien ?

— À chaque décision importante de ma vie, je me suis souvent projetée sur mon lit de mort. Et m'y voilà !

— Mais non, Phueng, ce n'est pas la fin.

La vieille dame plaqua son index sur sa bouche pour signifier à Malo de garder le silence.

— Je regarde ma vie le cœur empli de joie. Oh ! bien sûr, j'ai fait beaucoup d'erreurs, concéda-t-elle, mais j'ai fait de mon mieux, et toujours avec l'unique motivation de donner le meilleur de moi.

Elle respirait péniblement.

— Néanmoins ça n'empêche pas la souffrance de ceux que l'on aime… Mon fils venait tout juste d'avoir 6 mois lorsque j'ai appris la mort de mon mari sur le champ de bataille. La guerre du Vietnam nous ayant privés de nourriture, mon lait s'était tari. Mon fils était en train de mourir de faim, quand j'ai vu qu'un bateau de la marine française était resté à quai pour le ravitaillement.

Elle tenta de se redresser sur ses mains. Malo l'aida à caler l'oreiller derrière son dos. Elle poursuivit :

— Je me suis faufilée et j'ai caché mon enfant dans la cale. Je savais que c'était sa seule chance de s'en sortir. J'ai glissé une photo de mon mari et de moi sous son linge. J'ai regardé en pleurant le bateau repartir avec mon garçon à bord.

Émue, Phueng marqua un temps et reprit :

— En raison des origines vietnamiennes de mon mari, j'ai été faite prisonnière jusqu'à la fin de la guerre, l'année suivante. Un jour, alors qu'une forte fièvre me tenait entre la vie et la mort, ma codétenue qui était professeure de français m'a promis de me l'enseigner si je m'en sortais. J'ai vu cela comme un signe, une façon de me rapprocher de mon fils qui était parti à bord de ce bateau français. Je me suis accrochée pour mon garçon qui m'avait inspiré le courage. Bébé, il m'avait montré sa force et, malgré mon envie de rejoindre son père au paradis, j'ai guéri pour lui.

— Savez-vous ce qu'il est devenu ? murmura Malo, osant à peine l'interrompre.

— Je n'ai plus eu de nouvelles jusqu'à l'année dernière. Un soir, alors que je finissais le ménage chez XSoftware, je l'ai reconnu : c'était mon tout petit ! Il m'avait retrouvée, je ne sais pas par quel miracle. Nous nous sommes reconnus immédiatement et avons pleuré dans les bras l'un de l'autre. Ma douleur était aussi forte que ma joie, je revivais le jour où je l'avais abandonné pour qu'il puisse vivre.

Malo écarquilla les yeux, incrédule.

— Aimer, c'est vouloir le meilleur pour celui ou celle qui emplit notre cœur, affirma Phueng comme pour se rassurer. Mon fils se nomme Anun ; cela veut dire « infinité ».

Phueng soupira longuement et reprit :

— Il s'appelle maintenant Erwan. Le capitaine du navire qui l'a protégé, ramené à Saint-Malo et élevé avec sa femme, est ton grand-père, le Capitaine.

Malo eut un mouvement de recul.

— Ce n'est pas possible, Phueng ! Mon père est le fils...

Il s'arrêta et répéta à voix basse :

— Du Capitaine et de Madou.

— Sans aucun doute, mon chéri, ce sont eux qui l'ont éduqué, c'est leur enfant avant tout et un peu le mien aussi, murmura-t-elle.

— Mais... comment... ?

Malo s'affaissa, sonné par le choc de cette révélation.

— Malo, écoute-moi ! Quand j'ai croisé ton regard, j'ai vu celui de ton grand-père, mon mari tant aimé : le même courage, la même fragilité, la même carapace pour cacher sa grande sensibilité. Tu m'as offert le plus beau des cadeaux en acceptant de passer ces derniers jours à mes côtés ! Prendre soin de toi, te regarder t'ouvrir, m'a autorisée à me pardonner ces années d'absence. J'ai fait de mon mieux, et je m'en vais maintenant le cœur léger et rempli de gratitude pour tout ce que la vie m'a permis de vivre et de comprendre.

Un long silence s'installa dans la chambre. Phueng respirait de plus en plus péniblement. Tout s'embrouillait dans la tête de Malo. La vieille dame attendit un moment avant de reprendre :

— Nous souffrons d'abandon de génération en génération : ton grand-père était orphelin, j'ai laissé partir ton père, tu t'es senti abandonné à ton tour. Il est temps d'en faire une force et d'accepter que l'abandon est aussi un acte d'amour.

En réalité, il n'y a pas d'abandon possible, seul l'Amour règne. C'est le secret, mon chéri.

— Le secret ?

— Tout être humain va mourir. Personne ne sait à quel moment ; c'est pourquoi il n'y a rien de plus précieux que la vie. Lorsque nous prenons conscience que la mort fait partie de la vie, elle ne nous fait plus peur. La pleine conscience de la mort nous permet, au contraire, d'oser, de réaliser nos rêves, d'être nous-mêmes.

D'une main tremblante, elle sortit une lettre de sous son drap et la lui tendit péniblement.

— Tu la liras plus tard, souffla-t-elle, en fermant les yeux et en offrant à Malo la sérénité de son sourire.

À ces mots, elle sembla s'endormir. Malo scruta sa grand-mère de longues minutes en sanglotant. Une main douce et enveloppante se posa sur son cou. Quand il releva la tête, Erwan, son père, le regardait, les yeux rougis, à côté de Pranee qui pleurait, elle aussi.

En les voyant tous trois réunis, Phueng prit une profonde inspiration et les fixa une dernière fois de ses deux billes rieuses. Puis l'électrocardiogramme afficha une ligne horizontale. Elle s'éteignit, sourire aux lèvres à la vue de son fils serrant le sien dans ses bras. Son dernier regard rempli d'amour fut pour sa fille, Pranee.

Dans l'infinité

« Ne laissez personne venir à vous
et repartir sans être plus heureux. »

Mère TERESA

Malo glissa la clé dans la serrure de sa porte d'entrée. Ses pensées ne quittaient pas Phueng. Ces jours passés aux côtés de sa grand-mère sans le savoir, l'abandon qu'avait subi son père, le Capitaine qui l'avait recueilli… Tous ces pans de son histoire se mélangeaient pour former un immense rêve ou cauchemar, il ne savait plus très bien.

Il ôta sa veste, retroussa les manches de sa chemise, se servit une bière qu'il décapsula sur le rebord du bar de la cuisine, puis attrapa la lettre que lui avait remise Phueng. Les lumières de la ville scintillaient autour de lui. La nuit était douce, une légère brise balayait ses cheveux. Installé sur sa terrasse qui dominait Bangkok, il inspira profondément et commença la lecture.

Mon cher petit,

Je t'écris pour te remercier de tout le bonheur que tu m'as offert. Je pars, mais je ne t'abandonne pas. Je m'en vais pour un autre voyage. Je te souhaite en toute humilité de vivre sans regret, d'oser et oser encore parce qu'un jour, le plus tard possible, tu te retrouveras toi aussi sur ce lit et j'aimerais que tu ressentes la gratitude que j'ai envers la vie, malgré toutes ses difficultés, et tout ce que j'ai enduré.

Je ne t'abandonne pas, non.

La vie nous a réunis, c'est le plus beau cadeau qu'elle ait pu me faire au moment où la mienne se finissait : trente jours avec toi. Je garde au fond de mon cœur une immense joie de t'avoir rencontré, et d'avoir pu à ma façon te laisser ce que j'ai de plus cher : tout mon Amour. J'aimerais que tu puisses t'y ressourcer à chaque fois que tu en auras besoin. Ne pleure pas sur mon sort, ne pleure pas, même si tu ne me vois plus, je suis là pour toujours. Rassure la part de toi qui est triste parce qu'elle croit me perdre, rassure la part de toi qui a peur parce qu'elle se sent seule, rassure la part de toi qui est en colère parce qu'elle trouve la vie injuste et nourris-toi de tout ce que nous avons partagé pour grandir encore, et offrir ta lumière.

Dès l'instant où nous naissons, nous lançons le compte à rebours du temps qui nous est accordé. Chaque seconde qui passe nous rapproche de la mort. Nous savons quand la vie commence, mais jamais quand elle s'arrête. Nous ignorons le temps qu'il reste.

Au fur et à mesure que les années défilent, nous évoluons de l'oubli à la conscience. Vivre pleinement conscients que nous allons mourir nous ouvre l'accès à la vie.

Comme promis, j'ai fait remettre l'arme que je t'avais prise dans le tiroir de son propriétaire, mais je voudrais te dire deux choses avant de partir : la première est que rien n'arrive par hasard, le Ciel a un plan parfait pour toi. S'Il t'a choisi pour passer ces épreuves, c'est que tu étais l'homme de la situation. La deuxième : vieillir est un honneur, un cadeau unique qui n'est pas donné à tout le monde. La vie nous fait bien des surprises... jusqu'à notre dernier jour. Ne t'en prive pas.

Voilà, mon chéri. Sache que, quelle que soit ta décision, ce sera la bonne.

La Thaïlande est ta terre aussi, tu y as de la famille. Comme tout être humain, bien au-delà de la Thaïlande et de la France, la Terre est ta planète, l'univers est son refuge, elle y voyage à une vitesse vertigineuse. Tu n'es plus seul, Malo, tu ne l'as jamais été, tu vis dans la plus grande énergie qui soit : l'Amour inconditionnel.

Au moment où tu liras cette lettre, je serai hors de ton champ de vision, mais si tu te connectes à cet Amour illimité, nous nous retrouverons instantanément. Je suis là, tu vois, tout près de toi et pour toujours, mon petit… fils.

Ta grand-mère qui t'aime dans l'infinité.

Phueng

P.-S. : Il est temps de régler nos comptes !!! Tu trouveras ci-joint ma facture. Tu déduiras l'argent que je te dois, le reste, je sais que tu en feras bon usage ! Sois heureux, mon chéri.

Malo sourit puis rit jusqu'aux larmes.

P.-S. 2 : C'est beau de te voir rire… Ne le déchausse plus ce sourire, il me fait tellement de bien !

Père et fils

> *« Pardonne aux autres non pas parce qu'ils méritent le pardon, mais parce que, toi, tu mérites la paix. »*
>
> Christophe ANDRÉ

Malo planait entre virtuel et réalité. Submergé par les émotions, son cerveau diffusait des substances chimiques qui le mettaient dans un état second. La nuit avait été courte. Au réveil, ses premières pensées s'étaient tournées vers Phueng, qui lui manquait déjà énormément. Mais, désormais au contact de ses émotions, il ne retenait plus ses larmes.

Il avait rendez-vous à l'heure du déjeuner, un rendez-vous qu'il avait trop longtemps différé. Il traversa Bangkok en taxi jusqu'au Peninsula, où l'attendait Erwan, son père, à la terrasse du restaurant. Tout son corps était contracté : d'abord la mort de Phueng, maintenant les retrouvailles avec son père. Comment la rencontre allait-elle se passer ?

Une hôtesse l'escorta jusqu'à la table où patientait un homme mince, presque maigre, de taille moyenne, vêtu d'un costume beige en lin. Ils s'enlacèrent, se firent deux bises, puis s'assirent l'un en face de l'autre à l'ombre d'un frangipanier en fleur. La vue était imprenable sur le fleuve, mais Malo ne s'en aperçut même pas.

Père et fils se regardèrent un moment.

— Je suis heureux de te voir, dit Erwan en premier. Tu as tellement changé.

Malo ne sut quoi répondre. Son père ne correspondait plus à l'image qu'il avait gardée de lui à New York : celle d'un homme au regard fuyant, détruit par l'alcool et ravagé par la souffrance. Non, en face de lui, se tenait un homme aux cheveux grisonnants, dont les stigmates du visage s'étaient effacés pour laisser place à une forme de force tranquille. Il voyait à présent en lui des points de ressemblance avec Phueng. Était-il en train de projeter sur lui l'image de sa grand-mère ? Après tout, Erwan était son fils ! Ses pensées tournaient dans sa tête déjà bien encombrée. Malo était avide de réponses.

— Comment as-tu retrouvé Phueng ? demanda-t-il à brûle-pourpoint.

Tandis que le serveur amenait à table une bouteille d'eau minérale, Erwan commença son récit sans se faire prier.

— C'est une longue histoire, laisse-moi la reprendre depuis le début. Très jeune, j'ai senti que quelque chose clochait en moi. J'étais toujours en quête d'un ailleurs, d'autres terres. Je cherchais des ressemblances avec mes parents, mais plus je grandissais, moins j'en trouvais.

J'étais mal dans ma peau, Madou et le Capitaine faisaient tout pour me rendre heureux, mais rien ne semblait jamais suffire pour atténuer ma souffrance. J'aurais tout fait pour éteindre cette douleur intérieure. Heureusement, j'avais le sens des études et mes notes me permirent d'intégrer de bonnes écoles, tout comme toi. Puis j'ai rencontré ta maman qui a, instantanément, trouvé le chemin de mon cœur ; elle a transformé mon âme asséchée en une fontaine de douceur. J'ai commencé à travailler, nous étions heureux, amoureux. Le bonheur culmina à son apogée lorsque tu es né. Tu représentais le fruit de notre amour, nous t'aimions plus que tout. Tu nous apportais une joie que nous n'avions jamais connue.

Malo écoutait attentivement son père, c'était la première fois qu'il lui parlait ainsi. Il ne lui restait que peu de souvenirs de cette période, mis à part les bras de sa mère qui le câlinait en souriant. Elle lui manquait tant.

Un serveur revint pour prendre la commande, mais aucun des plats du chef n'aurait pu nourrir Malo mieux que le récit de son père. Il attendit la suite comme un nourrisson, la bouche ouverte, dans l'attente de la cuillérée suivante.

— Après l'accident mortel de ta maman, mon mal-être est remonté comme un geyser à la surface. J'ai perdu pied. Te voir orphelin de mère me renvoyait à une violence intérieure encore inexplicable pour moi. Plus j'étais proche de toi, plus je ressentais cette douleur. J'ai fui dans le travail et l'alcool pour m'anesthésier, mais cela ne suffisait pas : dès que je te voyais, je voyais ta mère, tu lui ressembles tant. J'ai essayé de mettre fin à mes jours, et même cela, je n'ai pas réussi. Alors j'ai pris la décision de m'éloigner de toi pour ta propre survie et de te confier à l'assistante sociale, puis à tes grands-parents. Quelque part, je savais que la mort de ta mère avait réveillé le monstre en moi, un abîme de souffrance. C'est Marc, que tu connais, qui m'a poussé à creuser plus en profondeur : il a compris le premier qu'un événement tragique, sans doute traumatique, dont je n'avais pas gardé le souvenir, était à l'origine de cette souffrance qui semblait ne jamais vouloir s'éteindre. Il m'a épaulé, m'a poussé à consulter un psychanalyste. Mais j'étais seul et perdu, à la recherche de mes origines.

— Tu n'en as pas parlé à tes parents ? Enfin, je veux dire à Madou et au Capitaine ?

— J'avais honte, je ne les voyais presque plus. Jamais ils ne m'avaient fait porter le poids de mon absence ; ils s'occupaient de toi avec tellement d'amour que je ne me suis pas donné le droit de les ennuyer avec mes questions. Tout était devenu doute en moi, jusqu'à ma filiation. Alors, en secret, j'ai fait un test génétique.

Erwan soupira. Malo se massa la nuque d'une main, en patientant pour la suite du récit.

— Quand je suis revenu à Noël, l'année de tes 18 ans, je leur ai annoncé que le test révélait des origines asiatiques. Ils ont blêmi, ne voulaient rien entendre, mais j'étais comme un chien enragé qui ne lâcherait son os pour rien au monde. Madou s'est alors levée et m'a ramené la photo que Phueng avait laissée sur mon ventre. Son prénom et son nom ainsi que celui de mon père biologique y étaient inscrits. Toutes ces années, ils avaient gardé le secret, malgré ma souffrance. Ce soir-là du réveillon, j'étais dans une colère telle que tu t'en souviens peut-être. Par la suite, j'ai entamé des recherches qui ont duré des années. Je suis partie en Asie, j'ai parcouru le Vietnam, le Laos, la Chine, la Thaïlande, l'Indonésie pour retrouver mon père et ma mère. En vain !

— Alors, comment as-tu fait ? s'impatienta Malo.

— Un soir, j'ai reçu un appel d'une personne à qui j'avais laissé un message lors de mes recherches et qui portait le même nom que mon père. Il m'a appris qu'une partie de ma famille s'était réfugiée en Thaïlande. Je n'avais pas d'autres précisions, mais, hasard ou coïncidence, lors d'un cocktail, j'ai rencontré Bertrand qui m'a parlé de sa boîte et convaincu de l'acheter. Et…

— Comment ça, XSoftware t'appartient ? Je ne comprends pas. C'est toi alors qui m'as fait venir ici ! Ça fait longtemps que tu tires les ficelles de ma carrière ?

Malo se sentait trahi. Sa réussite était sans doute la seule chose dont il était fier dans sa vie.

— Non, Malo, ta réussite t'appartient à 100 %, je te le promets. Je t'ai observé faire tes armes, je t'ai vu tomber, te relever, échouer, puis te redresser une nouvelle fois. Ça aurait été simple pour moi de te donner accès à n'importe quel poste de direction, mais je ne l'ai pas fait pour que tu acquières les bonnes stratégies. Et, crois-moi, j'ai serré les dents à plusieurs reprises en te regardant un genou à terre. Tu es doué pour les affaires et tu as réussi parce que tu as du talent, que tu es courageux, que tu as un cœur énorme, et que tu es un homme rare !

Erwan avait pris un ton autoritaire. Il se radoucit.

— Tu t'es battu comme un lion, alors que tu étais seul. C'est ton courage qui m'a tenu debout, pas le mien. Je serais mort depuis longtemps si tu ne m'avais pas montré le chemin.

Malo regardait son père, ébahi. Il ne l'avait jamais entendu lui adresser le moindre compliment.

— Oui, enfin, c'est quand même toi qui m'as fait venir ici.

— C'est Phueng qui m'a convaincu. Laisse-moi finir si tu veux comprendre, et, peut-être, pourras-tu me pardonner.

Malo prit un air renfrogné.

— Vas-y, je t'écoute.

— Un soir, alors que nous concluions le rachat dans le bureau de Bertrand, Phueng, qui finissait son service, est entrée déposer ses coco-locos. Dès que j'ai croisé son regard, mon cœur a explosé. Bertrand m'a assuré qu'elle produisait cet effet sur tout le monde. Je n'avais jamais ressenti cette vibration avec personne. Quand elle a refermé la porte derrière elle, j'ai demandé, fébrile, son prénom à Bertrand. Lorsqu'il a prononcé « Phueng », mon cœur s'est arrêté de battre. J'en étais sûr, c'était elle, je le savais au plus profond de mes tripes.

— Mais, elle t'a reconnu ?

— Tout de suite ! Elle a marqué un temps, ses larmes ont coulé, puis elle s'est retirée pour ne pas nous déranger.

— Du Phueng tout craché !

— J'ai écourté la soirée, confié les contrats à Bertrand et j'ai couru comme un fou vers la sortie. Elle était là sur le banc qui fait face à l'immeuble, attendant tranquillement que je la rejoigne. Nos regards se sont trouvés immédiatement, elle s'est levée, s'est avancée vers moi les yeux embués, je me suis jeté dans les bras de cette inconnue et j'ai pleuré pendant près d'une heure toutes les larmes que j'avais retenues. Mes cellules reconnaissaient son parfum, sa peau, ses caresses. J'étais dans les bras de ma mère cinquante ans plus tard.

— Comment étais-tu sûr ? Tu n'avais aucun doute ? Tu n'es même pas typé asiatique. Je le suis presque plus que toi.

— Mon cœur et mon corps ont parlé. C'était le langage de l'évidence. Puis elle a énuméré toutes mes marques de fabrique. « Ta petite tache sur la hanche a dû grandir ? Et ta cicatrice sur le pied ? » J'ai sorti la photo qu'elle avait laissée sous mon tee-shirt quand j'étais enfant, elle l'a longuement regardée, et nous nous sommes installés dans un restaurant de rue pour discuter. Elle n'en revenait pas de voir à quel point je ressemblais à mon grand-père paternel qui était américain. C'est pour cela : mes gènes occidentaux priment sur mes caractéristiques asiatiques.

— Américain ?

— Oui, le mari de Phueng, Minh Tam, mon père biologique, était viet-américain. Son père travaillait pour l'ambassade des États-Unis au Vietnam où il a rencontré sa femme, ma grand-mère. Phueng et Minh Tam ont cherché à rapatrier la famille en Thaïlande quand la guerre a éclaté, mais il a été tué rapidement. Phueng a été faite prisonnière après m'avoir déposé dans le bateau du Capitaine qui faisait partie des navires des alliés français qui aidaient au ravitaillement après la guerre d'Indochine.

— Qu'est-ce qu'il s'est passé après ?

— Je lui ai raconté ma vie, puis la tienne que je suivais de très près, même si tu n'en savais rien. Elle m'a posé beaucoup de questions sur moi, sur toi, puis elle m'a donné rendez-vous au marché de nuit le lendemain. Elle m'a présenté ma sœur et Kyet sans dévoiler mon identité et m'a supplié de garder le silence quelque temps.

— Pourquoi ?

— Je n'ai pas compris immédiatement. Elle m'a expliqué que tu devais probablement souffrir des mêmes maux que moi et qu'elle seule pouvait mettre un terme à cette souffrance. Elle m'a imploré de te faire venir. Nos rapports étant…

Erwan chercha le mot le plus approprié.

— Inexistants, tu peux le dire, compléta Malo, avec ironie.

— Oui, soupira son père. J'ai pensé qu'après la fin de ton contrat à New York, tu pourrais donner un coup de main à Bertrand qui semblait à bout de souffle.

— Phueng t'a demandé de me faire venir ici parce que je souffrais des mêmes maux que toi. Ça veut dire quoi ?

— Elle m'a expliqué qu'elle souhaitait réparer avant de partir la faille génétique qu'elle avait créée en m'abandonnant.

Erwan s'essuya le front.

— Elle affirmait que, en raison de son acte, les générations qui suivraient seraient impactées par cet abandon. Il était important pour elle de t'en libérer afin que tes descendants n'aient pas à le subir. Les cellules ont une mémoire, nous pouvons transmettre par nos gènes ce type de syndrome. Je voulais aller te voir et tout te raconter, mais elle m'en a empêché. Je devais m'écarter pendant un mois et la laisser faire. Elle ne m'a jamais tenu informé de vos échanges, et le peu de fois où je l'ai vue, elle ne cessait de répéter que tu étais extraordinaire, qu'elle était malheureuse de nous avoir créé tant de douleur, mais qu'elle était si fière de toi.

Les mots s'enrayaient dans la gorge d'Erwan. Son fils restait silencieux, il n'arrivait plus à faire le tri entre ses émotions.

— Malo, je regrette beaucoup de choses dans ma vie. Je ne peux pas rattraper le passé et je te présente mes excuses pour tout ce que je t'ai fait endurer. Pour mon absence. Je me sentais tellement « mauvais » au fond de moi, j'avais si peur de te faire du mal, j'étais dangereux. J'ai fait le choix de te confier à Madou et au Capitaine plutôt que de t'imposer ma violence.

Malo le regardait intensément.

— Je ne cherche pas à me justifier, reprit son père, je suis le seul responsable de mes actes, mais, à refaire, je m'écarterais de la même façon de toi, parce que je t'aimais trop pour imaginer te mettre en danger.

Malo le fusilla de ses yeux embués.

— Ton absence était bien plus violente qu'un coup de poing !

— Je suis sincèrement désolé, je n'ai pas su faire mieux, j'ai vécu à côté de ma vie à la recherche de la vérité, je suis passé à côté de toi. Je m'en veux terriblement.

— Au moins, tu l'as trouvée !

Erwan hocha la tête, puis but une gorgée d'eau. Malo continua :

— Tout ça n'a plus d'importance, c'est trop tard maintenant, je...

Il se tut, son père ne lâchait plus son regard.

— Je me battrai avec la même force que toi, pour toi, pour te voir t'épanouir, je suis là... tout le temps qu'il me restera, Malo.

— Il va falloir faire vite !

— Je sais, soupira Erwan. Marc t'a expliqué comment cela allait se passer ?

— Bien sûr ! Qu'est-ce que tu crois ? Tu aurais pu te manifester !

— Malo, je te souhaite de me pardonner... non pas pour moi, mais pour être en paix avec toi. Tu essaieras ?

— Oui, je tenterai. Je te remercie pour cette conversation, elle m'a fait du bien, se radoucit Malo.

Ils n'avaient rien mangé ni l'un ni l'autre. Avant de partir, Malo ne put s'empêcher de lui demander :

— Crois-tu possible d'abandonner par amour ?

— Je ne sais pas, Malo. Phueng nous dirait d'écouter notre cœur, lui seul sait. Mais je regretterai toute ma vie de ne pas avoir été à la hauteur de mon rôle de père.

Surprise

> *« L'ouverture d'esprit n'est pas une fracture du crâne ! »*
>
> Pierre DESPROGES

Matthieu sortait tout juste de la salle de réunion, quand un beau blond aux cheveux ébouriffés, mal rasé, déboula devant lui. Les deux hommes se fixèrent un moment.

— Je cherche Malo, j'arrive de France. Je suis Benjamin, un ami, ajouta-t-il tout bas.

Zoé, qui avait assisté à la scène, prit les choses en main, devant l'air ahuri de Matthieu. Elle appela Malo, qui finalisait des dossiers dans son bureau. Quand il aperçut Benjamin, il se jeta dans ses bras. Les deux amis se serrèrent à s'en étouffer. Zoé tira Matthieu par la manche pour les laisser seuls.

— Je suis tellement heureux de te voir ! s'exclama Malo.

La présence de Benjamin en ces moments dramatiques lui faisait oublier la rancœur qu'il avait envers lui.

Benjamin prit un air grave.

— Je suis désolé de débarquer à l'improviste, mais il faut que je te parle.

Malo l'entraîna dans son bureau.

— Tu ne connaîtrais pas un endroit plus… enfin moins…

Malo sourit.

— Oui, bien sûr, tu as déjeuné ?

— Euh… pour tout te dire, je suis parti aux aurores de Brest pour un vol de Paris à midi, je ne sais plus trop bien si c'est le soir, le matin, la veille ou le lendemain.

— Tu veux prendre une douche à la maison ?

— Je vais plutôt chercher un hôtel rapidement.

— C'est hors de question ! Tu dors chez moi.

Sans laisser le choix à son ami, Malo saisit son sac de voyage et prévint ses collègues de son absence pour le reste de l'après-midi. Matthieu, sous le charme de cette brève apparition, en profita pour glisser un message à Benjamin.

— Si vous avez besoin d'une visite guidée, je suis votre hôte.

Malo sourit malgré lui. Il fit les présentations rapidement puis les deux hommes s'engouffrèrent dans l'ascenseur qui les mena en quelques secondes une centaine de mètres plus bas.

Arrivés à l'appartement, après que Benjamin se fut rafraîchi, Malo décapsula deux bouteilles de bière et lui en tendit une pour trinquer à leurs retrouvailles. Benjamin se lança le premier.

— Je ne sais pas trop par où commencer ! soupira-t-il en se passant la main dans les cheveux. Cela fait si longtemps… La dernière fois que l'on s'est vus, c'était dans l'escalier chez Justine. Tu te souviens ?

À l'annonce du prénom de Justine, le cœur de Malo se serra. Benjamin continua :

— Bon... voilà, quand on s'est croisés dans l'escalier chez Justine, je pensais que tu partais parce que tu m'en voulais de t'avoir menti, ou plutôt de ne rien t'avoir avoué !

— Mets-toi à ma place ! Tu aurais pu m'en parler quand même ! Tu étais mon ami, non ? Si ta copine t'avait trompé, je te l'aurais dit, c'est sûr !

— Je ne parle pas de ça... je fais référence à... comment t'annoncer... Samuel.

— Oui, oui, j'ai bien compris ! Tu étais au courant depuis quand ?

Benjamin marqua un temps et planta ses yeux dans ceux de Malo.

— Tu savais que j'étais gay ?

— Mais qu'est-ce que tu me racontes ? se mit à rire Malo.

— C'est bien ce qu'il me semblait !

Benjamin rassembla ses forces pour parler.

— Sam était mon petit ami.

Malo s'arrêta de rire instantanément. Il posa sa bière sur la table basse et se prit la tête entre les mains.

— Quel con je fais !

Il se redressa.

— Mais pourquoi Justine m'a fait croire qu'ils étaient ensemble ?

— Parce que tu avais été reçu à Harvard et elle savait parfaitement que tu n'irais jamais sans elle. Elle ne voulait pas que tu le regrettes.

— Mais quel con je fais, répéta Malo en se jetant en arrière sur son fauteuil, les mains sur la tête. Pourquoi a-t-elle fait ça ? On s'aimait tant !

— Je me suis fait avoir comme toi, mon vieux.

— Comment ça ?

— Quand je t'ai croisé dans l'escalier ce jour-là, j'ai pensé que tu étais fâché contre moi en raison de mon homosexualité.

— Ah oui, toi, t'es franchement au moins aussi con que moi ! Comment as-tu pu imaginer une seconde que je puisse t'en vouloir d'être homo ?

— Quand je suis rentré, Justine n'a pas démenti. Elle savait qu'en me disant la vérité je te rattraperais et te raconterais tout. J'étais tellement sonné de ta réaction envers moi que je t'ai laissé partir.

Benjamin marqua un temps et reprit :

— Et toi, comment as-tu pu croire une seconde que Justine te trompait ?

— Samuel était toujours avec nous, jamais je n'ai imaginé que vous étiez ensemble ! Je pensais qu'il tournait autour de Justine. Alors quand je l'ai vue sortir de sa chambre, toute gênée, j'ai foncé tout droit. Samuel était dans son lit !

— Elle nous l'avait laissé.

— Mais qu'est-ce que vous foutiez chez elle ?

— Mon père m'avait jeté dehors en pleine nuit après m'avoir surpris avec Sam, et Justine nous avait accueillis. Elle n'a posé aucune question, nous a installés dans sa chambre et s'est endormie sur le canapé. Je revenais de la boulangerie quand je t'ai croisé dans l'escalier.

Malo se remémorait parfaitement cette scène qu'il ressassait tous les jours depuis presque sept ans.

— Elle ne m'a jamais rappelé.

— Elle est allée te voir à New York.

Benjamin lui raconta comment elle l'avait aperçu dans les bras d'une autre et avait décidé après cela de ne plus jamais l'importuner. Pendant tout ce temps, Malo se répétait en boucle à quel point il avait pu être stupide.

— Mais ce n'est pas tout ! ajouta Benjamin, sachant que le plus dur restait à venir.

— Comment ça ?

— Ce qui suit n'est pas facile à entendre, je te demande de garder ton calme.

Malo se redressa sur sa chaise, les yeux vissés dans ceux de son ami qui semblait de plus en plus mal à l'aise.

— Quand tu es parti, tu avais déjà laissé un cadeau dans le ventre de Justine.

Malo blêmit d'un coup.

— Lou va bientôt avoir 7 ans, c'est un don du ciel, un magnifique mélange de mes deux meilleurs amis.

Benjamin sortit son téléphone portable et fit défiler des dizaines de photos sous les yeux ébahis de Malo, qui n'avait toujours pas dit un mot. Des larmes d'émotion l'envahirent.

— Voilà, tu sais tout cette fois-ci, murmura Benjamin.

— J'ai une petite fille, je ne la connais pas. L'abandon de génération en génération… Phueng l'avait prédit ! chuchota Malo, en scrutant les photos que Benjamin lui commentait.

En quelques secondes se succédèrent toutes les erreurs et décisions hâtives qui, à l'échelle d'une vie, avaient sillonné la route opposée à celle de son cœur.

Les deux hommes discutèrent toute la nuit jusqu'à ce que les paupières de Benjamin faiblissent. Quand il fut couché, Malo retourna regarder sur son téléphone les photos de Lou et Justine. Il aurait tellement voulu leur parler, partager leur quotidien... mais pour leur dire quoi ? Qu'il allait bientôt mourir ?

Phueng avait abandonné son fils par amour, Justine l'avait quitté pour qu'il se réalise : qu'oserait-il faire, lui, pour changer le cours du destin de sa fille, afin qu'elle ne souffre pas elle aussi des mêmes blessures d'abandon ?

Il s'endormit d'un sommeil agité. N'était-ce pas à son tour de déserter plutôt que d'imposer sa mort aux deux femmes de sa vie ?

Si tu m'aimes

« J'aime les gens qui pour briller n'éteignent pas les autres. »

Raffaele Iovino

Malo et Erwan avaient passé la matinée à s'occuper avec Kyet et Pranee de l'organisation des funérailles. Surpan et Saroj se tenaient également à leurs côtés, l'aîné s'assurant du respect des traditions. Le cérémonial s'étalerait sur plusieurs jours : le corps serait ramené le lendemain chez la défunte pour une mise en cercueil auprès de ses proches, dans le strict respect des coutumes thaïlandaises et selon les vœux de Phueng. Le cérémonial durerait ensuite jusqu'à la crémation, organisée par les moines du temple où Phueng se rendait presque tous les jours.

Benjamin avait rejoint Malo dans l'après-midi au marché aux fleurs avec une liste précise de courses à acheter pour la cérémonie que Pranee leur avait fournie. En voyant son ami si peiné, il l'entoura de ses deux bras.

— À la vie, à la mort ! s'écrièrent-ils d'une seule voix en souriant tristement.

Les deux hommes se faufilèrent ensuite dans les méandres du marché couvert que Malo connaissait bien maintenant. Ils déambulèrent jusqu'au secteur des plantes, demandèrent à parler à la personne choisie par Pranee puis lui remirent la liste écrite en thaïlandais. Malo y ajouta une immense couronne en forme de cœur, puis régla la commande que le fleuriste livrerait dans la soirée. L'autel serait constitué de cinq marches recouvertes d'œillets orange et jaunes, de roses rouges, et de lys blancs alignés fleur par fleur, le tout trié en bandes de couleur. Au centre, la grande couronne serait déposée avec la photo encadrée du visage de Phueng, toujours aussi souriant.

Des dizaines de personnes se succédèrent toute la soirée autour du corps placé face à l'autel. Des offrandes de fruits et de plantes étaient disposées sur des plateaux dorés. La pièce embaumait l'encens.

Malo regardait les invités s'agenouiller les uns après les autres et faire couler un peu d'eau parfumée sur la main de sa grand-mère, en signe de respect et d'adieu. Lorsqu'il ne resta que la famille proche, Pranee fit signe au délégué du temple, qui s'était déplacé pour cette première veillée, de prendre le relais. Elle demanda aux membres de la famille de se tenir prêts pour la mise en bière. Le cercueil fut installé au pied de l'autel, Pranee passa un fil de coton autour des mains de sa mère, le fit dépasser du cercueil, puis tout autour de la maison pour garder le contact, expliqua-t-elle à Erwan et Malo. Pendant trois jours, les cérémonies d'adieu se succédèrent. Villageois, amis, connaissances se réunissaient à la tombée de la nuit pour répéter les mêmes gestes, bercés par des sutras que récitaient quatre moines. Pranee laissait toujours à disposition une soupe de riz qui était servie après le départ des moines.

Quand vint le jour de la crémation, le corps de Phueng fut emmené au temple. En présence des religieux, des coups de feu furent tirés en l'air pour chasser les mauvais esprits qui auraient l'idée de la suivre et pour faire peur à l'âme du défunt afin qu'il ne reste pas à côté de sa maison.

Un dernier hommage fut rendu par les centaines de personnes présentes, dont les salariés de XSoftware qui avaient tous fait le déplacement. Le temple était plein, des micros diffusaient le son des prières jusqu'à l'extérieur pour ceux qui n'avaient pas eu la chance de trouver une place.

Avant le départ de Phueng pour le grand ailleurs, Surpan s'avança vers un religieux et lui expliqua que sa sœur avait laissé une lettre à l'attention de tous. Phueng avait demandé qu'elle reste cachetée jusqu'à ce moment précis, et que son fils Erwan la lise en français tandis que son frère Surpan la traduirait simultanément.

Tremblant, Erwan décacheta l'enveloppe, ajusta sa voix par un toussotement, prit une longue inspiration et commença la lecture en prenant soin de s'arrêter à chaque phrase pour que son oncle ait le temps de traduire.

Mes chers petits, mes chers amis,

L'enfant a fleuri, s'est transformée en une jeune fille puis en la femme que j'étais qui a fait place à une vieille dame aujourd'hui. Me voilà le cœur léger, dans une joie profonde, laissant, je le sais, un morceau de moi en vous.

Au moment où vous entendrez ces mots, je serai hors de votre champ de vision, mais soyez sûrs que je serai là, tout près de vous et pour toujours.

Permettez-moi de partager avec vous ce texte que mon mari chéri m'avait remis avant de partir à la guerre. Cet écrit m'a accompagnée toute ma vie : « Ne pleure pas si tu m'aimes », poème de saint Augustin.

La mort n'est rien,
je suis seulement passé de l'autre côté.
Je suis Moi, tu es Toi.
Ce que nous étions l'un pour l'autre, je le suis toujours.
Donne-moi le nom que tu m'as toujours donné,
parle-moi comme tu l'as toujours fait.
N'emploie pas un ton différent,
ne prends pas un air solennel ou triste.
Continue à rire de ce qui nous faisait rire ensemble.
Prie, souris,
pense à moi,
prie pour moi.

Que mon nom soit prononcé à la maison comme il l'a toujours été,
sans emphase d'aucune sorte,
sans une trace d'ombre.

La vie signifie toujours ce qu'elle a toujours signifié.

Elle reste ce qu'elle a toujours été.

Le fil n'est pas coupé.

Pourquoi serais-je hors de ta pensée,
simplement parce que je suis hors de ta vue ?

Je t'attends, je ne suis pas loin, juste de l'autre côté du chemin.

Tu vois, tout est bien...

Ne pleure pas si tu m'aimes !

Si tu savais le don de Dieu et ce qu'est le Ciel !

Si tu pouvais d'ici entendre le chant des anges et me voir au milieu d'eux !

Si tu pouvais voir se dérouler sous tes yeux les horizons et les nouveaux sentiers où je marche !

Si, un instant, tu pouvais contempler comme moi la Beauté devant laquelle toutes les beautés pâlissent !

Crois-moi, quand la mort viendra briser tes liens comme elle a brisé ceux qui m'enchaînaient, et quand, un jour que Dieu seul connaît, ton âme viendra dans ce Ciel où l'a précédée la mienne... ce jour-là, tu me reverras et tu retrouveras mon affection purifiée. (...)

Tu me reverras donc, transfiguré dans l'extase et le bonheur, non plus attendant la mort, mais avançant, d'instant en instant avec toi, dans les sentiers nouveaux de la Lumière et de la Vie !

Alors... essuie tes larmes, et ne pleure plus... Si tu m'aimes !

À tout de suite donc,

Phueng,

Votre mère, votre grand-mère, votre tante,
votre amie qui vous aime
pour toujours dans l'infinité

Ils l'aimaient tous, mais ils pleuraient ! Zoé sanglotait dans les bras de Marie-Odile, soutenue par l'épaule de Matthieu. Le trou béant laissé par la disparition de Phueng était à la hauteur de l'amour qu'ils lui portaient.

Après un long moment de recueillement, les moines proposèrent à la famille de convoyer le cercueil jusqu'à l'incinérateur. Des coups de feu accompagnèrent encore les larmes. Bientôt, les bougies n'éclairèrent plus que son absence.

Il est des vies qui inspirent celles des autres pour toujours !

Une étoile dans le ciel

> « *La solitude n'est pas l'absence de compagnie, mais le moment où notre âme est libre de converser avec nous et de nous aider à décider de nos vies.* »
>
> *Le Manuscrit retrouvé*,
> Paulo COELHO

Malo avait pris sa décision. Il allait rentrer en Bretagne au plus vite. Il n'allait pas abandonner sa fille par amour, lui aussi. Même s'il disposait de peu de temps, il allait lui graver assez d'amour dans le cœur pour qu'elle puisse y puiser la force de grandir. Quant à Justine, il voulait la libérer de sa culpabilité afin qu'elle puisse s'épanouir et aimer de nouveau.

— Benji, je repars avec toi la semaine prochaine ! annonça-t-il à son ami au moment où celui-ci sortait de la salle de bains, parfumé et habillé. Ouh là, tu cocottes à mille lieues ! Tu t'es fait coquet pour moi ?

Benjamin avait revêtu un pantalon à pince bleu marine, une chemise blanche et une paire de tennis dernier cri.

— Comment me trouves-tu ?

— Beau comme un dieu ! ironisa Malo.

Benjamin tira sur les manchettes pour les ajuster.

— Ça t'ennuie si je te fais faux bond ce soir ? demanda-t-il, gêné.

— Non, bien sûr que non. Tu as un rancard ?

Benjamin se tortillait comme un enfant qui n'ose lâcher son secret.

— Oui, en fait... si tu es d'accord, Matthieu m'a proposé de dîner en ville... enfin si...

Malo sourit.

— Je suis très content pour vous deux. Matthieu est un type génial... Et toi aussi !

Le visage de Benjamin s'illumina.

— Tu peux venir si tu veux, ça te changerait les idées.

— Tu as besoin que je te tienne la chandelle ?

— Ce serait un juste retour des choses ! Je l'ai fait plus d'une fois avec toi et Justine.

Benjamin marqua un temps et reprit :

— Elle ne sait pas que je suis là. Elle va être très surprise de te voir, elle n'en parle jamais, mais je crois qu'elle espère toujours que tu vas revenir.

— Merci pour tout ce que tu as fait pour moi depuis toujours, pour Justine, pour Lou...

Le jeune homme mit une tape dans le dos de Malo.

— Alors, c'est certain ? Tu rentres avec moi ?

— Oui, j'espère que c'est la bonne décision, mais je dois te dire...

— Tu vas faire des heureux, sois tranquille ! Moi le premier ! le coupa Benji en le serrant dans ses bras.

L'interphone sonna et la porte d'entrée s'ouvrit sur Matthieu qui, lui aussi, avait fait un effort vestimentaire... dans un style toutefois plus décontracté : un bermuda en lin beige, une chemise blanche et des mocassins souples marron. Ils étaient beaux à voir tous les deux.

Une fois seul, Malo se planta face à la baie vitrée, le regard perdu sur les lumières de Bangkok. Pensant très fort à Phueng, il chercha dans le ciel une magnifique étoile et lui dédia. Avait-elle rejoint sa fille ? Peut-être aussi sa mère ? Qui sait ?

Il fit défiler une nouvelle fois sur son écran les photos de Justine et Lou que Benjamin lui avait transférées.

Sa décision était prise : Lou devait grandir dans la vérité.

L'interphone sonna de nouveau, laissant apparaître devant la vidéosurveillance Marc, son médecin.

— Je suis désolé de te déranger, mais il faut que je te parle.

Malo le fit monter. Qu'allait-il encore lui annoncer ? C'était la première fois qu'il se déplaçait ainsi chez lui.

— Je suis vraiment navré de débarquer chez toi à l'improviste. Je voulais te parler en face à face.

Malo blêmit.

— Je t'écoute.
— J'ai besoin de toi, Malo.
— De moi ?
— J'ai eu un confrère de Paris qui travaille sur cette maladie depuis plusieurs années. Je ne vais pas te faire de fausses joies, il n'a pas trouvé le chemin de la guérison, mais son protocole, encore expérimental, freine la progression dégénérative.
— C'est plutôt une bonne nouvelle, non ?
— Je suis d'accord, le problème c'est que ton père ne veut rien entendre. Or il faut aller vite. Chaque jour qui passe amoindrit les chances de réussite.
— Enfin, Marc, s'exclama Malo effaré, je suis assez grand pour décider tout seul !
— Non, pas sans son consentement, Malo.
— Tu plaisantes ou quoi ? Je te rappelle que j'ai 28 ans, je n'ai plus besoin de l'aval de mon paternel. Et depuis bien longtemps d'ailleurs, s'énerva Malo.

Marc secoua la tête comme s'il ne comprenait pas et reprit à voix basse.
— Je pense que tu pourrais le convaincre.
— Et je peux savoir pourquoi il se braque à ce point ?
— Maintenant qu'il a fait la paix avec lui-même et t'a retrouvé, il veut rester près de toi. Il m'a dit que sa décision était définitive.
— Sa réaction me dépasse, moi qui croyais qu'il avait changé !
— Je ne peux pas forcer un patient, mais je suis sûr que tu pourras trouver les mots pour le convaincre.

Malo, hébété, dévisageait le médecin.

— Mais, enfin, c'est quand même de ma santé qu'il s'agit ! s'écria-t-il.

Marc le regarda et recula d'un pas.

— Tout va bien, Malo ? Tu as les yeux cernés. Tu es sûr que tu dors assez ? Tu as toujours tes maux de tête ?

— Oui, ça t'étonne ? rétorqua ce dernier agacé. Écoute, Marc, dans mon état, tu comprendras que je veuille tout faire pour m'en sortir et si ton ami peut m'aider, alors je pense que ça vaut le coup, non ?

— Bien sûr, mais Erwan tient à passer ses derniers jours avec toi, et pas à l'hôpital, c'est légitime. Sa maladie est vraiment…

— Sa maladie ? Quelle maladie ?

Malo ne comprenait plus rien à ce que lui racontait Marc.

— Il a la même maladie que moi, c'est ça ? Dis-moi la vérité.

— Malo, tu n'as rien de grave à ce que je sache ! C'est ton père qui est malade !

La mâchoire de Malo tomba d'un étage et il courut vomir dans les toilettes. Quand il revint, Marc n'avait pas bougé de place.

— C'est mon père que tu évoques depuis le début ?

— Bien sûr ! Qu'as-tu compris ?

— Je t'ai surpris, toi et ton collègue, parler… du dossier Sandler, le jour où j'avais rendez-vous avec toi.

— De quel rendez-vous parles-tu ?

— Mais tu m'as laissé un message il y a plusieurs semaines me demandant de venir te voir en urgence !

— Comment ça ?

Malo fouilla rapidement dans sa messagerie et lui fit écouter le message. Des gouttes de sueur perlèrent sur le front de Marc qui venait de comprendre.

— Je me suis trompé de numéro, vous êtes répertoriés à la suite l'un de l'autre, je pensais appeler ton père.

Un long silence ponctua cette révélation.

— Je suis sincèrement désolé, Malo, de ce quiproquo. Je n'imagine pas ce que tu as dû endurer.

— Et mes maux de tête alors ? Mes analyses ?

— Mais je t'ai donné tes résultats, tu n'as rien d'anormal, sans doute un excès de travail.

Malo s'affaissa sur le canapé, soulagé d'avoir obtenu ce sursis, néanmoins effondré à l'idée d'apprendre que son père était mourant alors qu'ils venaient tout juste de se retrouver.

— Ne te fais pas de souci pour mon père, j'ai les arguments qu'il faut pour le rapatrier avec moi, finit-il par lâcher, les yeux dans le vide.

Après le départ de Marc, Malo inspira l'air doux de Bangkok, puis expira ses peurs. Au moment où il leva les yeux vers l'étoile de Phueng, il crut l'entendre chuchoter :

— File, mon petit, file vers ton avenir !

L'un pour l'autre

> *« L'amour est un secret entre deux cœurs, un mystère entre deux âmes. »*
>
> Henri-Frédéric AMIEL

Justine décrocha dès la première sonnerie.

— Je te dérange ? Tu es au travail ? s'enquit Malo d'une voix hésitante.

— Oui… enfin non, j'allais partir ! Attends, ne quitte pas. C'est un appel urgent, chuchota-t-elle à sa collègue, je te laisse finir, je dois filer chercher Lou.

— Allô… Malo, je suis heureuse de t'entendre.

— Moi aussi… *Si tu savais*, pensa-t-il.

— Il faut que je te parle, c'est très important.

Justine passa par le vestiaire pour y déposer sa blouse et récupérer son sac à main. Tout en poursuivant la conversation, elle s'engagea vers le parking en pressant le pas.

— Je suis là.

Elle claqua la porte de la voiture, démarra le véhicule, bascula son téléphone sur le mode Bluetooth et se dirigea vers le port.

— Comment vas-tu ? demanda Malo avec tendresse.

Elle prit une grande inspiration.

— Ça va, soupira-t-elle, les yeux troublés de larmes.

Malo l'écoutait sans pouvoir détacher les yeux de sa photo.

— Non, ça ne va pas, Malo, je suis très inquiète, finit-elle par avouer. Par ma faute, Benjamin a disparu…

Elle éclata en sanglots.

— J'ai menti à tout le monde, à toi le premier… je t'aime tellement…

— Calme-toi, Justine, Benjamin est avec moi à Bangkok.

— À Bangkok ? répéta-t-elle, stupéfaite.

Son pied s'enfonça sur la pédale de frein et le véhicule stoppa net. Un embouteillage se forma, les klaxons commencèrent un concert. Un homme vint taper à son carreau.

— Ça ne va pas, mademoiselle ?

— Justine ?

— …

— Justine, tu es là ?

— Vous m'entendez ? répéta l'automobiliste.

— Oui, oui… je m'en vais, répondit Justine, d'une voix tremblante. Malo, je suis désolée, je…

— Gare-toi, Justine, je t'en prie.

— J'arrive devant la crêperie.

— Alors j'attends, ne prends pas de risques.

Justine stationna le véhicule. Malo entendit le moteur s'arrêter.

— Comment a-t-il fait ? Benjamin a toujours été phobique de l'avion.

— Il nous aime si fort tous les… trois.

Justine comprit que son ami avait tout raconté à Malo. Elle resta pétrifiée un moment, puis murmura :

— Je suis tellement désolée.

— C'est moi qui le suis, Justine, j'aurais dû me douter que tu ne pouvais pas me faire ça. Je me suis fait avoir par mon orgueil et ma jalousie maladive.

Justine ne s'attendait pas aux mots de Malo : toute sa douleur enfouie s'exprimait en une cascade de pleurs qu'elle tentait d'étouffer dans sa manche.

— Mon amour, chuchota Malo, le cauchemar est terminé.

Justine sortit un mouchoir de la boîte à gants, inspira un grand coup et reprit d'une petite voix :

— Oui, c'est fini, je quitte tout et je viens te rejoindre avec Lou.

— Non, c'est moi qui rentre cette fois-ci.

— Mais tu as tout là-bas… j'imagine…

— Ce soir, j'ai appris que j'avais une nouvelle chance pour réconquérir ma vie, je vais la saisir.

« Maman ! », hurla Lou en apercevant la voiture au loin, alors qu'elle savourait une crêpe au caramel beurre salé, assise en terrasse à côté de Madou et du Capitaine. Justine lui fit un signe de la main.

— C'est Lou que j'entends ?

— Oui, elle est avec tes grands-parents. Tu la verrais, une vraie princesse !

Malo percevait pour la deuxième fois la voix de sa fille, en même temps qu'il retrouvait le rire de Justine. Son corps se réveillait d'un long coma, des larmes de bonheur glissaient sur ses joues. Mais il craignait de rêver après ce cauchemar : était-il vraiment éveillé ? Il avait besoin de l'entendre encore.

— J'ai hâte de la connaître. Crois-tu que c'est bien pour elle que j'entre dans sa vie ? Je ne veux pas la faire souffrir, j'ai si peur d'être maladroit, elle est si petite. Je ne sais pas si je serai un bon père.

— Malo, tu es entré dans sa vie au moment où j'ai senti sa présence en moi. Pas un jour ne s'est passé sans que nous parlions de toi. Elle te connaît aussi bien que moi. Si tu voyais comme elle te ressemble !

— Mais que lui as-tu dit sur mon absence ?

— Que tu étais un aventurier, que tu étais parti parcourir le monde pour lui ramener les plus grands secrets de la vie. Elle t'attend !

Un silence se posa sur leurs lèvres. Malo reprit la parole en premier.

— Justine ?

— Oui..., *mon amour*, ajouta-t-elle en son for intérieur.

— J'ai besoin de lui avouer la vérité. Je souhaite qu'elle connaisse ma réalité, j'ai trop vécu dans les mensonges et les non-dits, ce poison qui tue à petit feu.

— Que veux-tu dire ?

— Lou ne comprendra jamais pourquoi je n'ai pas été près d'elle pendant toutes ces années. Il faut qu'elle sache que rien ne peut nous séparer, mais que je ne suis pas un héros. Elle ne doit pas m'idolâtrer ou essayer de me prouver qu'elle vaut la peine d'être aimée. Je ne veux pas qu'elle ait peur chaque matin de me voir disparaître si elle n'est pas à la hauteur. Je souhaite être à ses côtés pour l'aider à réaliser ses rêves, lui chuchoter qu'elle en est capable, mais également qu'elle a le droit d'échouer, lui assurer qu'elle peut commettre des erreurs, ne pas être parfaite, mais que rien de ce qu'elle fera ou ne fera pas ne pourra altérer l'amour que j'ai déjà pour elle.

Justine pleurait de nouveau. Malo était le seul homme à être entré dans sa vie, elle savait pourquoi elle l'attendait toujours à ce jour.

— Malo, je t'aime si fort, s'écria-t-elle sans chercher à cacher ses sentiments.

Le cœur de Malo fit un looping.

— Moi aussi, je t'aime.

— Quand rentres-tu ?

— Le plus vite possible, je te tiens au courant, mais probablement à la fin de la semaine.

— Comment va Benjamin ? Il m'en veut terriblement, je suppose.

— Non, il t'aime tellement qu'il n'y arrive pas.

— Je me fais du souci pour lui. Pas une seconde je n'ai voulu lui faire de mal.

— Ne t'inquiète pas, il va très bien, et, pour tout te dire, il est en de très bonnes mains ce soir avec l'homme qui me succède au poste de P.-D.G. demain.

— Il n'a pas perdu de temps ! Ça fait trois jours que je tente jour et nuit d'avoir de ses nouvelles.

— C'est sa petite vengeance.

— Elle est bien petite en effet au regard de la souffrance que je lui ai fait endurer.

« Maman ! » Lou se tenait devant la vitre de la voiture, accompagnée de Madou.

— C'est Benji ? Il a retrouvé papa ?

— Oui, ma chérie, il te le ramène.

— Il est trop fort mon parrain, je le savais qu'il y arriverait, je lui avais donné mon lapin pour qu'il veille sur lui.

Lou sautait sur le trottoir en criant : « Madou, Madou, il faut le dire au Capitaine, viens vite. » Elle tirait de toutes ses forces sur le bras de la grand-mère dont le cœur battait la chamade. Les yeux embués de la vieille femme ne quittèrent ceux de Justine qu'à sa confirmation d'un hochement de tête.

— Si tu avais des doutes, Malo, j'espère qu'ils se sont envolés !

— Je te rappelle vite. Tu embrasses mes grands-parents, dis-leur que je les appelle demain.

— Je le ferai.

— Justine…

— Oui…

— Prends soin de toi et de Lou, prends soin de mes deux trésors. Je vous aime si fort.

— Nous aussi… mon amour.

À bientôt

> « *Souviens-toi que là où est ton cœur, là aussi est ton trésor.* »
>
> *Un cours en miracles*,
> Helen SCHUCMAN
> et William THETFORD

Matthieu se tenait droit comme un I à côté de Malo qui avait réuni tous les salariés à l'occasion de son départ. Il annonça officiellement que Matthieu reprenait la présidence de la société, après avoir expliqué en détail la situation qu'il était en train de vivre. La déception des salariés de le voir partir fut atténuée quand ils apprirent qui assurait la relève. Mais une autre surprise, tout aussi bonne, les attendait.

— En plus d'apprendre que Phueng était ma grand-mère, mon père m'a signifié qu'il était l'actionnaire principal de XSoftware.

À ce moment, Erwan entra sous les applaudissements. Malgré ses yeux cernés en raison de la maladie qui progressait, il impressionnait toujours par son charisme. « Les chats ne font pas des chiens », pensa Marie-Odile. Il prit la parole d'un ton assuré.

— Malo m'a longuement parlé de vous tous, de votre professionnalisme.

Puis il se tourna vers Matthieu.

— Matthieu, je tiens à vous féliciter pour vos nouvelles fonctions et pour le travail de ces derniers mois. J'aimerais également remercier Marie-Odile pour ses initiatives auprès des collaborateurs et son investissement dans cette société. Je me sens rassuré d'avoir une équipe dirigeante avec d'aussi belles qualités humaines. Mais c'est vous tous, avec vos idées, votre génie, qui avez remis XSoftware dans le sillon des plus grands. Ce que vous ne savez pas encore, c'est que Bertrand a choisi de vous offrir les 20 % qu'il détient du capital de l'entreprise pour se faire pardonner sa conduite inacceptable. J'ai décidé de faire de même. Il me semble normal de vous associer à cette belle aventure en vous ouvrant à tous le capital de la société. Si Malo en est d'accord, il deviendra l'actionnaire majoritaire et nous vous distribuerons le reste des actions.

— Ça veut dire que tu seras obligé de venir nous voir de temps en temps, Malo ! se réjouit Zoé en applaudissant avec l'ensemble des nouveaux associés.

— Vous allez m'avoir sur le dos, c'est sûr, acta-t-il d'un air malicieux.

Erwan conclut son discours, ses yeux vissés dans ceux de son fils.

— Tu n'imagines pas la fierté pour un père d'avoir un garçon comme toi.

Une salve d'applaudissements salua l'action du père et du fils. Pendant que les bouchons des premières bouteilles de champagne s'envolaient dans la pièce, Malo s'approcha de Marie-Odile et Matthieu.

— Comment vous exprimer ma gratitude ? Vous avez été là près de moi et m'avez accompagné tout du long. J'ai eu un plaisir fou à travailler avec vous.

— Keanu, c'est nous qui te remercions pour ta confiance, et tout ce que tu as fait pour nous.

Zoé s'approcha avec quatre coupes.

— On parle de moi ? plaisanta-t-elle.

— Comme toujours, ma Zoé, ironisa Matthieu.

Elle attrapa le bras du nouveau P.-D.G. et le fit passer autour de ses épaules.

— Dis donc, toi, tu n'aurais pas des choses à nous raconter ?

Matthieu rougit et lui fit de grands yeux, ce qui n'empêcha pas Zoé d'insister.

— *Môsieur* le directeur fait des cachoteries.

Devant la gêne de Matthieu, Malo leva sa coupe en riant.

— À votre santé ! Restez vous-mêmes, vous êtes rares.

— Moi, j'ai une excellente nouvelle, déclara Mao, et c'est grâce à vous trois.

Six yeux se braquèrent sur elle.

— Ma fille a répondu à mon mail ! Nous avons longuement échangé par téléphone, il reste du chemin à faire, j'en suis consciente, pour retrouver ma liberté et réparer mes actes, mais peut-être la reverrai-je dans un futur proche.

Zoé se jeta dans ses bras.

— C'est formidable, Mao ! s'écria aussi Matthieu en l'enlaçant.

Malo mit sa pudeur de côté et serra le trio contre lui : « Je suis vraiment heureux pour toi », chuchota-t-il à son oreille.

Dans l'énergie de leur étreinte, la coupe de champagne de Matthieu se déversa sur Zoé, qui hurla :

— Tu le fais exprès !

— Oh, mince, je suis désolé ! s'excusa Matthieu. Remarque, en tant que président, il fallait bien que je baptise quelqu'un !

— C'est ça, prends-toi pour le curé !

Pendant qu'ils trinquaient, les stores se baissèrent, laissant apparaître dans le noir les images du drone de Maxime qui livraient des messages de remerciements et de bonheur à Malo.

Soudain, Phueng apparut à l'écran, et l'émotion les prit à la gorge. Elle dansait, elle chantait, se moquait de son image devant l'engin qui filmait sa joie, sa générosité et l'amour qu'elle offrait.

Le film s'achevait sur son visage souriant et ses mots :

« Les liens du sang ne définissent pas une famille. Une famille se définit par les liens du cœur… Bonne route à tous, soyez sûrs que je suis là près de vous. »

À réception de facture

> « *Le bonheur, c'est la seule chose que l'on peut donner sans l'avoir et c'est en le donnant qu'on l'acquiert.* »
>
> VOLTAIRE

L'après-midi du même jour, Malo et son père retrouvèrent Pranee, Kyet, Surpan et Saroj pour une dernière soirée en famille avant leur départ prévu le lendemain.

Père et fils se dirigèrent à quelques pas de l'immeuble derrière le marché de nuit où les attendait le reste de la famille, devant un local en travaux. Malo leur avait donné rendez-vous à cet endroit sans en dire davantage.

— Pourquoi tant de mystères, Malo ? Que faisons-nous ici ? demanda Pranee un peu inquiète.

Malo expliqua en détail le pacte qu'il avait signé avec Phueng et l'argent qu'il lui devait.

— Surpan et Saroj, Kyet et Pranee, ainsi que toi, papa, vous êtes tous les héritiers de ma dette.

— Mais, Malo, tu ne nous dois rien, tu connaissais maman, insista Pranee, elle plaisantait toujours.

Surpan prit Malo par les épaules et de sa voix posée tenta de le convaincre.

— C'était un deal entre vous, tu sauras faire profit de cet argent, garde-le, fais-nous plaisir.

— C'est exactement ce qu'elle m'a dit : « Tu sauras en faire profit », et c'est ce que j'ai fait !

À ces mots, une voiture se gara devant eux et deux hommes en costume s'en extirpèrent.

— Je vous présente notre notaire et notre architecte.

La porte du local fut déverrouillée et tous entrèrent en silence.

— Voilà, Pranee, j'ai pensé que tu pouvais ici réaliser ton rêve de restaurant avec Kyet. Vous ne seriez pas loin du marché de nuit pour continuer à distribuer les coco-locos le soir. M. Xhio est à votre disposition pour les plans.

L'architecte sortit des documents qu'il déplia pour montrer ses premières esquisses.

Les yeux de Pranee débordaient d'émotion.

— Nous ne pouvons pas accepter, Malo, c'est trop d'argent.

— Cet argent vous appartient de droit. Vous avez une semaine pour réfléchir à l'achat avant de lancer les travaux ; si vous en décidez autrement, M. Jhitu, notre notaire, se chargera de vous remettre cette épargne. C'est non négociable, Pranee.

Elle baissa les yeux, gênée.

— En plus, Matthieu te filera un coup de main pour la compta, il s'en fait un honneur.

Zoé et Marie-Odile t'aideront également pour la partie administrative et juridique. Elles me l'ont promis !

— Je ne sais comment te remercier.

Malo serra fort sa tante contre lui. Puis il demanda à l'architecte de montrer les autres documents en s'adressant à Saroj et Surpan.

— Les plans ne sont pas précis, je les ai expliqués de mémoire à M. Xhio, il viendra les affiner sur place avec vous. Mais j'ai pensé que vous pourriez construire l'école à cet endroit de l'île, dit-il en pointant du doigt la carte. Vous pourrez également ajouter un peu d'infrastructure sans dénaturer le paysage afin de faciliter l'accès aux étudiants des îles voisines.

Les yeux ébahis, Surpan et Saroj regardaient Malo. Celui-ci devança leur refus.

— Je ne pourrai jamais vous offrir le centième de ce que vous avez fait pour moi. Acceptez simplement, je vous en prie. Pour toi, papa, j'ai pensé que nous pourrions trouver une maison à côté de celle du Capitaine et de Madou. Qu'en dis-tu ?

Erwan ne tenta pas de refuser, il prit son fils dans ses bras et lui murmura :

— Tout ce que tu as réalisé est extraordinaire, mais ce qui me rend le plus fier, c'est ton humanité. Je t'admire, mon grand, j'admire ton courage et ta bravoure, ton humilité et ta force, ta gentillesse et ton intelligence. Cette fierté, même si je n'arrivais pas à te l'exprimer, je l'ai ressentie dès ton premier souffle à la maternité et c'est elle qui m'a tenu debout durant les tempêtes que j'ai traversées.

Malo serra son père contre lui et chuchota :

— Merci, papa, merci pour tout ce que tu as fait pour moi aussi.

Qu'y a-t-il de plus puissant qu'un cœur s'ouvrant aux autres ?

Aller simple

« Ce n'est pas le vent qui décide de votre destination, c'est l'orientation que vous donnez à votre voile. Le vent est le même pour tous. »

Jim ROHN

Le matin du grand retour, le réveil sonna tôt. Le décollage était prévu à 9 h 15. Malo regarda une dernière fois du haut de sa terrasse les lumières de Bangkok scintiller, glissa comme convenu les clés derrière le comptoir du gardien qui somnolait dans la pièce d'à côté, puis, les yeux embués de sommeil, sauta dans son taxi réservé la veille. Bangkok défilait sous ses yeux en même temps que ses souvenirs, cette ville où le business prenait place entre les mantras des temples et les marchés flottants.

Le taxi se faufilait dans la ville encore endormie, longeant le Chao Phraya par l'artère principale. La lune décroissante éclairait les temples, dont les dorures se distinguaient dans le ciel étoilé. Les propriétaires de tuk-tuks, bras croisés sur leurs torses, dormaient à l'arrière des véhicules garés sur les trottoirs en file indienne. La conduite du chauffeur était fluide, comme s'il respectait le besoin de communion et de silence de Malo.

À l'aéroport, Erwan et Benjamin attendaient déjà devant la porte centrale à côté des valises. Malo leur fit signe par la fenêtre et les rejoignit après avoir réglé sa course.

Sa valise pesait une tonne. La veille au soir, Pranee lui avait tendu un sac.

— Ce sont les plaques en fonte à coco-locos de maman, elle ne s'en séparait jamais, elle aurait aimé te les donner, avait-elle annoncé en larmes.

— Non, elles te reviennent.

— J'en ai d'autres. Nous sommes les deux seuls à connaître sa recette. Prends-les et emporte un peu d'elle en France : elle aurait adoré voyager avec toi.

Pas plus gros qu'un gaufrier, l'appareil représentait, à lui seul, l'humanité et la générosité de sa grand-mère : ses réveils matinaux pour offrir aux salariés ses petits gâteaux, ses soirées tardives pour régaler les démunis au marché de nuit. Mais, plus que tout, les coco-locos de Phueng l'avaient empêché de commettre l'irréparable.

— J'en prendrai soin.

— Non, malmène-le, utilise-le, ne l'économise pas, use-le jusqu'à ce qu'il cède, ça voudra dire qu'il aura enchanté beaucoup de gens, avait répliqué Pranee en souriant.

Le décollage se fit en silence, chacun restant enfermé dans ses souvenirs, ses projets, mais aussi ses peurs. Malo, assis entre son père et son ami, observait l'air triste de Benji, et lui demanda :

— Ça va aller ?

— Ouais, soupira Benjamin, pour une fois que je tombe vraiment amoureux !

— Alors ce n'est que le début de l'histoire…

— À 8 000 kilomètres, il y a peu d'espoir.

— Il est peut-être temps de réinventer ta vie ?

— J'y songe, concéda Benji qui retrouva à cette idée quelques couleurs. Tu sais, j'ai acheté le bateau de Martin.

— Le voilier dont on rêvait enfants ?

— Oui, il m'a coûté un bras, et il y a pas mal de boulot pour le remettre à l'eau, mais il est à moi. Tu m'aiderais à le retaper ?

— Carrément ! Je suis ton homme.

Les deux amis replongèrent dans le silence.

— Et toi ? Comment vas-tu ? questionna Benjamin en observant Malo pensif.

— Tu veux la vérité ? Je suis terrorisé, j'ai peur de ne pas être à la hauteur, de les décevoir.

— Ne te fais pas de souci ! Elles t'attendent comme le Messie.

— C'est bien ça le problème… je ne le suis pas !

— Ne t'inquiète pas ! Tout ira bien.

Malo se tourna vers son père, lui aussi absorbé dans ses pensées.

— Ça va, papa ?

Erwan hocha la tête, le sourire aux lèvres.

— J'ai tout mis en œuvre pour persuader Phueng d'accepter mon argent, elle a toujours refusé, tout comme Pranee et Kyet.

Erwan posa la main sur l'avant-bras de son fils.

— Tu es le meilleur homme d'affaires que je connaisse.

— Ma grand-mère m'a sauvé la vie, papa.

Erwan soupira en levant les sourcils.

— La mienne aussi, mon chéri… en m'abandonnant.

L'hôtesse passa avec le chariot de boissons. Malo prit les devants.

— Trois coupes de champagne !

Erwan se contenta d'un verre d'eau pétillante. Les trois hommes élevèrent leurs bulles ensemble.

— À la vie ! déclarèrent-ils d'une seule voix.

Oui, à la vie, se dit Malo. À la vie dont il découvrait la délicate saveur aujourd'hui.

Bangkok-Paris-Brest

> « *Le cœur de l'homme est comme la mer, il a ses tempêtes et ses marées, et dans ses profondeurs, il a aussi ses perles.* »
>
> Vincent VAN GOGH

— Dans combien de temps, maman ? questionna Lou comme chaque minute depuis plus d'une heure.

— Sois patiente, soupira Justine qui regardait sa montre toutes les trente secondes.

Elle aussi trépignait.

Madou répondait sans se lasser aux manifestations d'impatience de son arrière-petite-fille, pendant que le Capitaine faisait les cent pas devant le café de l'aéroport. Certaines minutes sont tellement prétentieuses qu'elles se prennent pour des heures.

La fillette fut la première à repérer Malo, à moins que ce ne fût lui. Dès cet instant, leurs regards se croisèrent pour ne plus jamais s'éloigner. Ni la main de sa mère ni celle du Capitaine ne purent la retenir. Elle cria « Papa » en s'élançant vers lui et se jeta dans ses bras, en enroulant ses jambes menues à sa taille. De toutes ses forces, elle serra ses bras autour de lui en lovant son nez contre son cou. L'étreignant à s'en étouffer, elle s'assurait ainsi que rien ne pourrait plus jamais les séparer. Malo cala son visage sur sa minuscule épaule, il n'osait serrer trop fort de peur de la briser. Elle était si petite, elle semblait si fragile. Son cœur battait de plus en plus fort, stimulé par l'amour inconditionnel qu'il ressentait spontanément envers sa fille. L'émotion jusqu'ici contenue de Lou se transforma en sanglots. Malo l'enveloppa de ses mains et l'embrassa sur les cheveux. Les yeux aveuglés par tant d'années de larmes retenues, il chuchota : « Plus rien ni personne ne nous séparera, mon amour, je t'en fais la promesse. »

Lou resserra son étreinte, comme pour montrer son approbation, mais les larmes noyaient ses mots.

Justine, Madou et le Capitaine observaient la scène avec émotion. Malo posa les yeux sur Justine : elle était si belle dans sa robe blanche à petits pois rouges. Simple, naturelle, comme il l'avait toujours connue. Malo aimait ses cheveux longs retenus à l'arrière de son visage par une pince, il avait eu tant de plaisir jadis à y glisser ses doigts. Justine emprisonna le regard de Malo dans ses yeux noisette, implorant son pardon et son amour. Malo lui fit signe de s'approcher, elle ne se fit pas prier et se lova tout contre lui et sa fille. Il attrapa son visage, y déposa un baiser et plongea son regard dans le sien : « Plus rien ne nous séparera. » Madou et Benjamin les rejoignirent dans un même élan. Seuls le Capitaine et Erwan se tenaient à distance par pudeur.

— Tu m'as manqué, mon fils ! dit sobrement le Capitaine.

— Toi aussi, papa, répondit Erwan en posant sa main ferme sur le dos du vieil homme.

Du centre de l'étreinte, une petite voix fusa : « Vous m'étouffez ! » C'était Lou. Tous éclatèrent de rire.

Malo respirait avec ivresse ce bonheur d'une telle intensité qu'il emportait tout sur son passage. Il en avait tant besoin pour compenser ces années d'absence.

« Moi aussi, je veux le même câlin que Malo », quémanda Benjamin à sa filleule, avec une mine envieuse. Lou se jeta contre lui et Malo en profita pour serrer son grand-père d'une longue accolade puis sa grand-mère qui regardait la scène comme si elle venait d'assister à un miracle.

Après toutes ces embrassades, Benjamin posa Lou dans le panier du caddy à bagages et tous se dirigèrent vers le parking. Justine, Benjamin et Malo échangèrent des sourires complices en apercevant le pick-up du Capitaine.

— Les mioches dans la benne ! lança le conducteur de son air bourru.

— Ça veut dire quoi « les mioches », papa ? demanda Lou.

— Dans la bouche du Capitaine, ça veut dire « Je t'aime », expliqua Malo, amusé.

Entre eux deux

> *« Toute personne qui réussit avait un rêve et l'a poursuivi jusqu'au bout. »*
>
> Anthony ROBBINS

— Endors-toi, mon trésor, il est tard.

— Je veux dormir avec papa, gémit Lou en s'agrippant à l'avant-bras de son père.

Lou était trop excitée pour dormir, elle avait passé la soirée à écouter les adultes évoquer leurs souvenirs d'enfance et à s'imprégner de leurs histoires, en mangeant les galettes que Madou cuisinait à la demande. Repue, dans les bras de son père, elle luttait maintenant pour ne pas sombrer. Dès que Morphée s'emparait d'elle, elle se réveillait en sursaut pour s'assurer de la présence de celui qu'elle avait attendu toute une vie.

Tard dans la soirée, Madou décréta qu'il était temps de se coucher : la maison était assez grande pour accueillir tout le monde. Justine, Malo et Benjamin l'aidèrent à faire les lits, puis Justine coucha Lou qui demandait encore son père. En quelques minutes, la maisonnée retrouva son calme.

Lou dormait en étoile, jambes et bras écartés dans le grand lit de ses parents, qui se mirent à rire en la regardant. Ils s'étaient tellement attendus qu'ils avaient l'impression que c'était la première fois qu'ils dormaient ensemble. Le cœur battant, fiévreux, les gestes timides, Malo avança vers Justine qui fit, aussi, quelques pas en sa direction. Il entoura sa taille de ses bras et ils s'embrassèrent longuement, sentant mutuellement leur envie de s'unir. Lou dormait paisiblement, mais il n'était pas question de prendre le moindre risque.

— Il y a des avantages et des inconvénients, chuchota Justine à l'oreille de Malo, en regardant sa fille qui dressait une barrière à la nuit d'amour que son désir suppliait.

— Je ne vois que les bénéfices pour le moment, répliqua Malo en se glissant à côté de Lou.

Coudes sur l'oreiller, ils chuchotèrent une grande partie de la nuit, Lou entre eux deux. De temps en temps, leurs mains se frôlaient, une fois sur le ventre de Lou, une autre quand Malo essuyait une larme sur la joue de Justine, une autre encore lorsqu'elle lui caressa le bras. Ils se racontaient leurs sentiments qui n'avaient jamais faibli. Elle avait attendu sept ans, avec, pour seule présence masculine, Benji. Pour noyer sa peine, Malo avait invité dans son lit des filles d'un soir, mais n'avait jamais laissé une autre que Justine s'emparer de son cœur. Aujourd'hui, ils se retrouvaient pour la première fois à moins d'un mètre l'un de l'autre avec le fruit de leur amour paisiblement endormi au milieu de leur lit, de leur nuit, de leur vie. Ils s'assoupirent à l'aube, épuisés de bonheur et d'émotions.

Au petit matin, Lou attendait dans les bras de sa maman que son père se réveille, le dévorant de ses yeux éperdus d'admiration.

— C'est peut-être comme les princes charmants, dit la fillette de sa petite voix, il faut lui faire un bisou pour qu'il ouvre les yeux.

Justine sourit et mit son index devant sa bouche pour lui signifier de parler plus bas.

— Il est beau, maman. C'est le plus beau que je connaisse, continua Lou.

Elle appuya timidement sur le biceps de son père.

— Tu as vu comme il est musclé ? poursuivit la fillette. C'est le plus fort de tous les papas.

Justine acquiesça, souriante.

— On va le laisser dormir et descendre aider Madou à faire le petit déjeuner, murmura-t-elle tendrement à l'oreille de sa fille.

— Non, je reste là, j'attends qu'il se réveille !

Malo soupira, gémit et ouvrit un œil sur ses deux beautés dont les regards s'illuminèrent en le voyant réveillé. Lou se blottit contre lui. Il l'embrassa puis la souleva par les hanches au-dessus de son torse. Elle hurlait de rire. Il la reposa sur lui pour qu'elle puisse se lover dans son cou. Justine s'allongea à ses côtés et le laissa la recouvrir de son bras libre. Le trio resta quelques minutes sans dire un mot, juste là, réunis.

« Bagarre de guilis ! » clama soudain Lou en lançant la première attaque contre son père, qui tenta vainement de se protéger. Pour se venger, il lui gratouilla les flancs jusqu'à la faire pleurer de rire. Puis Lou se ligua avec son père contre Justine : elle s'acharnait sur le dessous de ses pieds pendant que Malo chatouillait le haut. Justine soupira de désir quand Malo lui effleura les seins du bout des doigts. Ils avaient tant besoin de ce contact, de se toucher pour mieux se respirer, se retrouver et s'apprendre. Épuisée, à bout de force, Lou décida d'appeler ce jeu : la *Baguili*.

Les odeurs de pain grillé et de café mêlées aux sons de la voix d'Erwan, du Capitaine et de Madou les résolurent à descendre prendre le petit déjeuner. Benji dormait encore, le décalage horaire, les nuits blanches avec Matthieu et le voyage avaient eu raison de lui, mais Lou en avait décidé autrement.

— Benji, chuchota-t-elle au creux de son oreille.

Celui-ci grogna et lui tourna le dos. Lou se glissa sous la couette, lui souleva le bras et se cala contre son épaule. Elle resta silencieuse un long moment jusqu'à ce qu'il ouvre un œil.

— Tu as été si courageux, lui dit-elle. Merci de m'avoir ramené mon papa.

Benjamin ne trouvait pas les mots pour lui répondre. Il l'aimait tellement.

— Tu es mon parrain préféré, tu sais.

— En même temps... tu n'en as qu'un ! lui fit-il remarquer.

— Tu es quand même mon préféré.

— Ah bon, ça va alors, je peux me rendormir en toute tranquillité !

La missive

> « *Le sens de la vie est de trouver votre cadeau. Le but de la vie est de le donner.* »
>
> Pablo PICASSO

L'enveloppe adressée au Capitaine venait de loin. Madou avait reconnu le timbre mais ne s'était pas autorisée à l'ouvrir. Elle l'avait simplement déposée sur la console dans l'entrée. René prit sa femme par les épaules et l'incita à s'asseoir près de lui sur le canapé pour décacheter la lettre ensemble.

Monsieur le Capitaine,

J'ai eu la chance de croiser votre route lorsque j'avais 20 ans. Je vous écris aujourd'hui pour vous demander pardon de vous l'avoir imposé et vous remercier d'avoir eu le courage de l'emmener, de le protéger, de le choyer et d'en avoir fait un homme.

Erwan et Malo m'ont parlé de vous et de votre femme, Madou, avec beaucoup d'amour, et je voulais vous témoigner toute ma reconnaissance et ma gratitude. Vous avez fait de notre fils et de notre petit-fils des hommes dont je suis fière.

Depuis ce moment où votre bateau a quitté le port de Saigon, j'ai prié chaque jour pour croiser votre route une nouvelle fois. C'est celle de nos enfants qui ont trouvé la mienne, vous n'imaginez pas la joie que je ressens au moment de mon départ pour un ailleurs. Un ailleurs où je veillerai de plus près sur vous tous, car c'est à mon tour maintenant de vous protéger. Je vous souhaite, monsieur le Capitaine, à vous et à votre femme, Madou, le bonheur et la paix.

Phueng

Ils se regardèrent, émus. Ce matin de novembre où le Capitaine était reparti avec le petit Anun avait changé le destin de bien des vies.

Une deuxième enveloppe était adressée à Malo, René la lui remit sur le port. Malo sourit en lisant : « Dernière mission ».

Mon chéri,

Je ne pouvais pas partir sans te confier cette dernière mission.

Maintenant que tu as appris à faire de ton passé une force et à te réconcilier avec ton entièreté, il te faut le transmettre, c'est le seul moyen de guérir de cette longue lignée d'abandon et de faire grandir la joie qui naît en toi. Tu as déjà commencé…

As-tu pu observer qu'en te transformant ton entourage évoluait ? Ton équipe n'était plus la même parce que tu n'étais plus le même. Ce que tu deviens illumine tout autour de toi, ce qui t'aide à donner le meilleur de toi.

C'est notre joie la plus profonde que de ressentir le cœur des autres s'allumer à notre contact, parce que l'un des secrets du bonheur est de faire la différence dans la vie de ceux qui croisent notre chemin.

Tu m'as offert cela, mon chéri. Tu m'as permis d'oser vivre mon plus grand rêve, tu m'as autorisée à être moi-même. À toi de te réaliser pleinement… Ose !

Ose écouter tes émotions, tes ressentis, aligne-toi avec tes valeurs.

Ose mettre le doute de côté.

Ose regarder devant toi et fais de ton passé une force.

Ose t'exprimer avec bienveillance.

Ose faire le premier pas vers les autres, vers tes objectifs, vers tes rêves.

Ose te pardonner et pardonner à l'autre.

Ose offrir à l'humanité la magnifique personne que tu es, ne cache rien de toi. Montre-toi entier, peu importe le temps qu'il reste, fais de ton mieux pour oser être la meilleure version de toi, c'est-à-dire TOI.

Cette mission est sans doute la plus difficile, c'est le voyage d'une vie.

Tu n'es pas le seul à avoir vécu des événements tragiques, certains l'ont enduré avant toi, d'autres en souffriront après toi, notre vécu nous donne la capacité d'aider les autres. Plus tu mettras ton apprentissage et ton passé à leur service, plus tu te réaliseras.

Ton expérience est ton héritage, réinvente-la, fais-en une force pour servir les générations futures, pour les inspirer lorsqu'elles seront, elles aussi, confrontées à ces situations. Pour faire grandir la joie que tu ressens aujourd'hui, pose-toi la question de savoir quel cadeau ton histoire peut offrir.

Lorsque tu te relèves, tu te dépasses, tu transformes les difficultés de ton passé pour aider les autres, alors il te fait le plus beau des présents.

Une dernière chose : ne laisse pas les petits tracas grignoter ta vie, focalise ton attention sur tes priorités : est-ce que ce qui te tracasse aura de l'importance dans cinq ans ? Si tel n'est pas le cas, ne t'y attarde pas plus de cinq minutes.

Ta grand-mère qui t'aime pour toujours

Pour toujours

> « *Les problèmes ont l'importance qu'on leur donne.* »
>
> Jean SIMARD

Pendant les semaines qui suivirent, Justine et Malo jonglèrent pour se rejoindre comme des amants entre les gardes à l'hôpital et l'école de la petite, tout heureux de retrouver l'insouciance de leur jeunesse.

Cette nouvelle vie prenait des allures de bonheur pour tous. Benjamin retapait son bateau dans l'espoir de revenir bientôt aux côtés de Matthieu ; Erwan suivait avec application le nouveau protocole que lui avait conseillé Marc, et son état, bien qu'encore fragile, semblait s'être amélioré.

La seule ombre au tableau était le comportement de Lou qui inquiétait de plus en plus Malo.

Elle ne voulait plus quitter son père, elle s'agrippait à lui, refusait d'aller à l'école, devenait agressive. Ses nuits étaient agitées, elle se faufilait sous leur couette pour se blottir contre lui. Inlassablement, il la replaçait dans son lit dès qu'elle s'endormait, mais la redécouvrait peu de temps après collée contre lui. Elle qui avait été propre très tôt se remettait à faire pipi au lit.

Justine venait de changer une énième fois les draps de sa fille en pleine nuit. Malo recoucha la petite qui ne lâcha le cou de son père qu'au moment où son petit corps céda de fatigue.

— Je ne comprends pas ce qu'il lui arrive, s'inquiéta Justine.

— Penses-tu que ma présence la perturbe ? Peut-être devrais-je vivre dans une autre maison le temps de la laisser s'habituer à mon retour ?

— Non ! s'écria la jeune femme en se blottissant contre le torse de Malo.

— C'est grave, Justine. Elle a peur de me perdre !

— Mais non, tu t'en occupes parfaitement, tu lui apportes toute l'attention qu'elle demande.

— Il faut lui dire la vérité ! Elle pense que je l'ai abandonnée pendant toutes ces années, et vit dans la crainte que cela se reproduise.

— Elle est petite, elle ne comprend pas.

Malo haussa la voix :

— Bien sûr que si ! Elle percute tout. Tu ne vois pas combien elle est malheureuse ? Elle a perdu toute sa joie de vivre en quelques jours. Lou doit connaître la vérité. Grandir avec de fausses croyances risque de la détruire.

Justine soupira.

— Tu as peut-être raison, nous en discuterons demain.

Sous la couette, la jeune femme mêla ses jambes à celles de Malo et approcha une main coquine qu'il refusa.

— Non, je suis sérieux.

Justine tenta de se justifier :

— J'ai peur de la blesser en lui parlant. Ne crois-tu pas que nous devrions attendre que le temps tasse les choses ?

— Le temps n'a rien arrangé pour nous, il n'a rien guéri pour mon père non plus ! Le mensonge est un poison. Aussi dure que soit la vérité, nous la lui devons.

Son ton ferme et directif surprit la jeune femme.

— Fais-le dès demain matin, s'il te plaît, la supplia-t-il, tout en embrassant ses seins.

Malo descendit sa langue le long de son ventre et s'arrêta au niveau de son nombril.

— Traître ! C'est de la torture, murmura Justine en offrant son corps tendu de désir.

— Un simple « oui » suffirait à nourrir ton impatience.

— C'est du chantage, s'insurgea-t-elle en suppliant.

Malo remonta jusqu'à sa bouche et susurra au creux de son oreille :

— Appelle ça comme tu veux... Tu vas lui parler ce matin ?

Le souffle de Justine se fit de plus en plus court, tout son corps réclamait Malo, puis elle prononça un « oui » incandescent.

— Oui, tu vas lui parler alors ? l'obligea à répéter Malo.

— Oui, frissonna-t-elle.

Leurs mains s'enlacèrent, il pénétra doucement son ventre brûlant de désir et ils fusionnèrent dans un plaisir mutuel.

Elle t'aime si fort

« Le changement n'est jamais douloureux. Seule la résistance au changement l'est. »

BOUDDHA

Justine s'assit sur le lit de sa fille encore endormie. Elle cherchait les mots justes, les mots les plus doux, pour lui faire le moins de mal possible. Elle avait pensé la protéger, mais elle savait que Malo avait raison : du haut de ses presque 7 ans, Lou souffrait déjà de son mensonge. Justine avait peur de la réaction qu'aurait sa fille quand elle apprendrait la vérité, mais Malo lui avait rappelé sa promesse dès le réveil. Elle allait s'y tenir.

Elle lui caressa les cheveux, l'embrassa tendrement, se serra contre elle et versa une larme en chuchotant : « Pardon, mon amour. » Lou gémit et se tourna pour se rendormir. Elle insista en lui caressant le dos. La fillette se réveilla d'un bond.

— Où est papa ? s'affola-t-elle.

— Il est en bas, il prépare le petit déjeuner.

Elle se précipita hors du lit.

— Je vais l'aider.

Justine la retint par le bras.

— Il faut que je te parle, ma chérie.

— Je n'ai pas le temps, maman.

Justine insista d'un ton plus autoritaire. Lou la fixa de ses grands yeux encore endormis.

— J'ai quelque chose de très important à te dire, assieds-toi.

Lou obéit.

— Papa va repartir ? demanda-t-elle, les larmes aux yeux.

— Non, ma chérie, il restera toujours près de toi, il t'aime plus que tout au monde. Je ne t'ai pas dit la vérité : jamais il ne serait parti s'il avait su que tu étais née.

Quand Justine eut fini de tout lui raconter, comment elle avait caché à Malo son existence et menti à Benjamin, Lou hurla, en dévalant l'escalier :

— Tu n'es qu'une menteuse !

Malo la cueillit sur la dernière marche et la souleva. Pendant qu'elle se débattait, ses larmes brûlantes glissaient le long de son cou. Malo la reposa à terre et elle courut jusqu'au canapé se lover dans sa peluche. Il la suivit et s'assit dans le fauteuil d'en face pour ne pas la brusquer.

— Tu n'es pas un grand aventurier, tu es un menteur aussi ? s'insurgea-t-elle.

— Non, je ne suis pas un grand aventurier, je n'en suis qu'un tout petit.

Elle le regarda, intriguée.

— Tu es un aventurier, oui ou non ?

— Ça changerait quelque chose à ton amour pour moi ?

— Je ne sais pas.

— Je prends le risque de te dire la vérité, parce que je t'aime assez pour nous deux, poursuivit-il. Je ne suis qu'un minuscule explorateur, qui cherchait son chemin. Ta maman a pensé que j'avais besoin d'explorer d'autres mondes, elle ne voulait pas nous faire de mal.

— Elle a menti ! se révolta la petite.

— Parce qu'elle m'aimait très fort, et, moi, je n'ai rien compris, je n'ai rien vu.

Lou s'approcha de lui et monta sur ses genoux.

— Tu ne pouvais pas être au courant.

— Si j'avais été moins stupide, j'aurais su.

— Moi aussi, si j'avais été moins stupide, j'aurais su, soupira la petite.

— Non, ma chérie, toi, tu ne pouvais vraiment pas savoir !

Elle caressa l'oreille de son lapin.

— J'ai une idée : on pourrait lui demander de nous aimer un peu moins ?

Malo sourit à cette idée.

— Oui, mais je n'en ai pas envie, j'adore qu'elle m'aime très fort, lui confia-t-il en la serrant contre lui.

— Moi aussi, avoua Lou en s'abandonnant à ses bras.

Elle se redressa après un bref instant.

— J'ai une idée : on pourra faire une baguili tous les deux contre elle ?

— Ce n'est pas trop sévère, tu crois ?

— Un peu, mais elle ne doit jamais recommencer ! On n'aura qu'à la faire pas trop longtemps.

— Tu as raison, je pense que c'est une excellente idée, elle retiendra la leçon, c'est sûr !

Lou fronça les sourcils.

— Mais, alors, tu ne m'as pas ramené les secrets de la vie ?

— Oh si, ça, je les ai avec moi. En tout cas, quelques-uns. Les autres, il faudra les chercher ensemble.

Le visage de Lou s'illumina et elle embrassa son père.

— Oui, je vais les trouver avec toi ! Tu sais, moi aussi, je ne suis qu'une petite aventurière, mais le Capitaine m'a déjà fait tenir la barre de son bateau.

Ils montèrent ensemble retrouver Justine qui n'avait pas bougé de la chambre. Quand Lou vit les yeux rougis de sa maman, elle commença par lui faire un gros câlin. Par-dessus la minuscule épaule de sa fille, Justine lança un regard de détresse vers Malo qui lui sourit en retour. Il feignit d'être en colère.

— Il est tant que ça s'arrête maintenant, tu ne vas pas t'en sortir comme ça !

Lou regarda sa mère pour s'assurer qu'elle pouvait encaisser la punition. Ses yeux se plissèrent de tendresse.

— Tous sur maman, lança-t-elle, en glissant ses mains sous les aisselles de la victime pour la chatouiller.

Malo en fit autant sur son ventre. Justine les suppliait de mettre un terme à la sentence, ses larmes se mêlant à ses rires, mais ses deux bourreaux ne lui laissaient pas le choix.

Soudain, la fillette mit fin à l'étreinte.

— Il faut se dépêcher, je vais être en retard à l'école !

Épilogue

> « *Pour ce qui est de l'avenir, il ne s'agit pas de le prévoir mais de le rendre possible.* »
>
> Antoine DE SAINT-EXUPÉRY

L'année qui suivit, Malo passa beaucoup de temps avec sa famille : avec son père qui vivait au rythme de son nouveau protocole, avec son grand-père auprès duquel il prenait toujours beaucoup de plaisir à naviguer, avec Justine, qu'il aimait de plus en plus chaque jour, mais surtout avec sa fille, que tous appelaient « Lou de mer » tant elle adorait elle aussi l'océan.

Un soir, Lou, assise sur les genoux de son père à la barre, lui demanda :

— Qu'as-tu appris de tous tes voyages ?

Malo rassembla un moment ses idées en silence : *J'ai appris que nos émotions et notre corps nous livrent des messages auxquels notre mental n'a pas accès. C'est en réunissant ces trois centres de compréhension que nous retrouvons notre entièreté.*

J'ai appris qu'au-delà de ce que je vois et de ce que je comprends, si un événement intervient dans ma vie, c'est pour en faire quelque chose pour moi et pour d'autres personnes. Si une barrière bloque mon chemin, c'est pour me rendre plus fort, pour me permettre de dépasser les obstacles, pour me forcer à élever mes compétences, et peut-être même m'aider à servir des gens qui ont vécu la même difficulté.

Tout ce qui nous arrive est une opportunité pour créer !

J'ai appris que la mort est une réalité pour tous. Mais qu'en attendant ce jour, il faut profiter de la vie, goûter la fragilité de la félicité... et tenter d'offrir à l'humanité la meilleure version de soi-même !

Pour sa fille, il résuma :

— Respire, ma chérie, le Plan est toujours parfait !

Et pour finir…

Il y a deux ans j'ai partagé un rêve avec vous…

J'aime à croire qu'un jour nous saurons marcher les uns avec les autres. Je m'étais dit que si chacun donnait la main à quelqu'un d'autre alors, ensemble, nous pourrions faire de ce monde un monde meilleur où il fait bon vivre dans une douce harmonie.

Je vous ai demandé votre aide pour que ce rêve devienne notre réalité, et déjà une chaîne humaine s'est constituée de plus de 150 000 personnes qui se sont tenu la main en quelques mois… Merci du fond du cœur !

Je suis persuadée qu'il est de notre responsabilité d'aider ceux que l'on aime à se réaliser !

Continuez à prendre quelqu'un par la main, et enseignez-lui l'Amour, devenez son Shanti[1],

1. Shanti est le prénom d'un personnage dans *Kilomètre Zéro : le chemin du bonheur* (Éditions Eyrolles, 2017). Shanti est un prénom népalais qui signifie « paix » en

devenez sa Phueng[1]*, aidez-le à trouver son chemin et proposez-lui de tenir la main d'une autre personne en ne lâchant jamais plus la sienne.*

Très vite, nos mains se relieront autour de la Terre pour faire de cette planète l'œuvre que nous aurons réalisée.

Il reste encore un peu de route…

Alors, n'essayez pas de convaincre les autres, montrez-leur l'exemple, inspirez-les, c'est en rayonnant que votre lumière guidera leurs pas…

Avec tout mon Amour,
Maud

---

sanskrit. En Inde, il est utilisé comme un prénom masculin et féminin.

1. Phueng est un prénom thaïlandais qui signifie « abeille ». Devenez cette abeille, cet agent pollinisateur de bien-être autour de vous.

MERCI

À vous, mes amis qui cheminez avec moi depuis tant d'années, Brigitte, Catherine, Christine, Christophe, Corinne, Delphine, Éric, Fred, Gilles, Guillaume, Isabelle, Karine, Katell, Pascale, Philippe, Régis, Sarah, vous qui êtes toujours là pour moi, qui vous réjouissez de mes succès et adoucissez mes peines.

À vous, mes quatre Bretons : Pierrick, Marie-Laure, Jean-Charles et Marie-Hélène qui m'avez ouvert les portes de la Bretagne que je ne connaissais pas encore et dont je ne peux plus me passer (à moins que ce ne soit de vous !). Des paysages qui m'ont particulièrement inspirée pour ce deuxième roman.

À toi, Tiago, mon petit facteur, et ta maman Vanessa qui m'apportez tous les matins le courrier de mes lecteurs.

À vous, mes nouvelles amitiés qui se construisent et qui prennent une place énorme dans mon cœur : tellement de monde ces derniers mois…

À vous, ma chère famille et belle-famille, avec qui j'ai un plaisir fou à partager tous ces moments de vie, de voyage, de repas, de fête, de conversations tardives.

À toi, mon frère, mon confident.

Enfin, à toi, mon amour qui m'accompagne dans toutes mes aventures les plus folles, qui rassure mes doutes, qui me fait rire, qui me soutient et me guide chaque jour.

Vous êtes ma plus grande richesse !

À ma maison d'édition Eyrolles, à vous, Serge Eyrolles, Marie Allavena, et toute votre équipe d'exception (Aurelia,

Chloé, Claire, Christelle, Christophe, Marie-Pierre, May, Miguel, Nathalie, Nicolas, Thierry, Sabine, Viviane et toute l'équipe commerciale que je sens tout près de moi). À toi, Stéphanie Ricordel et à mon éditrice, Marguerite Cardoso, qui me fait confiance depuis le début. Et à tous ceux qui travaillent dans l'ombre autour de ce livre.

À toi, Nolwenn Tréhondart, pour tes remarques constructives et ton aide dans cette dernière ligne droite de corrections.

Un immense merci à toi, Hélène Fiamma, et à toute ton équipe des éditions J'ai Lu, d'avoir hissé *Kilomètre Zéro* si haut et de repartir dans cette nouvelle aventure à mes côtés pour permettre à un plus grand nombre de lecteurs d'accéder à ce projet qui va bien au-delà d'un livre...

À toutes ces rencontres avec vous, chers lecteurs et libraires, qui sont des évidences en France, en Belgique, en Suisse, au Québec...

Bien au-delà d'un livre, cette chaîne humaine me dépasse !

Alors à vous tous, MERCI !

Merci du fond du cœur pour votre aide et votre soutien dans cette aventure extraordinaire.

Merci de marcher à mes côtés...

Merci d'être ce que vous êtes.

Dans quelques jours, ce deuxième livre partira en impression, vous n'imaginez pas mon émotion aujourd'hui de le savoir prochainement entre vos mains.

À vous que je ne connais pas encore : je m'enthousiasme déjà de vous rencontrer et d'échanger avec vous. Merci de m'avoir suivie jusqu'à ces dernières lignes.

À tout de suite...

Maud

P.-S. : Au moment où je relis cette dernière version, c'est *Ces mots simples* de Vanessa Paradis qui sublime le silence.

L'aventure continue ensemble...

Contact

www.maud-ankaoua.com

Maud Ankaoua

13629

Composition
NORD COMPO

Achevé d'imprimer à Barcelone
par CPI Black Print
le 17 août 2023

Dépôt légal : septembre 2022
EAN 9782290380345
OTP L21EPLN003376-623299-R8

Éditions J'ai lu
82, rue Saint-Lazare, 75009 Paris

Diffusion France et étranger : Flammarion